Felix Leibrock
Almrausch

Felix Leibrock

Almrausch

Ein Südtirol-Krimi

rosenheimer

Die Handlung dieses Romans ist – bis auf die mit dem Kampf um die Südtiroler Autonomie zusammenhängenden Ereignisse aus dem Jahr 1964 – frei erfunden. Eventuelle Ähnlichkeiten der Romanfiguren mit lebenden oder toten Personen sind nicht beabsichtigt, ebenso wenig eine Beschreibung der Verhältnisse in tatsächlich existierenden Institutionen, Organisationen oder Vereinigungen.

3. Auflage
© 2023 Rosenheimer Verlagshaus GmbH & Co. KG, Rosenheim
www.rosenheimer.com

Titelfoto: © DanielPrudek, www.istockphoto.com, ID: 512812596
Lektorat und Satz: Bernhard Edlmann Verlagsdienstleistungen, Raubling
Druck und Bindung: CPI books GmbH, Leck
Printed in Germany

ISBN 978-3-475-54963-2

Danke

Mein Dank für das große Entgegenkommen, die Geduld bei meinen vielen Fragen zum Polizeisystem in Südtirol und die herzliche Atmosphäre gilt den Mitarbeitern der Staatspolizei in der Quästur Bozen, namentlich dem Questore Piero Innocenti, dem Vice Questore Aggiunto und Capo di Gabinetto della Questura Giancarlo Conte, dem Vice Revisore Infermiere Francesco Mattivi, dem Presidente Comitato locale I. P. A. Luciano Pistore sowie in ganz besonderer Weise dem Sostituto Commissario Dr. Karl Erlacher. Für die Vermittlung zu den Dienststellen in Südtirol bin ich Polizeioberrat Ralf Kirsten aus Weimar sehr verbunden. Außerdem möchte ich den Mitarbeitenden des Deutschen Bienenmuseums in Weimar und dem Landesverband der Thüringer Imker für ihre Auskünfte zur Imkerei danken. Sehr hilfreich waren mir die Gespräche mit Oswald Schweigl vom Naserhof im Passeiertal. Überhaupt danke ich den vielen mir nicht namentlich bekannten Menschen in Südtirol, die mir auf Wanderungen oder beim Törggelen, auf Berggipfeln oder bei der Apfelernte so viel Bemerkenswertes über ihr einzigartiges Land erzählt haben. Südtirol, das ist dort, wo der Himmel ganz nah ist.

Felix Leibrock

1

In einer Nacht im September 1964
»Endlich, ich hab schon gemeint, wir schaffen das nicht mehr.«

Die drei Männer warfen ihre Rucksäcke in die Stube unterhalb des Heubodens. Der Weg über den Jaufenpass, abseits der Straße, damit sie niemand entdecken konnte, hatte an ihren Kräften gezehrt. Vorbei am Naserhof, hatten sie die Hütte im Wald unterhalb der Stieralm gerade noch erreicht, bevor die Dunkelheit anbrach. Die Kerze, die sie anzündeten, warf nur ein schummriges Licht in die karge Stube. Nichts deutete auf die Dramatik der kommenden Stunden hin.

»Da, nehmt einen Schluck!« Einer der drei, er kam aus einem Bergdorf, hielt den übrigen eine Flasche Waldbeerenschnaps hin.

Gierig griff der Mann rechts neben ihm, ein Nordtiroler, zu und trank gleich mehrere Schlucke.

»Ich brauch erst ein Wasser«, erwiderte der Dritte im Bunde, ein Bozener. Er begab sich mit einer Taschenlampe ins Freie, lief hinauf zur Stieralm, wo durch eine hölzerne Rinne Wasser von einem Gebirgsbach in eine Viehtränke floss. Genussvoll wusch er sich den Schweiß aus dem Gesicht und dem Nacken und schlürfte dann mit hastigen Zügen das Wasser aus seinen zu einer Schale geformten Händen. Weit unten im Tal sah er ein paar Lichter funkeln.

Auf dem Rückweg zur Hütte hörte er ein Knacken im Gehölz. Sicher Rehe, sagte er sich. Trotzdem ging er, als er wieder an der Hütte angelangt war, einmal um sie herum. Er prüfte instinktiv, ob die hintere Tür wie üblich mit Schiebehölzern verriegelt war, damit der Wind sie nicht aufstoßen konnte. Durch diese Tür gelangte man in den mit Heu gefüllten Speicher. Der Bozener stellte fest, dass sie nicht verriegelt war.

Muss wohl der Bauer vergessen haben, dachte er sich. Er ließ den Lichtkegel der Taschenlampe über das übrig gebliebene Heu huschen, das auf dem Boden lagerte. Nichts Auffälliges war zu erkennen.

»Hallo, isch da wer?«, rief er ins Heu hinein.

»Geh, was soll das? Wir sind doch hier herunten!«, kam schnell und mit sich fast überschlagender Stimme die Antwort des Nordtirolers vom unteren Raum der Hütte.

»Ah, passt alles, ich wollt nur einmal hören, ob ihr mich von hier heraußen versteht.«

Er drückte die Tür mit seinem Körpergewicht zu und schob die auf dem Boden liegenden Flachhölzer in die dafür vorgesehenen Halterungen. Als er wieder durch den vorderen Eingang in die Hütte trat, sah er, dass sich die beiden anderen bereits ein Nachtlager auf den Holzbänken bereitet hatten.

»Da drüben, in dem Schrank, da liegt noch eine Decke. Schauen wir, dass wir gleich schlafen, damit wir in aller Früh weiter in Richtung Bozen ziehen können.«

Aber wie sollte der Bozener schlafen? Er war aufgeregt. Was sie wohl in seiner Heimatstadt bei den Leuten erreichen würden? – Er nahm einen kräftigen Schluck aus der Flasche mit dem Waldbeerenschnaps.

»Sagt, was wird denn jetzt?«, fragte er dann in die Stille des Raumes. »Jetzt, wo der Kerschbaumer-Sepp verurteilt worden ist? Werden die, die an seine Stelle getreten sind, bereit sein, dass sie noch härter gegen den italienischen Staat vorgehen? Meint ihr wirklich, die sind fähig, auch den Tod von Menschen bei Anschlägen in Kauf zu nehmen?«

Der Bergdörfler drehte sich zu ihm um und sah ihn mit blitzenden Augen an.

»Im Grunde ist mir die Antwort darauf ziemlich egal. Wenn sie in die Hose machen, dann sagen wir uns von dem Kerschbaumer und seinen Leuten los.«

»Aber, also, ich mein'« – man merkte dem Bozener die Nervosität an – »schaden wir damit nicht der Sache der Unabhängigkeit? Schauen uns da die Leute im Ausland und auch in Südtirol nicht als Terroristen an? Dann sagen die sich doch von uns los!«

Der Bergdörfler winkte ärgerlich ab. »Wie ist es denn in Algerien? Dort kommt auch erst Bewegung hinein, seit Menschen durch Attentate gestorben sind. Nicht dass wir das gezielt planen, aber wenn es nicht anders geht, dann geht es nicht anders. Ich jedenfalls mache den windelweichen Kurs gegenüber der italienischen Regierung nicht mehr mit. So, und jetzt schlaf. Wir werden schon sehen, was bei der ganzen Sache rauskommt.«

Das hatte der Bergdörfler sehr bestimmt gesagt; man merkte ihm an, dass er nicht gewillt war, darüber noch länger zu diskutieren. Er drehte sich zur Seite, und schon nach wenigen Minuten war ein gleichmäßiges Schnarchen zu hören.

Auch der Nordtiroler lag still und schien zu schlafen. Doch sein Puls raste. Selbst die Schnäpse hatten ihm nicht die gewünschte Ruhe verschafft. Er hatte schließlich auch Ungeheuerliches vor in dieser Nacht.

Wieder griff der Bozener zur Waldbeere. Ich muss mich betäuben, dann kann ich schlafen, sagte er sich. Doch hatte er da nicht ein Flüstern gehört? Er hielt den Atem an. Zehn, zwanzig Sekunden. Aber es war still. Nur ein leichter Wind ging draußen.

Nach vielleicht einer Stunde holte auch er sich die Decke und legte sich auf die andere Holzbank. Langsam dämmerte er in den Schlaf.

Eine halbe Stunde später war ein wildes Schnarchen von zweien der drei Männer zu vernehmen.

»Komm, jetzt«, flüsterte eine Stimme auf dem Heuboden, »springen wir hinunter und rennen davon.« Die drei Männer hatten nichts gemerkt, dass da noch andere Personen in der Almhütte waren, oben, auf dem Speicher des Stadels.

Das Flüstern von dort erstarb, als sich der Nordtiroler unten aufrichtete. Nervös pirschte er sich zu seinem Rucksack vor. Vorsichtig nestelte er an den Verschlüssen, begab sich blitzschnell wieder zu seinem Liegeplatz, als das Schnarchen der beiden anderen kurz aussetzte. Nach wenigen Minuten war der Schnarchrhythmus der beiden anderen wieder gleichmäßig. Erneut krabbelte er zum Rucksack. Seine Hände zitterten. Jetzt hatte er das, was er gesucht hatte. Er erhob sich, zog sich ganz leise die Schuhe und die Jacke an. Er war bereit. Für einen Augenblick leuchtete er mit seiner Taschenlampe das Lager der beiden anderen ab. Blitzschnell drückte er die Lampe wieder aus, als eines der Schnarchgeräusche jäh abriss und in ein undefinierbares, schlaftrunkenes Gebrabbel und Gemurmel überging. Doch nur wenige Sekunden später setzte das Schnarchen wieder ein, und das Licht der Taschenlampe begann erneut seine Suche. Er führte die Lampe mit der linken Hand, während die rechte eine Pistole auf den Bozener richtete. Kaum, dass er es fertigbrachte, ruhig zu zielen. Zwei Mal, drei Mal setzte er neu an. Das Blut rauschte durch seine Schläfen.

Dann fielen mehrere Schüsse in schneller Folge, unregelmäßig. Sie trafen den Bozener mitten ins Herz.

Der Bergdörfler richtete sich auf, noch im Schlaf. Auch ihn traf jetzt der Lichtkegel. Kaum eine Sekunde später streckten ihn ein Schuss in die Brust und einer ins Gesicht nieder.

Schweiß lief dem Nordtiroler in zwei Rinnsalen die Wangen hinunter. Er beobachtete noch kurz den Todeskampf der beiden. Als das Röcheln aufhörte, verließ er hastig den Heustadel. Er leuchtete die Bäume entlang, erkannte die Viehtränke auf der Stieralm. Im Unterholz war ein Rascheln, über ihm der Flügelschlag eines Kauzes und das bissige Krächzen einer Krähe. Panik stieg nach dieser Bluttat in ihm auf. Wie von einem Dämon getrieben stürzte er mit aufgerissenen Augen zur Viehtränke, um sich Gesicht und Hände zu waschen. Morgen würde er dem Geheimdienst Vollzug melden. Sein Geld bekäme er von einem italienischen Verbindungsmann in Innsbruck. Stürmischen Schrittes entfernte er sich von der Almhütte talabwärts nach Saltaus, wo er festgenommen wurde. Doch hinter Meran, in Burgstall, stoppte das Auto. Er war frei. Erst als er einige hundert Meter Richtung Meran zurückgelaufen war, wo er den nächsten Zug Richtung Bozen und dann nach Innsbruck nehmen wollte, kam ihm die Erinnerung, kurz wie ein Blitz und nur unpräzis: Hatte er bei den Schüssen im Heustadel nicht einen leichten Aufschrei gehört? Wie von einem Kind oder einer Frau? Aber wie sollte das möglich sein? Vielleicht war es ein Vogel, der von einer Katze gerissen wurde! Oder alles Einbildung? Ach, egal, beruhigte er sich, Hauptsache, der Auftrag ist erfüllt!

»Komm, wir springen jetzt runter.« Die Stimme auf dem Heuboden zitterte vor Angst, flüsterte aber nicht mehr.

Als sie vom Speicher des Stadels in den unteren Raum sprangen, hörten sie, wie jemand zu stöhnen begann. Einer der beiden Männer lebte noch! Entweder war der Schütze zu nervös gewesen, oder der Bergdörfler hatte sich gut totgestellt.

Die vom Heuboden gesprungen waren, stolperten jetzt über den Leichnam des Bozeners, richteten sich erschrocken auf und zündeten ein Streichholz an. Für einen Augenblick sahen sie in ein Paar vor Schreck geöffnete Augen. Das ganze Gesicht des Bergdörflers, der sich mühselig ein wenig aufgerichtet und an die Wand gelehnt hatte, war von Blut beschmiert, und auch das Hemd war rot durchtränkt.

»Los, raus!« Die Stimme, die das Signal zum Sprung vom Heuboden gegeben hatte, flüsterte jetzt wieder. Sie rissen die Stadeltür auf und rannten, so schnell sie es in der Dunkelheit vermochten, auf die Lichter im Tal zu.

Später schleppte sich der angeschossene Bergdörfler von der Stieralm Richtung Jaufenpaß davon. Zurück dorthin, von wo er mit zwei Kameraden aufgebrochen war. Der eine war jetzt tot, und der andere, der war kein Kamerad, nein, er war ein Verräter. Nie hätte der Bergdörfler das gedacht.

2

Montag, 17. März

»Aua!«

Schon zum zweiten Mal innerhalb weniger Minuten hatte ihn jetzt eine Biene gestochen. Florian Waldner war mit der Imkerei sichtlich überfordert und hielt sich mit schmerzverzerrtem Gesicht den linken Daumen.

»Papa, was hast denn schon wieder?« Der neunjährige Martin Waldner schaute neugierig aus der Ferne zu seinem Vater, der im Bienenhaus zugange war.

»Geh, bring mir bitte noch mal die Salbe gegen die Stichwunden, Martin.«

Als Martin aus dem Haus zurückkam, hatte sein Vater das Bienenhaus verlassen und sich an den Gartentisch gesetzt, an dem Martin in einem Buch blätterte. Er strich behutsam etwas Salbe auf die leicht gerötete Stichwunde.

»Sag, Papa, macht dir das mit den Bienen überhaupt Spaß?«

Florian Waldner ließ sich mit der Antwort Zeit. Wenn er ehrlich war, hatte er sich selbst bis vor Kurzem überhaupt nicht in der Rolle des Imkers vorstellen können. Doch als sein Vater vor einigen Wochen überraschend an einem Herzinfarkt verstorben war, da stand die Frage im Raum, was denn aus den Bienen würde. »Das war doch dem Vater sein ganzer Stolz«, hatte ihm seine Mutter damals verzweifelt ans Herz gelegt. Ob er sich denn gar nicht vorstellen könne, dessen Hobby weiterzuführen, im Gedenken an ihn. »Damit wenigstens seine Bienen weiterleben.«

Florian Waldner empfand dieses Ansinnen als gewaltige Belastung: den Vater weiterleben zu lassen, indem er sein Hobby übernahm. Aber was, wenn er das ablehnen würde? Wäre er dann nicht undankbar? Würde er dann nicht – nein, er wollte den Gedanken gar nicht zu Ende denken. Er hatte keine andere Wahl.

»Noch macht es mir keinen richtigen Spaß«, antwortete er gedankenversunken, »aber wenn ich erst einen Imkerhut und diesen Schleier und die Imkerbluse habe, werde ich nicht mehr gestochen. Dann kann das durchaus interessant sein.«

»Der Opa ist immer nur mit seiner Pfeife und ohne Hut und Bluse zu die Bienen gegangen, Papa.«

»Ja, das stimmt, aber erstens hatte der Opa jahrzehntelange Erfahrung, und zweitens: Es muss heißen ›zu den Bienen gegangen‹ und nicht ›zu die Bienen‹.«

Martin fixierte seinen Vater mit zusammengekniffenen Augen und beschäftigte sich dann wieder mit seinem Buch.

Florian Waldner schaute von seinem Gartenstuhl aus auf das Bienenhaus. Der Tod des Vaters, er war nur eine der einschneidenden Veränderungen, die die letzten Monate gebracht hatten. Dazu kam die Trennung von seiner Frau Sophia nach zwölf Jahren Ehe. Sie hatte sich in einen Maler verliebt, einfach so. Und dann hatte es diesen heftigen Streit gegeben, als er von einer Weiterbildung vorzeitig zurückkam und dieser Maler in seinem Fernsehsessel lag und sich das Spiel des AC Milan gegen Juve anschaute. Als ob dieser Kerl in seiner Wohnung zu Hause wäre. Nur mühsam konnten sie die Wogen damals glätten, vorerst.

Aber wenn er ehrlich war, so sagte sich Florian Waldner, während er die Sonnenbrille aufsetzte, hatte auch er sich von seiner Frau in den letzten Jahren entfremdet. Ihre Ansprüche waren gewachsen: Urlaub in der Karibik, ein eigenes Haus, das Drängen, er solle in seinem Beruf bei der Polizei etwas für die Karriere tun und sich bei seinen Vorgesetzten anbiedern, damit es endlich klappe mit einer Beförderung. Wenn Martin nicht gewesen wäre, dann hätte vielleicht auch er die Reißleine gezogen. Oder lag es daran, dass er als Südtiroler vielleicht doch besser keine Italienerin hätte heiraten sollen? Seine Eltern waren nur anfangs ein bisschen reserviert gegenüber Sophia gewesen. Aber Sophias Eltern ihm gegenüber auch. Wie zwei fremde Parteien hatten sich die beiden Familien bei der Hochzeitsfeier im Brixener Finsterwirt gegenübergesessen. Doch mit der Zeit hatte man sich aneinander gewöhnt. Er begann sich auf die Begegnungen mit seinen Schwiegereltern, die ihn mit viel Wärme und Fürsorge umgaben, sogar zu freuen.

Andererseits hatte er sich immer öfter die Frage gestellt, ob er für die Rolle des Vaters und Ehemanns überhaupt geeignet war in seinem Beruf als Polizeibeamter im höheren Dienst. Er hatte als solcher flexible Arbeitszeiten. Das konnte heißen, dass er, wie heute, am Nachmittag eines ganz normalen Werktags zu Hause war und sich um die Bienen kümmerte. Viel öfter aber hieß es Wochenenddienste und Arbeit bis in die späten Abendstunden. Inzwischen kam zu der zeitlichen Belastung auch noch die Gefahr, der er jetzt als Erster Kriminalhauptkommissar ausgesetzt war.

Jetzt als Erster Kriminalhauptkommissar. Wie eine Fügung des Schicksals empfand er es, dass am selben Tag, an dem er bei Sophia aus der gemeinsamen Bozener Wohnung ausgezogen war, auch das Schreiben mit seiner Beförderung kam: Er war vor einem Dreivierteljahr vom Inspektor zum Ersten Kriminalhauptkommissar bei der Polizia di Stato in Bozen aufgerückt. Genau das, was Sophia so energisch von ihm gefordert hatte, war jetzt eingetreten. Aber um diese Beförderung zu schaffen, hatte er sich vielleicht zu wenig um Sophia gekümmert.

Es war ein Teufelskreis. Als freiberufliche Cellistin hatte sie viele Bekannte in Künstlerkreisen. Er hatte sich wenig dafür interessiert. Und eines Tages erzählte sie wieder von diesem Maler, Osvaldo, der schon einmal seinen Fernsehsessel okkupiert hatte. Er habe ihr kostenlosen Malunterricht angeboten, sie habe Talent. In Ravenna halte er diesen zweiwöchigen Kurs mit maximal fünf Teilnehmern ab. Und sie möchte er dabeihaben. Da das in den Schulferien sei, könne Martin in dieser Zeit zu seinen Großeltern nach Mailand oder nach Brixen. Das sei alles zu regeln.

»Kostenlos«, hatte Florian Waldner getobt, »kostenlos, der wird schon seine Gegenleistung verlangen.«

Sophia hatte daraufhin wortlos das Wohnzimmer verlassen und war die ganze Nacht über verschwunden. Am nächsten Tag fand er einen Zettel im Briefkasten: *Ich glaube, es ist besser, wir trennen uns, zumindest vorübergehend. Dann werden wir sehen. Ciao. S.*

Das Schicksalsmotiv aus Beethovens fünfter Symphonie riss Waldner aus seinen Gedanken. Es war der Signalton seines Handys. Nur irrtümlich hatte er diesen Klingelton einmal eingestellt, dann aber nicht mehr die Geduld gehabt, die Gebrauchsanleitung zu studieren und den Ton zu ändern.

»Ja, ich bin in einer guten halben Stunde da.«

Er drückte das Handy aus, eilte ins Haus und zog anstatt der blauen Jogginghose mit den weißen Streifen eine schwarze Jeans an. Während er die braune Wildlederjacke überstreifte und den Kragen nach oben stellte, rief er seiner Mutter noch zu, sie möge sich um Martin kümmern. Um halb neun müsse der Bub dann ins Bett, er hoffe, bis dahin zurück zu sein. Und morgen, da nehme er ihn in der Frühe mit nach Bozen. Dort werde ihn seine Mutter wieder in Empfang nehmen.

Dr. Gabriela Pacella, eine 55-jährige Psychologin und Fachärztin für Nervenkrankheiten, war in ihrer Praxis in Bozen tot aufgefunden worden. Todesursache vermutlich Genickbruch. Das waren die dürren Fakten, die ihm Inspektor Peter Runggaldier am Telefon kurz mitgeteilt hatte.

Der erste Mordfall, bei dem ich die Ermittlungen leiten und für sie hauptsächlich verantwortlich sein werde, ging es Waldner durch den Kopf. Sofern das der Staatsanwalt wirklich so anordnete.

Er schwankte zwischen Stolz und Angst, während er in den sechsten Gang hochschaltete, um mit 150 Stundenkilometern auf der Brennerautobahn Richtung Bozen zu fahren. Bisher, so sortierte er seine Gedanken, war er in zwei Mordfällen als Inspektor an Ermittlungen beteiligt gewesen. Nie vergessen würde er die Bilder des 13-jährigen Mädchens aus Padua, das ein sadistisch veranlagter Kinderschänder missbraucht und dann zerstückelt hatte, um die einzelnen Körperteile an verschiedenen Orten im Wald zu verscharren. Ein Pilzesucher hatte den Täter bei einer dieser Vergrabungsaktionen beobachtet; dennoch hatten sich die Ermittlungen über Wochen hingezogen, unter großer Anteilnahme der Bevölkerung und enormem Druck von Seiten der Staatsanwaltschaft auf die ermittelnden Polizeibeamten. Wohl in keinem Land der Welt war man bei Gewalt gegen Kinder so nervös wie in Italien.

Der andere Fall hatte sich in Trient ereignet. Ein Immobilienhändler hatte gegenüber zweien seiner Kompagnons Zahlungsrückstände. Bei einem Termin in seinem Büro, bei dem er ihnen das ausstehende Geld bar übergeben sollte, zog er statt des Geldes eine Pistole hervor und knallte die beiden Kompagnons kaltblütig ab, bevor er sich dann selbst richtete. Die Beweislage war eindeutig, Fingerabdrücke, die Schmauchspuren an der Hand des Immobilienhändlers, der Auffindungsort der Leichen – die Ermittlungen zu diesem Fall hatte Waldner unter der Rubrik »Lehrbeispiel zur Einführung in die Kriminalistik« gebucht.

Dennoch hatte er wenig Erfahrungen, nur reichlich theoretisches Wissen, das er sich während seiner 18-monatigen Ausbildung auf der Polizeioberschule in Nettuno angeeignet hatte. Immerhin, so beruhigte er sich, hatte er mit Dr. Alfieri einen erfahrenen Staatsanwalt an seiner Seite, mit dem er sich in seinem Vorgehen absprechen würde.

Er hielt den Carabinieri, die das mehrstöckige Wohn- und Bürohaus in der Sernesistraße mit einem Absperrband weiträumig gegen Neugierige abgesichert hatten, seinen Ausweis entgegen.

Mit »Herr Kriminalhauptkommissar« grüßten ihn die beiden Carabinieri daraufhin und griffen an ihre Dienstmützen.

Klingt gut, dachte sich Florian Waldner nicht ohne Stolz: Herr Kriminalhauptkommissar! Aber zugleich ärgerte er sich ein wenig, dass die Carabinieri schon vor ihm da waren. Mal sehen, wem der Staatsanwalt die Ermittlungen übergibt, ging es ihm durch den Kopf.

Auf der Treppe zur Praxis des Opfers im ersten Stockwerk kam ihm Dr. Alfieri entgegen. Waldner war nicht wenig verwundert, dass er offenbar die Besichtigung des Tatortes schon abgeschlossen hatte.

»Ich war auf dem Weg in mein Büro«, beantwortete Dr. Alfieri die offenkundige Frage, die im Gesicht Waldners stand, noch bevor er sie ausgesprochen hatte. »Da habe ich den Notarzt und den Krankenwagen sowie die Carabinieri gesehen, wie sie in dieses Haus eilten. Natürlich bin ich sofort hinterher. Eindeutig ein Tötungsdelikt. Kommissar Waldner, übernehmen Sie mit Ihren Leuten bitte die Ermittlungen und halten Sie mich auf dem Laufenden. Ich muss jetzt dringend ins Büro.«

Waldner nickte. Runggaldier begleitete ihn in das Arbeitszimmer der ermordeten Psychologin. Süßlicher Leichengeruch füllte den Raum. Das Opfer lag seitlich hingestreckt vor dem großen Bücher- und Aktenregal, das eine komplette Längsseite des Besprechungszimmers ausfüllte. Die Haare klebten durch das Blut, das aus einer Wunde am Hinterkopf ausgetreten war, in Büscheln zusammen. Die ebenfalls schon anwesenden Spurenermittler, die mit ihren weißen Ganzkörperanzügen ein bisschen an Astronauten erinnerten, fotografierten, nahmen Fingerabdrücke und befestigten Nummernschilder an verschiedenen Orten im Raum, um später den Ablauf der Tat rekonstruieren zu können.

Waldner hatte das Gefühl, sein Hals trockne aus. Er schluckte, was nicht ohne Schmerz abging. Weniger der Leichengeruch machte ihm zu schaffen als der Anblick der toten Frau: Das krustige Blut am Hinterkopf ließ die Wucht des Schlages und damit die Gewalt ahnen, die zum Tod geführt hatte. Wie viel Emotion, wie viel geballter Hass musste hinter der Tat stehen! In Waldners Kopf machte sich ein Schwindelgefühl breit. Reiß dich zusammen, kommandierte ihn eine innere Stimme, du darfst jetzt hier nicht zum Weichei werden, sonst ist dein Ruf in allen Abteilungen gleich ruiniert.

»Wie lange ist sie tot?«, fragte er verhalten den über die Leiche gebeugten Pathologen Dr. Vianello und grämte sich dabei: Auch der war also schon da! Es schien, als sei der zuständige Kommissar der Letzte gewesen, der zum Tatort gekommen war. Die Fahrt von Brixen, seinem derzeitigen Wohnort, nach Bozen, diese halbe Stunde, hatte ihm den Rückstand beschert. Zum Glück hatte Dr. Alfieri nicht darauf angespielt. Kein Zweifel, Waldner musste sich spätestens nach dem Sommer eine Wohnung in Bozen nehmen.

Dr. Vianello arbeitete im Bozener Sanitätsbetrieb und galt weit über die Grenzen Südtirols hinaus als Koryphäe. Mit seinen Vorträgen und Publikationen erreichte er aufgrund seiner anschaulichen Sprache ein großes Publikum auch außerhalb von Kriminologen- und Medizinerkreisen. In kniffligen Fällen rief ihn der Staatsanwalt gelegentlich auch zum Tatort, bevor die Leiche dann in die Pathologie des Krankenhauses zur gründlichen Autopsie überführt wurde. Zu Waldners Diensteinführung in der Quästur in Bozen war Vianello zugegen gewesen und hatte ihm ein Buch geschenkt: *Die größten Kriminalfälle der Mensch-*

heitsgeschichte. Mist, habe ich noch gar nicht reingeschaut, fiel es Waldner ein, und er hoffte zugleich, Vianello werde ihn darauf nicht ansprechen.

»Ah, der Herr Jungkommissar!« Vianello schaute ihm fast heiter in die Augen.

Jungkommissar, die Anrede gefiel Waldner nun ganz und gar nicht. Zum einen hatte er gerade immerhin schon seinen 40. Geburtstag begangen. Und in Anwesenheit der anderen Mitarbeiter der Spurensicherung und des sogar etwas älteren Inspektors Runggaldier fand er sie alles andere als respektfördernd. Er überging die Bemerkung und wiederholte seine Frage: »Wie lange ist sie tot?«

»Das sage ich Ihnen erst, wenn Sie mir verraten, welcher Kriminalfall Sie am meisten fasziniert hat. Sie wissen schon: aus den *Größten Kriminalfällen der Menschheitsgeschichte.*«

Oh Gott, Volltreffer, genau die Frage wollte ich vermeiden, dachte sich Waldner. Zugleich wuchs in ihm so etwas wie Aggression gegen den Dottore. Wollte er ihn auf den Arm nehmen? Oder wollte er gleich die Rangordnung für alle Zukunft klarstellen: Der Kommissar war von der Gnade des Herrn Pathologen abhängig?

»Wie lange ist sie bitte tot?«

Er versuchte sich seine Gereiztheit nicht anmerken zu lassen.

»Na, jetzt einmal nicht so verbissen sein, junger Mann. Die Todeszeit ist im Moment natürlich schwer zu bestimmen, dazu kann ich erst morgen Früh in der Pathologie Genaueres sagen. Vermutlich war es Freitagnachmittag oder -abend. Und als Nächstes wollen Sie sicher die Todesursache wissen?«

Der Dottore schaute ihn herausfordernd an. War ja wohl nicht so schwierig vorauszusehen, die Frage, ärgerte sich Waldner. Er wollte dem Dottore nicht den Gefallen tun und fragte daher: »Gibt es Anzeichen, ob es mehrere Täter waren?«

»Das ist aber jetzt eine ungewöhnliche Frage an einen Pathologen«, gab der Dottore zurück, »ich kann nur sagen, dass der Tod vermutlich durch mehrere Schläge mit einem stumpfen Gegenstand von hinten auf den Kopf eingetreten ist. Die Schädeldecke zeigt schwere Frakturen und Quetschungen. Ob diese Schläge von einer Person durchgeführt wurden oder ob sich da mehrere abgewechselt haben, das steht außerhalb meiner Erkenntnismöglichkeiten.«

»Gut, danke, morgen melde ich mich bei Ihnen wegen des genauen Todeszeitpunktes«, brach Waldner das Gespräch ab und wandte sich Runggaldier zu, der sich bereits mit der Spurensicherung besprochen hatte.

»Eine Tatwaffe gibt es nicht, die muss der Täter mitgenommen haben«, berichtete er. »Da es keine Einbruchsspuren gibt, muss die Ermordete den Täter selbst hereingelassen haben. Oder er hat einen Schlüssel von der Praxis gehabt. Aber das ist eher unwahrscheinlich.«

Waldner war froh über den sachlichen Ton Runggaldiers. Er warf dem über die Leiche gebeugten Dottore Vianello einen Blick zu, doch der war vertieft in die Untersuchung des Rachens der Ermordeten.

»Wieso ist das mit dem Schlüssel unwahrscheinlich?«, hakte Waldner nach.

»Weil Anna Teisendorfer gesagt hat, außer ihr, der Dottoressa und der Raumpflegerin habe nur noch deren Mann einen Schlüssel von der Praxis. Anna Teisendorfer ist die

Sekretärin von Frau Dr. Pacella. Wir haben hier ihre Telefonnummer gefunden und sie gleich angerufen. Wahrscheinlich wäre später noch eine ausführliche Befragung dieser Frau sinnvoll.«

»Weiß der Mann schon vom Tod seiner Frau?«

»Nein, das wäre vielleicht Ihre Aufgabe, Herr Waldner.«

Waldner schluckte. Mit der Überbringung von Todesnachrichten hatte er gleich gar keine Erfahrung. Wieder nur theoretische Kenntnisse. Er erinnerte sich an einen Kurs »Psychologie in der Polizeipraxis«, in dem es eine Einheit genau zu diesem Thema gegeben hatte. Doch was hatte er sich damals notiert? Nur vage entsann er sich an ein paar Details.

»Kann ich die anfassen?«, fragte er einen der Spurenermittler, der geschäftig das Bücherregal nach Fingerabdrücken absuchte, und deutete auf eine Reihe Aktenordner.

»Ja, haben wir schon überprüft«, gab ihm der Mann im weißen Ganzkörperanzug zurück, »in einem Aktenordner sind anscheinend Protokolle entwendet worden. Schauen Sie, da.«

Er blätterte Waldner die Protokolle vor, die fortlaufend nummeriert waren. Zwischen den Protokollen 183 und 185 fehlte eines, das letzte Protokoll war vom Freitagvormittag, 11.00 Uhr, und trug die Nummer 186. Es lag, wie der Spurenermittler dem Kommissar zeigte, auf dem Schreibtisch und war noch nicht gelocht und abgeheftet. Offenbar hatte die Dottoressa noch daran geschrieben.

Für einen Augenblick zögerte Waldner, die Einzelheiten der Protokolle zu lesen. Der Gedanke an die ärztliche Schweigepflicht, an die ja wohl auch eine Ärztin für

Nervenkrankheiten gebunden war, überfiel ihn. Doch dann setzte sich sein Berufsinstinkt durch. Schließlich ermittelte er in einem Mordfall. Also begann er das Protokoll zu lesen, das auf dem Schreibtisch lag.

Aus den Stichworten ging hervor, dass der Patient Sebastian Mayr hieß, 23 Jahre alt und schon seit einiger Zeit bei Frau Dr. Pacella in Behandlung war. Er stammte von einem Winzerhof über St. Pauls. An seinem 20. Geburtstag hatte er Freunde eingeladen, sie hatten schon nachmittags viel Wein und Schnaps getrunken. Dann hatte er sie alle zu einer Spritztour auf dem Hänger eingeladen. Die jungen Frauen und Männer hatten sich alle auf die Ladefläche gesetzt, und seitlich neben ihm auf den Sitzen über den Radblechen hatten zwei seiner Freunde Platz genommen und ihm ständig auf die Schultern geklopft und übermütig ins Lenkrad gegriffen. Die Fahrt ging in Richtung des Waldbaches, doch kurz vor dem Ziel musste einer der Freunde oder er selbst an den Kipphebel gekommen sein. Die Ladefläche hob sich, und die meisten der jungen Leute purzelten von der Ladefläche. Ein Mädchen schlug mit dem Kopf auf dem Asphalt auf. Sie starb wenige Tage später im Meraner Krankenhaus an Hirnblutung. Da der Hauptschuldige nicht eindeutig ermittelt werden konnte, war Sebastian Mayr mit einer Bewährungsstrafe davongekommen.

Aber viel schlimmer waren seine Schuldgefühle. Nachts erschien ihm immer wieder das Mädchen. Oder er sah die verzweifelte Mutter, die zur Unfallstelle gekommen war, eilig mit dem Handy herbeigerufen und noch vor den Rettungskräften am Ort des Unglücks: Sie hielt die schwer verletzte Tochter im Arm, einer Pietà gleich, der Personifikation des Schmerzes. Dieses Bild hatte sich tief in die Seele des Sebastian Mayr eingebrannt.

Waldner überlegte. Dieser Patient hatte die Dottoressa vielleicht als Vorletzter lebend gesehen. Eventuell war dann nur noch der Mörder gekommen.

»Peter, Sie müssen die Nachbarn befragen, ob sie jemand am Freitag in das Haus gehen gesehen haben.«

»Ja, hatte ich ohnehin vor.«

Runggaldier verschwand im Treppenhaus. Ein Klingeln eine Etage höher war zu hören. Als er die Wohnung über der Praxis betreten hatte, bat Waldner die anwesenden Ermittler für einen Augenblick um absolute Stille. Doch war von Runggaldiers Gespräch eine Etage höher nichts zu hören. Das Haus war alt, die Mauern dick. Demnach hatten wohl auch die anderen Bewohner nichts von dem Gewaltverbrechen mitbekommen, das sich hier in den Praxisräumen ereignet hatte.

Waldner wandte sich dem Ordner zu, in dem das Protokoll Nummer 184 fehlte. Nummer 185 bezog sich auf eine psychotherapeutische Sitzung am Freitag um 8.00 Uhr. Es betraf eine zehnjährige Schülerin, die wegen eines nervösen Zuckens der Augenlider in Behandlung war. Nur wenige Worte über die angeordneten Stilleübungen waren vermerkt, dazu die Ausleihung einer CD notiert.

Protokoll Nummer 183 bezog sich auf eine therapeutische Sitzung am Donnerstag um 13.00 Uhr. Ein 17-jähriges Mädchen namens Julia Dorfmeister war mit ihrem 21-jährigen Freund bei der Psychologin gewesen, weil sie eine schwere Entscheidung getroffen hatte: Sie war aus dem elterlichen Haus ausgezogen. Ihr Vater und seine Lebensgefährtin hatten sie misshandelt und unter starken psychischen Druck gesetzt. Julias Vater hatte nach dem Tod seiner Frau vor fünf Jahren eine neue Beziehung begonnen. Wie sich bald herausstellte, war die neue Partnerin eine Zeugin Jehovas, die es schnell verstand, auch Julias Vater zum Übertritt in diese Glaubensgemeinschaft zu bewegen. Das Protokoll verzeichnete all die Peinlichkeiten, die für die pubertierende Julia mit der religiösen Orientierung des Vaters und seiner Freundin verbunden waren: den Kleiderzwang – erlaubt waren nur weiße Blusen und schwarze Faltenröcke –, dass sie ihre erste Periode vor dem Leiter der Regionalgruppe der Zeugen Jehovas beschreiben musste und scharfe Ermahnungen erhielt, Sexualität sei etwas Schmutziges, und schließlich das Verbot all dessen, was den Gleichaltrigen Spaß machte: Tanzen, Discomusik, Computerspiele. Nicht einmal auf Geburtstagspartys durfte sie gehen, geschweige denn die eigenen Geburtstage feiern. Vor einer Woche hatte sie erstmals den Kontakt mit der Psychologin gesucht, ihr erzählt, dass sie jetzt einen Freund habe und er sie ermutige, sich aus der Sekte zu lösen und zu ihm zu ziehen. Das war dann sofort geschehen, und der Besuch in der Praxis am vergangenen Donnerstag war geprägt von zwiespältigen Gefühlen. Zum einen hatte sie Angst vor dem, was die Sekte, der Vater, seine Lebensgefährtin unternehmen würden. Andererseits war sie stolz und glücklich, endlich diesen Schritt gewagt zu haben. Sie wohnte jetzt in Bozen bei ihrem Freund, der in einem Sägewerk arbeitete und ihr auch finanziell Sicherheit bot. Man hatte für nächste Woche einen neuen Termin in den Räumen der Psychologin vereinbart.

Wer informiert jetzt diese Patienten, fragte sich Waldner. Runggaldier hatte Anna Teisendorfer erwähnt, die Sekretärin. Mit ihr musste er unbedingt sprechen, auch wegen der Systematik der Protokolle. Wie konnte man herausfinden, auf wen sich das Protokoll Nummer 184 bezog und was darin stand?

Waldner verabschiedete sich von den Ermittlungsbeamten, nicht ohne einen abschätzigen Blick auf Dr. Vianello zu werfen. Der Pathologe betastete, ganz in sich selbst versunken, die Kopfhaut der Ermordeten mit seinen spindeldürren Fingern.

Runggaldier hatte die Anhörung möglicher Zeugen im Haus noch nicht zu Ende gebracht. Waldner war klar, dass sie jetzt für die anstehenden weiteren Befragungen Verstärkung brauchten. Da es einer sinnvollen Gepflogenheit entsprach, Zeugenbefragungen nie alleine durchzuführen, und er Runggaldier gerne bei Anna Teisendorfer dabeihaben wollte, rief er den jungen Kollegen Lorenzo Köstner an. Ihn kannte er von gelegentlichen Spielen in der Polizei-Fußballmannschaft. In einem weiteren Telefonat informierte er den Staatsanwalt über die bisherigen Erkenntnisse. Dann fuhr er mit Runggaldier los, an der Quästur vorbei, wo sie Köstner auflasen und Runggaldier ihm die bisherigen Befragungen im Praxishaus der Dottoressa schilderte. Sie ließen ihn an der Praxis aussteigen und fuhren weiter zum Wohnhaus der Psychologin.

Prof. und Dr. Pacella, stand auf dem Klingelschild an der luxuriösen Villa in Oberbozen. Der Professore Dr. Pacella, ein hochaufgeschossener, schlanker Mittsechziger mit schütterem Haar und Lesebrille, sah sich die Dienstausweise der Herren Waldner und Runggaldier sehr genau an, bevor er sie einließ.

»Ja, bitte, worum geht's?«, fragte er sie erstaunt.

Das war genau der Augenblick, vor dem Waldner sich gefürchtet hatte. Es war wie beim Schwimmen in einem kalten See, was er nicht gerne, manchmal aber Martin zuliebe tat: Erst die eisige Temperatur an den Füßen, an den Beinen, aber das war noch gar nichts gegen die Kälte am Bauch, die es auszuhalten galt, indem man sich ganz ins Wasser warf. Einfach war das nicht, es kostete Überwindung.

Jetzt, bei der Frage des Herrn Professore, stand auch wieder so eine Überwindung bevor. Er wollte keine Standardsätze, nicht das, was in Fernsehkrimis in solchen Fällen gesagt wurde: »Wir haben Ihnen eine traurige Nachricht zu überbringen. Ihre Frau ist verstorben. Wir möchten Ihnen unser herzliches Beileid ausdrücken.« Wie ihn das immer anwiderte, diese Floskeln, dieses falsche Getue, diese fehlende Empathie.

»Was ist, meine Herren, warum sind Sie hier? Entschuldigen Sie bitte, aber ich schreibe gerade an einem Buch über neue archäologische Funde im Vinschgau, sensationelle Erkenntnisse, die im Zusammenhang mit dem Mann vom Hauslabjoch...«

»Professore, sind Sie der Ehemann von Frau Dr. Gabriela Pacella?«

Der Professore nickte irritiert.

Florian Waldner holte, ohne dass es die anderen merkten, tief Luft. »Wir haben Ihnen eine traurige Nachricht zu überbringen. Ihre Frau ist verstorben.«

Der Professore lachte auf. Er glaubte an einen Scherz. Aber die Miene der beiden Kriminalbeamten verriet etwas anderes, vor allem, als Waldner nachschob: »Wir möchten Ihnen unser herzliches Beileid ausdrücken.«

»Gestorben? Wie denn? Wieso denn?«, stammelte jetzt der Professore.

»Sie ist ermordet worden. Vermutlich hat sie jemand von hinten mit einem stumpfen Gegenstand erschlagen. Das Ganze ist am Freitag schon geschehen. Haben Sie Ihre Frau denn nicht vermisst?«

Der Professore starrte ins Leere.

»Vermisst? Nein, äh, doch, natürlich. Also, ähm, es war so, ich war die letzte Woche auf einer Tagung in Helsinki und hatte am Freitagmittag mit meiner Frau telefoniert. Ich hatte ihr mitgeteilt, dass ich am Dienstag, also morgen, zurückkomme. Doch dann habe ich festgestellt, dass die Vorträge am letzten Tag für mich nicht so interessant sind, zumal einige ausfallen sollten, sodass ich schon heute Mittag zurückgekehrt bin. Eigentlich wollte ich meine Frau damit überraschen. Aber jetzt, ermordet sagen Sie? Das kann ich mir nicht vorstellen.«

»Professore, Sie haben also am Freitag zum letzten Mal Kontakt mit Ihrer Frau gehabt?«

»Ja, das war bei uns so«, gab der Professore gereizt zurück, »wir haben das immer abgelehnt, dieses tägliche Telefonieren und Mailen. Beziehungen leben auch und gerade von der Distanz, von dem Sich-Freuen auf den anderen...«

»Darum geht es mir nicht, Professore«, unterbrach ihn Waldner, »ich möchte wissen, ob Ihnen an der Stimme Ihrer Frau am Freitagmittag etwas aufgefallen ist. Oder hat sie etwas von schwierigen Terminen, von unangenehmen Begegnungen erzählt? Irgendetwas Besonderes?«

»Nein, Kommissar Waldner, wir haben am Telefon immer nur kurz gesprochen. Es ging nur um Organisatorisches. Ich muss beim Reden den Menschen sehen, damit ich mir ein Bild vom anderen und von dessen Gemütszustand machen kann.«

Er durchbohrte jetzt Waldner, dann Runggaldier mit seinen Blicken.

Kann das stimmen, fragte sich Waldner und erinnerte sich an die stundenlangen Telefonate mit Sophia, als er seine Ausbildung in Padua machte und sie am Conservatorio in Mailand studierte.

Erst durch diese Telefonate waren sie sich eigentlich nähergekommen. Andererseits, wenn er an die Telefonate mit Martin dachte und an das, was der Professore da eben von sich gegeben hatte… Martin, wenn er bei seiner Mutter in Bozen war. Wenn er ihn nur kurz am Telefon sprechen konnte, weil sein Sohn schon über der Zeit war und schnell ins Bett musste. Wenn dieser dann das Gespräch mit einem »Gute Nacht, Papa, träum was Schönes« abbrach und er noch sekundenlang das Besetztzeichen anhörte, dieses harte und penetrante Getute, das ihm den Schmerz der Trennung von seinem Sohn nur noch spürbarer bewusst machte.

»Professore, Sie haben einen Schlüssel von der Praxis Ihrer Frau. Können Sie mir sagen, wo der sich befindet?«

Der Professore kramte aus seiner Sakkotasche einen Schlüsselbund hervor und zeigte dem Kommissar einen der ungefähr zehn Schlüssel.

»Mussten Sie denn oft in die Praxis Ihrer Frau?«

»Nein, nie.«

»Aber warum haben Sie dann den Schlüssel an Ihrem Schlüsselbund?«

»Weil ich den Schlüsselbund besser wieder finde, wenn

er größer ist. Doch«, jetzt bebte die Stimme des Professore leicht, »was hat das mit dem Tod meiner Frau zu tun?«

»Das war nur eine Routinefrage. Ich gehe davon aus, dass Sie den Schlüsselbund so auch in Finnland mit dabei hatten, ja?«

Der Professore nickte stumm, seine Hand hatte leicht zu zittern begonnen.

»Dann danken wir Ihnen für Ihre Auskünfte. Brauchen Sie irgendwelche Hilfe? Sollen wir Ihnen ...«

Waldner biss sich auf die Lippen. Er war gerade dabei, die Hilfe einer Polizeipsychologin oder eines Seelsorgers anzubieten.

Aber das würde sicherlich nicht gut ankommen. Bei einem Professor, der mit einer Psychologin verheiratet gewesen war.

Der Professor blickte weiter stumm auf den Boden.

»Oder haben Sie Kinder oder andere Angehörige, die wir benachrichtigen sollen, auch dass sie vielleicht herkommen?«

Waldner wirkte von Satz zu Satz unsicherer, hilfloser.

Der Professore schaute ihm mit flackerndem Blick in die Augen. »Damit Sie ihnen eine traurige Nachricht überbringen können? Damit Sie ihnen Ihr herzliches Beileid ausdrücken können?«

Wütend stand der Professore auf und ging ins Zimmer nebenan. Waldner und Runggaldier schauten sich betreten an und verließen still das Haus.

Es war 19.00 Uhr, als sie bei Anna Teisendorfer klingelten. Just in dem Augenblick, als sie die Tür öffnete, erhielt Waldner einen Anruf. *Köstner*, stand im Display.

»Mach du mal«, sagte er zu Runggaldier und entfernte sich ein paar Schritte.

»Die Mitbewohner im Haus«, führte Köstner aus, »insgesamt drei Parteien, haben um 8.00 Uhr ein junges Mädchen in die Praxis gehen sehen. Das hat eine Mutter berichtet, die ihr Kind in den Kindergarten brachte und sich gewundert hat, wieso das andere Kind nicht zur Schule musste. Sie hat es angesprochen, und das Mädchen habe gesagt, es habe für die ersten beiden Stunden eine Schulbefreiung wegen des Termins bei Frau Dr. Pacella. Ja, und sonst haben die Mitbewohner nur noch erzählt, dass bei ihnen allen am Freitagnachmittag zwei Männer von den Zeugen Jehovas waren. Sie sind von der untersten Wohnung, also der in der ersten Etage, stockaufwärts gegangen. Das Übliche halt, sie wollten ihnen ihre Zeitschrift, den ›Wachtturm‹, andrehen und über eine ganz bestimmte Bibelstelle sprechen und so was. Niemand hat sie hereingelassen, aber wenn nötig, könnten sie die beiden Männer identifizieren. Vermutlich waren sie als Erstes auch in der Praxis bei Frau Dr. Pacella.«

Waldner bedankte sich für die Informationen und bat Köstner, morgen früh gleich nach St. Pauls zu fahren, um mit Sebastian Mayr zu sprechen.

Anna Teisendorfer war etwa dreißig Jahre alt und wohnte in einem Mehrparteienhaus in der Montellostraße in Bozen. Die Wohnungseinrichtung war ausgesprochen karg. Nur das Notwendigste fand sich hier, kaum Bilder, keine Musikanlage, keine Bücher. Als sie die etwas verwunderten Blicke der Kriminalbeamten sah, erzählte sie, sie sei erst vor Kurzem eingezogen. Sie habe noch viele Sachen bei ihren Eltern und überlege, sie hierher zu holen.

Auf die Frage nach Frau Dr. Pacella berichtete Anna Teisendorfer, sie kenne sie erst seit drei Monaten. So lange sei sie dort als Sekretärin beschäftigt, die Stelle sei ausgeschrieben gewesen, halbtags. Da das nicht reiche, habe sie noch einen anderen Job im Reinigungsgewerbe. Waldner merkte, dass ihr das Thema peinlich war. Vielleicht schämte sie sich für die Reinigungstätigkeit. So wollte er nicht weiter nachfragen.

Bei der Frage nach dem Terminkalender musste Anna Teisendorfer überraschenderweise passen. Termine habe die Dottoressa nur selbst gemacht, da habe sie keinen Überblick. Natürlich sei das in der praktischen Handhabung für sie als Sekretärin oft schwierig gewesen. Aber die Dottoressa habe das nun einmal so gewollt. Sie habe ihren grünen Terminkalender immer bei sich getragen. Wo der jetzt sei, wisse sie nicht, wenn er nicht in ihrer Handtasche sei. Waldner erinnerte sich, dass der Spurendienst die Handtasche zur Untersuchung mitgenommen hatte. Morgen würde er dazu mehr erfahren können.

Wichtigste Erkenntnis in diesem Gespräch war für Waldner das System der Protokolle, das ihm die Sekretärin erklären konnte. Demnach stehe auf jedem Protokoll oben rechts auf der ersten Seite eine Zahlenfolge, die auf das vorausgegangene Protokoll über eine Sitzung mit dem Patienten verweise. Mit dieser Methode war es also möglich, auch die vorherigen Protokolle zu finden. Im Ausschlussverfahren konnten sich so wohl Hinweise auf das Protokoll Nummer 184 finden lassen. Wenn es kein neuer Patient war.

Die einfachsten Fragen vergisst man manchmal, dachte sich Waldner beim Weggehen:

»Wann waren Sie eigentlich zum letzten Mal in der Praxis, Frau Teisendorfer?«

»Am Mittwoch, ich arbeite normalerweise von Montag bis Mittwoch. Donnerstag und Freitag ist die Dottoressa alleine in der Praxis. Sie dürfen sich das nicht wie beim Zahnarzt vorstellen. Bei den psychotherapeutischen Sitzungen kommt es auf die Intensität des Gesprächs zwischen Therapeutin und Patient an. Da würde jede weitere Person stören. Ich bin da also nie dabei und kann mir meine Arbeit an den drei Tagen ganz gut einteilen.«

Als sie das Haus von Anna Teisendorfer verließen, sah Florian Waldner mit Erschrecken, dass es schon 20.00 Uhr war. In einer halben Stunde würde Martin ins Bett gehen. Er wollte ihn noch vor dem Einschlafen sehen. Runggaldier hatte kein Problem, mit dem Bus in die Quästur zu fahren, wo sein Auto stand. Gott sei Dank, atmete Waldner auf und fuhr mit leicht quietschenden Reifen davon.

Nachdem er die Autobahn erreicht hatte, versuchte Waldner seine Eindrücke zu sortieren. Eine ganze Reihe von Schicksalen und eigenwilligen Persönlichkeiten hatte er an einem einzigen Nachmittag kennengelernt. Da war jener tragische junge Mensch Sebastian Mayr, der durch ein alkoholbedingtes Fehlverhalten sein ganzes Leben verpfuscht zu haben schien. Waldner dachte an eigene Alkoholexzesse im jugendlichen Alter, damals, als sie mit der Fußballmannschaft im Zeltlager am Gardasee waren. Einige hatten aus dem elterlichen Schnapsschrank ein paar Flaschen Enzian mitgehen lassen. So orientierungslos sie damals in den Zelten umhergetaumelt waren, so sehr ihnen am nächsten Morgen der Schädel brummte – es war ohne größere Folgen abgegangen. Glück gehabt! Ein Seufzer stieg aus Waldners Brust empor.

Dann diese Julia Dorfmeister, ein Sektenopfer. Vielleicht eine erste heiße Spur? Runggaldier hatte berichtet, dass Zeugen Jehovas am Tag der Tat bei Dr. Pacella waren. Aber wenn sie die Dottoressa, vielleicht im Affekt, ermordet hatten, dann wären sie doch kaum in aller Seelenruhe anschließend in die oberen Stockwerke gegangen, um für ihre Mission zu werben. Es sei denn, sie wollten gerade durch ein solches Verhalten verhindern, dass ein Verdacht auf sie fiele. Aber das wäre sehr abgebrüht.

In jedem Falle musste er mit diesen Leuten sprechen, auch unabhängig davon, ob ihnen der Mord zuzutrauen war. Denn sie könnten vielleicht etwas beobachtet haben. Und wenn er ehrlich war, wollte er auch erfahren, was das für Leute waren, die Julia so zu verbiegen versucht hatten. Ob Martin auch einmal in die Gefahr käme, von einer Sekte vereinnahmt zu werden?

Martin, ach ja, hoffentlich war er noch nicht eingeschlafen. Links über dem Eisacktal bei Klausen sah Waldner die Burg Säben thronen. Er überlegte, was für eine Geschichte er seinem Sohn zum Einschlafen erzählen sollte. Vielleicht eine mit Rittern?

Seit einem Dreivierteljahr, seit dem Auszug aus der Bozener Wohnung, fuhr er fünf, sechs Mal die Woche die Strecke von Brixen nach Bozen und zurück. Auf Dauer war das kein Zustand. Er hoffte immer noch auf eine Rückkehr in die Wohnung nach Bozen. Das mit dem Maler würde sich doch irgendwann als ein Abenteuer, in jedem Falle als ein Fehler herausstellen. Auch Martin zuliebe wäre es das Beste, man würde noch einmal von vorne anfangen. Oder

war das zu blauäugig? Gab es jetzt vielleicht die Möglichkeit, das Leben neu zu sortieren?
Sein Handy zeigte eine SMS an: *Was Neues? Alfieri.*
Waldner nahm die Autobahnausfahrt und fuhr rechts ran. Er tippte einige knappe Informationen über die möglichen Zeugen und eventuellen Tatverdächtigen in sein Handy und schickte sie dann an Alfieri.
Gerade als er weiterfahren wollte, hörte er das ihm so sattsam bekannte »Schicksalsmotiv«. Er schaute auf die Uhr. 20.25 Uhr.
Wenn ich jetzt hingehe, schläft Martin ohne mich ein.
Aber er ermittelte in einem Mordfall. Da konnte jeder Anruf wichtig sein. Er kannte die angezeigte Nummer nicht, sah nur, dass sie aus Bozen war.
»Hier spricht Claudia Corradini. Ich bin Journalistin. Sagen Sie, haben Sie schon eine erste Spur im Mordfall Dr. Pacella?«
Auch das noch, dachte Waldner. Er gab wortkarg Auskunft, verwies auf den Staatsanwalt, der für grundsätzliche Informationen zuständig sei. Aber die Journalistin schien über ein größeres Fragereservoir zu verfügen.
»Stimmt es, dass Sie eine Sekte im Verdacht haben, an der Tat beteiligt zu sein?«
Jetzt musste Waldner schlucken. Wie kam sie darauf? Runggaldier würde ihr wohl kaum etwas gesagt haben, so gut kannte er ihn, er war dazu viel zu loyal.
»Hören Sie, wir stehen doch erst am Anfang der Ermittlungen! Wie kommen Sie auf so etwas?«
»Informantenschutz, Herr Kommissar, das müssten Sie wissen. Aber Sie haben lange gezögert, und das ist auch eine Antwort. Vielen Dank!«

Waldner starrte das Telefon an. Diese Claudia Corradini hatte ihn einfach weggedrückt. Was die wohl schreiben würde?

Die Uhr zeigte 20.30 Uhr. In zehn Minuten würde er in Brixen im Haus seiner Eltern sein. Es lag sehr schön oberhalb von Kloster Neustift, inmitten von Weinbergen. So sehr seine Mutter traurig war, als er bei Sophia ausgezogen und die Ehe offenbar gescheitert war, so sehr war sie dankbar, dass nach dem Tod ihres Mannes der Sohn bei ihr wieder eingezogen war und dass sie auch ihren Enkel wieder häufiger zu Gesicht bekam. Das Kochen, Kleiderwaschen, das Spielen und Hausaufgabenmachen mit Martin, das alles lenkte sie von ihrer Trauer ab, und sie hatte das Gefühl, gebraucht zu werden.

Waldner dachte an zahlreiche seiner jüngeren italienischen Kollegen, die er während seiner Ausbildung in Padua und Trient kennengelernt hatte. Die waren zum Teil schon älter als 30 Jahre und lebten immer noch bei ihrer »Mama«, ohne dass das jemanden störte oder wunderte. In Südtirol fiel es aber schon eher auf: Entweder die Söhne übernahmen den elterlichen Hof oder Betrieb und heirateten dann eine Frau, die mitarbeitete, sodass das Zusammenleben der Generationen eine Selbstverständlichkeit war. Oder die Söhne gingen zur Ausbildung oder zum Studium weg und zogen dann in ein eigenes Haus, in eine eigene Wohnung. Aber dass ein Mann von vierzig Jahren, obwohl noch verheiratet, mit seinem Sohn zur Mutter zurückzog und dort von ihr bewirtet wurde, das war eher ungewöhnlich und mochte der Stoff für so manches Gespräch in der Nachbarschaft sein. Bloß: Wie sollte er sein Leben jetzt ohne die Mutter organisieren? Sein Beruf ließ ihm keine andere

Wahl, wenn er nicht ganz auf gemeinsame Zeit mit Martin verzichten wollte. Und das kam nicht in Frage.

Er stürmte ins Haus. Seine Mutter sah ihm die Frage an.

»Nein, er ist noch wach, ich habe ihm gesagt, dass du noch rechtzeitig kommst, weil du sonst angerufen hättest.«

Ein Glück, Mutter hat mitgedacht, atmete er durch.

»Papa!«

Ein erfreuter Aufschrei kam ihm vom Bett entgegen: »Erzähl mir eine Geschichte!«

Waldner drückte seinen Sohn. Dabei fiel ihm ein, dass er vergessen hatte, sich eine Geschichte auszudenken. Aber er hatte einen kleinen Vorrat an Geschichten, die er sich für solche Fälle aufgespart hatte.

»Also pass auf, mein kleiner Freund«, hob er an, nachdem er sich auf die Bettkante gesetzt hatte, »ein Mann war leidenschaftlicher Gleitschirmflieger. Jedes Jahr im Sommer nahm er für eine Woche an einer Ausbildung zum Gleitschirmfliegen teil. Weißt du, so wie wir sie vor zwei Wochen an der Plose gesehen haben, Martin?«

Der Kleine nickte.

»Ja, und dieser Mann hatte einen Sohn, der war so 12 Jahre alt. Und eines Tages sagte der Sohn, er wolle mit seinem Papa mal mitfliegen. Im Tandem. Da spannt man den anderen vor sich und läuft mit ihm los und fliegt dann gemeinsam davon. Sein Papa überlegte kurz und sagte dann: ›Okay, in zwei Wochen habe ich einen Fortgeschrittenenkurs gebucht. Da melde ich jetzt eine Tandemausrüstung an. Und dann fliegen wir gemeinsam!‹ Endlich war es so weit. Die beiden fuhren mit dem Auto Richtung Gardasee, wo die Gleitschirmschule war. Als sie am Abend ankamen, zog sich der Himmel zu. In der Nacht gewitterte es. Am nächsten Morgen hingen die Wolken tief im Tal. Bei diesem Nebel war ans Gleitschirmfliegen nicht zu denken. So ging das Tag für Tag. Das Wetter wurde einfach nicht besser. Es war wie verhext. Und die Laune des Sohnes wurde von Tag zu Tag schlechter. Immer nur am Gardasee rumtappen oder mit dem Vater Karten spielen, das war nicht das, was er wollte. Als der Urlaub zu Ende ging und der letzte mögliche Tag zum Gleitschirmfliegen gekommen war, fegte ein Sturm über die Straßen. ›So ein Mist‹, schimpfte der Sohn, als er in der Früh aufgestanden war und zum Himmel schaute. – ›Ich hab eine Alternative‹, sagte da der Vater, ›es gibt hier ein neues Hallenbad, eine Therme, da gehen wir rein, das wird dir gefallen.‹ Der Sohn schaute ihn mürrisch an. Therme, was das wohl werden würde? Sie fuhren zur Therme. Dort gab es viele verschiedene Becken und Dampfbäder und eine Riesenrutsche. Sehr viele Menschen waren in dem Bad. Auch Jugendliche. Anfangs hatte der Sohn überhaupt keine Lust, in eins der Becken zu steigen. Doch als er sich dann auf die Rutsche wagte, lernte er schnell einige Kinder kennen. Bald machte ihm das Mordsspaß, und sie blieben den ganzen Tag in der Therme. Unter den Jugendlichen war auch ein Bub, mit dem er sich besonders gut verstand. Sie tauschten zum Abschied Adressen aus. In den nächsten Wochen schrieben sie sich ganz oft. Bald besuchten sie sich, streiften gemeinsam durch den Wald, sammelten Kastanien und schliefen im Zelt. Auch die Eltern der beiden Kinder freundeten sich untereinander an. So trafen sich die beiden Buben häufig. Da sie beide in Südtirol wohnten, gingen sie oft in die Berge. Mit 15 bezwangen die inzwischen großgewachsenen Burschen den Klettersteig auf den Kesselkogel im

Rosengarten. Immer mehr wurden die Berge, das Klettern ihre große Leidenschaft. Später, als der eine studierte und der andere als Tischler arbeitete, nahmen sie sich im Sommer vier Wochen frei und fuhren nach Nepal, wo sie an einer Himalaya-Expedition teilnahmen und einen Siebentausender meisterten. Als sie auf dem Flughafen in Mailand ankamen, empfingen sie der Vater beziehungsweise die Freundin. Sie sahen den beiden jungen Bergsteigern die Strapazen, aber auch das Glück an, das ihnen die gemeinsame Besteigung gebracht hatte. ›Im nächsten Jahr, da wollen wir den Nanga Parbat versuchen‹, sagte der junge Mann, der als Kind so unglücklich gewesen war, als das mit seinem Vater und dem Gleitschirmfliegen am Gardasee nicht geklappt hatte. Sein Vater fragte ihn, ob er noch wisse, wie er seinen Bergfreund kennengelernt habe. Der Sohn nickte. Daraufhin sagte der Vater: ›Na, siehst du, damals hat es mit dem Tandem nicht geklappt. Aber dafür ist ein neues Tandem entstanden. Zwei Südtiroler Bergsteiger, die vor keinem Gipfel der Welt zurückschrecken.‹ Der Sohn schaute seinen Vater an. Dann holte er tief Luft, schlug seinem Freund auf die Schulter und rief: ›Na, Gott sei Dank war damals schlechtes Wetter!‹«

Martin Waldners Augen waren schon mehrfach zugefallen bei der Erzählung des Vaters. Doch jetzt riss er sie nochmals auf: »Papa, machen wir auch einmal einen Tandemflug?«

»Ach, Martin, das kann ich doch gar nicht. Aber ich habe ein anderes Abenteuer mit dir vor. Sobald der Schnee weg ist und ich einmal ein freies Wochenende habe, möchte ich mit dir den höchsten Berg der Geislerspitzen besteigen.«

»Echt? Den Sass Rigais? Schaff ich den?«

Martins Augen leuchteten.

»Wir werden sehen. Aber jetzt musst du schlafen. Gute Nacht, mein Kleiner.«

Waldner segnete seinen Sohn und ging dann in die Küche. Seine Mutter hatte ihm Schlutzkrapfen zubereitet, eines seiner Leibgerichte. Bei Mama schmeckte es einfach am besten.

3

Dienstag, 18. März

Am nächsten Tag fuhren Florian und Martin Waldner schon um 6.30 Uhr Richtung Bozen. Durch den morgendlichen Berufsverkehr lenkte der Kommissar den Wagen in die Col-di-Lana-Straße 8 zur ehemals gemeinsamen Wohnung. Er verabschiedete sich von Martin und wartete, bis dieser in der Wohnung angekommen war und ihm vom Fenster aus noch einmal zuwinkte.
Das hatte sich als Ritual eingespielt, obwohl es ihm jedes Mal einen Stich versetzte. Irgendwie war es absurd, sich von dem eigenen Kind ständig verabschieden zu müssen, weil es zur Mutter ging.

Vielleicht ließ es sich nach dem Ende der Osterferien wenigstens so einrichten, dass er ihn dann gleich zur Schule brachte? Dadurch hätten sie morgens etwas mehr Zeit, und er würde, was ihm natürlicher vorkam, mit anderen Vätern und Müttern gemeinsam das Kind verabschieden. Er spürte, wie ein leichter Schleier seinen Blick für einen Moment trübte.

Um kurz vor acht war er in seinem Dienstzimmer. Er bat die Sekretärin, Doris Rautscher, die er vom Vorgänger übernommen hatte, Runggaldier und Köstner zu einer Lagebesprechung zu sich zu bestellen.

»Herr Köstner hat angerufen, er ist schon auf dem Weg nach St. Pauls zu einem Herrn Mayr«, beschied sie ihm.

Stimmt, fiel es Waldner ein, das hatte er ja mit ihm vereinbart. Aber wenigstens mit Runggaldier wollte er sich besprechen. Er brauchte eine Rückkoppelung, so ähnlich wie viele gute Trainer der Serie A auch immer einen Stab von Kotrainern hatten, mit denen sie die Spielzüge durchdiskutierten und die Taktik festlegten.

Doris Rautscher telefonierte mit Runggaldier und teilte Waldner mit, er werde um 8.30 Uhr bei ihm im Dienstzimmer sein. Als sie ihm einen Kaffee anbot, nahm er gerne an. Sie legte ihm die Zeitung auf den Schreibtisch. Bis zu Runggaldiers Eintreffen wollte er einen Blick hineinwerfen. Als er die Lokalseite aufschlug und die in großen Lettern prangende Überschrift las, stockte ihm der Atem:

PSYCHOLOGIN OPFER EINES SEKTENMORDS?
Bozener Kripo tappt im Dunkeln

In dem Artikel selbst führte eine Claudia Corradini aus, der ermittelnde Kommissar Waldner habe den Verdacht, es handele sich um einen Mord in Zusammenhang mit einer auch in Südtirol aktiven Sekte, nicht kategorisch ausgeschlossen. Am Tag des Mordes hätten verschiedene Hausbewohner Besuch von zwei Sektenvertretern erhalten, also auch Frau Dr. Pacella.

»Frau Rautscher«, schrie Waldner fast ins Telefon, »finden Sie bitte mal die Nummer von einer Journalistin namens Claudia Corradini raus. Doch halt, die müsste ich ja noch im Display meines Handys haben.«

Er fand die Nummer unter den angenommenen Anrufen, gab sie der Sekretärin durch und bat sie um Vermittlung eines Gesprächs.

Man wisse ja, hieß es in dem Zeitungsartikel weiter, dass Frau Dr. Pacella sich offensiv mit Sekten und esoterischen Gruppierungen auseinandergesetzt habe. Auch liege der Zeitung ein bisher nicht veröffentlichter Leserbrief von Frau Dr. Pacella vor, der sich gegen einen polnischen katholischen Priester und dessen Exorzismus-Praktiken wende, die er in der Umgebung Merans an verschiedenen Personen angewandt habe.

»Tut mir leid, die Nummer, die Sie mir gegeben haben, ist die Nummer der Redaktion. Die Sekretärin hat gesagt, dass Frau Corradini nicht vor elf im Büro erscheinen werde. Und ihre private Telefonnummer dürfe sie nicht ohne zwingenden Grund herausgeben.«

»Aber ich habe einen zwingenden Grund«, setzte Waldner an, besann sich dann jedoch eines Besseren. Er wollte der Journalistin nicht den Eindruck vermitteln, sie sei besonders wichtig für ihn. Und ihre unverschämte Auslegung des gestrigen Gesprächs würde sie ohnehin nicht korrigieren. Also bat er Doris Rautscher, für Claudia Corradini eine Nachricht zu hinterlassen, sie möge sich *gelegentlich* bei Kommissar Waldner melden.

Natürlich interessierte ihn der Leserbrief der Psychologin sehr. Wie konnte er den polnischen Priester finden, gegen den der Brief gerichtet war? Um unkompliziert an den Brief heranzukommen, konnte er es sich mit der Journalistin nicht verscherzen.

Es klopfte an der Tür, und Runggaldier trat ein. Waldner zeigte ihm den Zeitungsartikel und fasste den bisherigen Ermittlungsstand zusammen. Sodann rief er Köstner an und bat ihn, sich nach seiner Rückkehr aus St. Pauls die Aktenordner mit den Protokollen vorzunehmen und anhand der Hinweise, wie sie Anna Teisendorfer gegeben hatte, herauszufinden, auf wen sich das fehlende Protokoll Nummer 184 bezogen haben könnte. Sobald er etwas herausgefunden habe, solle er sich bei ihm melden.

Gemeinsam mit Runggaldier brach er auf. Sie fuhren zum Königreichssaal der Zeugen Jehovas in der Guiseppe-Verdi-Straße. Die Adresse hatte ihm Doris Rautscher besorgt, eine Kontaktperson konnte sie aber nicht nennen. Der Saal lag in einem Hinterhof und war für Unkundige gar nicht so einfach zu finden: Von außen unscheinbar, sah er bestimmt nicht wie eine Kirche aus, eher wie eine neu gestrichene Lagerhalle.

Waldner drückte an die Eingangstür, aber sie war verschlossen. Außer dem Schild mit der Aufschrift *Königreichssaal* war nichts zu erkennen, was einem eventuellen Interessenten hätte weiterhelfen können. Er hatte einmal gehört, dass Sekten entgegen ihrem Image vielfach nicht offen zu irgendwelchen Veranstaltungen einluden, um Mitglieder zu werben. Viel lieber überprüften sie erst mit verschiedenen Verfahren, ob das potenzielle Opfer labil genug sei, um sich in die Regeln einer Sekte zwingen zu lassen und die dort herrschenden strengen Hierarchien anzuerkennen.

Hier komme ich jetzt nicht weiter, ärgerte sich Waldner über die verschwendete Zeit, ich hätte mir über eine andere Dienststelle die Verantwortlichen bei den Zeugen Jehovas benennen lassen sollen.

Zum Glück hatte er sich die Adresse von Julia Dorfmeister notiert. Sie wohnte nicht weit weg. Zu Fuß erreichten er und Runggaldier nach wenigen Minuten den unscheinbaren Wohnblock. Doch an den Klingelschildern stand nirgendwo der Name von Julia Dorfmeister. Im Protokoll Nummer 182 hatte von Julias Freund nur der Vorname gestanden: Gustav. Er versuchte es bei »G. Kantioler«. Eine dünne Stimme meldete sich: »Ja?«

Drei Stockwerke stiegen sie empor. Waldner klopfte an der Wohnungstür. Nur einen Spaltbreit öffnete sich die Tür. Was musste sie denken, wenn zwei Männer vor der Tür stehen, fragte sich der Kommissar. Traten nicht die Zeugen Jehovas immer paarweise auf?

Das Vorhängeschloss blieb eingehängt, während Julia Dorfmeister ängstlich und akribisch die Dienstausweise der Kriminalbeamten studierte.

Waldner wusste, was zuerst zu tun war: Ihr die Angst zu nehmen. Nein, er komme nicht von ihrem Vater oder dessen Lebenspartnerin, auch sei er nicht von Seiten der Zeugen Jehovas beauftragt. Als er ihr mitteilte, was mit der Psychologin passiert war, schrie Julia auf und ließ ihn in die Wohnung, die voller Bananenkisten stand – sie hatten offenbar zum Umzug gedient.

Die junge Frau hatte anscheinend noch keine Zeitung gelesen. Leise begann sie zu weinen, ihre Hände zitterten. Sie stammelte: »Frau Dr. Pacella war meine wichtigste Verbündete, neben Gustav. Sie hat mich bestärkt in meinem Ausbruch aus den Kreisen der Zeugen Jehovas. Sie war für mich ein Schutz, wenn mich diese Leute bedroht oder verschleppt hätten.«

Waldner wartete einen Augenblick. Er kannte sich mit den Zeugen Jehovas nicht aus.

»Julia, halten Sie denn die Organisation der Zeugen Jehovas für fähig, um ihrer Interessen willen einen Mord zu begehen?«

»Mord? Ich weiß nicht. Eines der wenigen guten Dinge, die ich bei dieser Sekte mitbekommen habe, war, dass sie sich wohl nie mit physischer Gewalt durchgesetzt haben. Im Zweiten Weltkrieg haben sie sich ohne Gegenwehr in die Konzentrationslager bringen lassen. Obwohl, mir hat einmal einer der Anführer den Arm rumgedreht, weil ich …«

Sie schwieg und errötete. Waldner vermutete, es habe etwas mit den Dingen zu tun, die er im Protokoll gelesen hatte und die für eine junge Frau mit so viel Scham verbunden waren.

»Wir brauchen eine Adresse von einer Person, die weiß, welche Leute wann wo welche Häuser besucht haben.«

»Eduard!«, brach es aus Julia heraus. »Eduard ist der Anführer. Vor ihm fürchte ich mich. Wenn er mich findet, weiß ich nicht, was er tut. Frau Dr. Pacella meinte, wenn ich noch ein paar Wochen hier in dieser Wohnung durchhalte, verstoßen mich die Zeugen Jehovas. Etwas Besseres kann mir ja nicht passieren. Allerdings würde sich auch mein Vater vollständig von mir lossagen. Er würde mich, wenn ich ihm begegne, ignorieren. So tun, als wisse er nicht, wer ich bin.«

Julias Weinen nahm an Stärke zu. Nur auf das Versprechen hin, dass Waldner auf keinen Fall sagen werde, woher er diese Daten habe, gab sie ihm Straße und Hausnummer von Eduard, genauso die Adresse ihres Vaters.

»Und wohin soll ich nächste Woche gehen? Ich hatte doch einen Termin bei Frau Dr. Pacella.«

»Wenn Sie einverstanden sind, schicke ich Ihnen unsere Polizeipsychologin vorbei. Sie kann Ihnen sicher auch eine Kollegin oder einen Kollegen empfehlen.«

Julia nickte zustimmend. Waldner und Runggaldier verließen das Haus. In das Navigationsgerät seines Dienst-Alfa gab er die Adresse dieses Eduard ein. Als er losfahren wollte, klingelte das Telefon.

»Köstner hier. Ihr müsst sofort nach St. Pauls kommen. Der Sebastian Mayr hat sich aufgehängt.«

Südtirol hat die höchste Selbstmordrate in Mitteleuropa, hatte er vor Kurzem in einem Bericht gelesen. Waldner fuhr mit Tempo 140 auf der Schnellstraße Richtung Meran, um dann in Richtung Eppan und Kaltern einzubiegen. Die endlosen Reihen der Apfelbäume begannen schon zu knospen, die wohlgeordneten Weinstöcke bildeten ein imposantes Bild, die Berge strahlten in der aufsteigenden Sonne. Nicht zum ersten Mal kam ihm der Gedanke, der liebe Gott habe es mit Südtirol besonders gut gemeint. Die Arbeitslosenzahl war niedrig, der Fremdenverkehr war sommers wie winters am Boomen, der christliche Glaube bot auch den jungen Menschen Halt und gliederte den Jahreslauf mit vielen Festen und Prozessionen. Warum diese vielen Selbstmorde? Warum Sebastian Mayr?

Sein Auto kämpfte sich die engen Straßen durch St. Pauls hinauf zum Winzerhof der Mayrs. Noch ehe er das Haus betreten konnte, kam ihm Köstner entgegen, um sie ins Bild zu setzen. Köstner, der sonst so ruhig und pragmatisch war, zeigte eine leichte Aufregung, so sehr hatte ihn das Erlebnis auf dem Mayrhof mitgenommen. Er berichtete, wie er bei der Mutter nach Sebastian Mayr gefragt habe. Es war 8.30 Uhr gewesen. Der sei wohl noch in seinem Zimmer und schlafe, er habe gestern Abend über Kopfschmerzen geklagt und gebetet, heute etwas länger schlafen zu dürfen, so habe die Mutter ihm beschieden. Da die Hauptsaison im Weingut ohnehin noch bevorstand, habe ihm der Vater das zugestanden. Man behandele ihn ohnehin mit Samthandschuhen, seit damals, als das Unglück passiert sei.

Darauf habe die Winzerin ihm das Unglück in allen Details erzählt, fuhr Köstner fort – er habe geduldig zugehört, damit sie nicht merke, dass die Polizei die Protokolle der Psychologin kannte. Die Mayrin habe dann nach ihrem Sohn gerufen, an seiner Tür geklopft und schließlich, als keine Antwort kam, geöffnet. Er sei aber nicht im Zimmer gewesen, und so hätten sie sich auf die Suche gemacht. Komisch, sagte sie, wir haben ihn nirgendwo gehört oder gesehen. Er, Köstner, habe sie noch gefragt, ob ihr Sohn denn heute vielleicht die Zeitung gelesen habe. Nein, habe die Mayrwinzerin gesagt, das könne gar nicht sein, denn merkwürdigerweise sei heute gar keine Zeitung gekommen. Der Vater habe in den Kellereiräumen gesucht, die Mutter im Hof, und ihn habe man gebeten, im alten Stadel nachzuschauen. Er sei daraufhin in den Stadel gegangen und habe sofort den baumelnden Leichnam an einem Dachbalken entdeckt. Mit einem Stein beschwert lagen auf dem Boden ein Abschiedsschreiben und die Tageszeitung, aufgeschlagen die Seite mit dem Bericht über den Mord an Frau Dr. Pacella. In dem Abschiedsschreiben seien nur wenige kurze Sätze gestanden: *Meine Schuld ist immer größer geworden. Ich kann damit nicht mehr leben. Bitte verzeiht mir. Euer Sebastian.*

Daraufhin habe Köstner ihn, Waldner, sofort angerufen, auch die Spurensicherung, da man in Fällen von Selbstmord ja ohnehin die Kriminalpolizei einschalten müsse. Vielleicht wäre es hilfreich, Fingerabdrücke von Mayr zu nehmen. Man könne ja im Hinblick auf die ermordete Psychologin nichts ausschließen.

Die letzten Worte hatte Köstner sehr zögerlich ausgesprochen. Waldner merkte das.

»Schon gut, du hast alles richtig gemacht. Wenn die Spurensicherung kommt, bitte ich sie, das Zimmer von Mayr zu untersuchen, auch auf einen stumpfen Gegenstand hin, an dem sich eventuell Blutspuren befinden.«

Waldner ging alleine ins Haus. In der Wohnstube saßen die von Schmerz gebeugten Eltern. Konnte er sie in so einer Situation überhaupt befragen? Er stellte sich vor, wies darauf hin, dass das Kommen der Kriminalpolizei reine Routine sei und dass nachher jemand das Zimmer von Sebastian untersuchen müsse.

»Haben Sie die letzten zwei, drei Tage eine Veränderung an ihrem Sohn gemerkt?«

Die Mutter wischte sich mit einem Taschentuch die Tränen aus den Augen.

»Er war ja seit dem Unfall immer sehr in sich gekehrt. Aber seit Freitag hat er sich, wenn er vom Weinberg zurückgekommen ist, jedes Mal sofort in sein Zimmer zurückgezogen. Am Samstag, da ist sein Onkel zu Besuch gekommen. Sie müssen wissen, der kommt sehr selten, obwohl er in Bozen wohnt. Aber er ist ein bisschen komisch, was die Religion betrifft. Am Samstag wollte er mit Sebastian sprechen und ihn ein wenig aufmuntern. Aber Sebastian ist nicht einmal aus seinem Zimmer gekommen. Der Onkel ist ganz enttäuscht davongezogen.«

Waldner hatte beim Stichwort Religion aufgehorcht.

»Wie heißt denn der Onkel?«

»Ist das jetzt noch wichtig?« Die Mayrwinzerin war misstrauisch geworden und überlegte, was diese Fragen des Kommissars zu bedeuten hatten.
»Ja, es ist wichtig«, gab Waldner nur kurz zu verstehen.
»Also gut, wenn Sie meinen, der Onkel heißt Eduard. Eduard Mayr.«
»Ist er etwa bei den Zeugen Jehovas?«
Die Frau schaute den Kommissar jetzt leicht entsetzt an. Sie konnte sich doch nicht zusammenreimen, woher er das wohl wusste.
»Ja, aber warum, ist das schlimm?«, entgegnete sie kleinlaut.
»Das habe ich in meiner Funktion als Kommissar nicht zu beurteilen. Aber als Privatmensch kann ich Ihnen nur sagen: Ich werde alles tun, dass mein neunjähriger Sohn nie in die Fänge dieser Sekte kommt. Da werden labile Menschen verbogen und gedemütigt, auch und gerade junge Menschen. Entschuldigen Sie bitte. Auf Wiedersehen.«
Wütend verließ Waldner das Haus. Oder hatte er sich jetzt im Ton vergriffen? Die Mayrleute waren vor einer Stunde mit dem Tod ihres Sohnes konfrontiert worden. Da konnte er ihnen doch jetzt nicht moralisch kommen. Aber jetzt war es sowieso zu spät.
Er bat Köstner, am Ort zu bleiben und die Ergebnisse der Spurensicherung abzuwarten. Dann rief er Runggaldier an: »Wir treffen uns in der Armando-Diaz-Straße 47. Dort wohnt ein Herr Eduard Mayr. Das ist der Guru der Zeugen Jehovas. Da brauche ich unbedingt einen Zeugen auch für mich.«
Auf der Fahrt nach Bozen zurück fasste Waldner die Erkenntnisse gegenüber Köstner und Runggaldier zu-

sammen. Die Hinweise verdichteten sich, dass die Zeugen Jehovas mit dem Mord an der Psychologin etwas zu tun haben mussten. Der letzte Patient war der Neffe eines Zeugen Jehovas gewesen. Zwei Zeugen Jehovas hatten offenbar am Freitag gegen 14.00 Uhr, also noch nach ihm, die Praxis besucht. Tags zuvor war ein Mädchen in der Sprechstunde bei Frau Dr. Pacella gewesen, die bei den Zeugen Jehovas auszubrechen versuchte. Und die Psychologin hatte sie in diesem Ausbruch bestärkt. Halt des Mädchens war außerdem noch Gustav, ein Mitarbeiter in einem Sägewerk. Für die Zeugen Jehovas musste er ein Feind sein, der in ihre festen Regularien eingegriffen und ihre Abläufe durchkreuzt hatte, indem es ihm gelungen war, Julia aus den Fängen der Sekte zu befreien.

Ein Gespräch mit diesem Eduard musste etwas Klarheit in die Zusammenhänge bringen. Das erhoffte er sich wenigstens.

Noch auf der Schnellstraße zurück nach Bozen klingelte das Handy. Die Einsatzzentrale der Polizia di Stato in Brixen war es. Die Kripo Bozen müsse sofort kommen, es gebe einen Toten auf einer Alm im Villnösstal. »Selbstmord?«, fragte Waldner intuitiv den Kollegen am anderen Hörer.

»Mit Sicherheit nicht, schaut es euch an. Das ist nichts für schwache Gemüter.«

So langsam beschlich Waldner das Gefühl, die Dinge würden ihn überfordern. Eben erst der Selbstmord, jetzt schon wieder ein Toter. Das Gespräch mit Eduard Mayr, dem Guru der Zeugen Jehovas, musste jedenfalls warten. Seit einem Dreivierteljahr war Waldner jetzt als Erster Kriminalhauptkommissar in der Bozener Quästur tätig.

Außer zwei Selbstmorden hatte er bis jetzt keine Tötungsdelikte zu bearbeiten gehabt. Fast schon hatte er geglaubt, mit steigendem Wohlstand sei auch die Gewalt aus Südtirol gewichen. Die letzten fünf Tage belehrten ihn nun eines Besseren: zwei Morde und ein Selbstmord, der vielleicht auch noch mit einem der Morde zu tun hatte. Und hingen vielleicht die beiden Morde miteinander zusammen? Fast hoffte er es, da das die Ermittlungen erleichtern würde.

Aber noch war nicht ausgemacht, dass der Staatsanwalt auch diesen Fall an ihn übertragen würde. Das war abzuwarten. Auf jeden Fall: Multitasking, das war nicht sein Ding. In einer Zeitschrift hatte er gelesen, dass so etwas gar nicht möglich sei: zum Beispiel gleichzeitig Mails schreiben, eine CD hören und telefonieren. Konzentriert könne der Mensch immer nur eine Sache tun. Obwohl – er hatte ja gerade auch beim Autofahren telefoniert, und das war problemlos gegangen.

Trotzdem wäre es ihm am liebsten gewesen, nur an einem einzigen Fall zu arbeiten. Erst aber musste er einmal sehen, was sie da auf der Alm überhaupt erwartete. Wären es zwei verschiedene Fälle, die ihm und seiner Abteilung übertragen würden, dann müsste er Runggaldier mehr Verantwortung geben, ihn mehr oder weniger zum verantwortlichen Ermittler für einen der beiden Fälle machen, damit er den anderen selbst bearbeiten konnte. Auch könnte die Staatsanwaltschaft eine Sonderkommission bilden, mit Kollegen der Carabinieri und Kräften von anderen Polizeidirektionen.

In Bozen stieg Köstner aus, um sich in die Protokolle der Dottoressa zu vertiefen. Waldner und Runggaldier fuhren weiter ins Villnösstal.

Das Villnösstal war Waldners zweite Heimat neben Brixen. Hier besaß sein Onkel den Furgglerhof, eines der ältesten Anwesen in der Gegend. Sein Cousin Robert Gamper würde ihn bald übernehmen. Die Landwirtschaft beschränkte sich, wie auf den meisten Höfen des Tales, auf die Milchproduktion.

Als sie mit ihrem dunkelblauen Fiat durch St. Peter fuhren, warf Waldner einen kurzen Blick zum Hof.

Hier hatte er glückliche Sommer verbracht. Das gemeinsame Heueinbringen mit dem Cousin und seinem Vater, die Brotzeit auf dem Feld, das Versteckspielen im Heu am Abend. Und so manches Mal waren sie in aller Herrgottsfrühe auf den Peitlerkofel gestiegen, den Sonnenaufgang beobachten. Wenn dann Tante Rosa die Teeflasche öffnete, Tomaten, Speck und Gurken verteilte und dazu Vinschgauer Fladenbrote, dann war für ihn die Welt in Ordnung.

Dass es in so einem Umfeld einen richtigen Mord geben sollte, konnte sich Florian Waldner eigentlich nicht vorstellen. Vielleicht war es Totschlag? Im Affekt? Zu viel Alkohol im Spiel?

Sie bogen auf den Forstweg Richtung Rigaisalm ein. Wieder erklang Beethovens Schicksalsmelodie über die Freisprechanlage.

»Vielen Dank für die schönen Grüße!«, meldete sich eine weibliche Stimme.

Waldner überlegte. Wem hatte er schöne Grüße ausgerichtet? Er richtete eigentlich nie jemandem schöne Grüße aus.

»Hallo? Commissario? Sind Sie da? Hier ist Claudia Corradini. Sie wollten mich sprechen?«

Einen Augenblick stutzte Waldner. Auch weil ihn Runggaldier etwas verunsichert anschaute. Ihm fiel partout nicht ein, warum er sie noch einmal hatte sprechen wollen.

»Ähm, das ist jetzt etwas ungünstig. Können Sie mich in zwei Stunden wieder anrufen?«

»Kein Problem.« Schon hatte sie ihn wieder weggedrückt.

Warum hatte er sie nur sprechen wollen? Jedenfalls nicht, um sie wegen des Zeitungsartikels zurechtzustutzen. Das war zwecklos. Schöne Grüße, das könnte das Werk von Doris Rautscher gewesen sein, die bei der Sekretärin der Redaktion solche Standardfloskeln benutzt hatte.

Länger überlegen konnte er nicht, denn sie mussten sich jetzt auf die Strecke konzentrieren, die in steilen Kehren bergan führte.

Sie parkten auf dem weiten Gelände um die neu gebaute Rigaisalm, von deren Terrasse aus man einen prächtigen Blick auf die Geislerspitzen hatte. Der Sass Rigais in der Mitte der Gruppe war Waldners erstes großes Bergerlebnis gewesen. Mit acht Jahren hatte er ihn mit seinem Vater bestiegen. Doch jetzt war keine Zeit für diese Erinnerungen. Zwei Carabinieri aus St. Peter kamen ihnen entgegen, und zwar aus der alten Rigaisalm, die nur etwa dreißig Meter von der viel größeren neuen Alm entfernt lag. Während das frische Holz der neuen Alm noch duftete, sah man der alten Hütte die Verwitterung über die Jahrzehnte an: Das Holz war brüchig und faserte zum Teil aus, Lack und Farbe waren nur noch in Spuren zu erkennen.

»Die neue Alm soll am kommenden Freitag eröffnen«, erläuterte einer der Carabinieri, »Besitzer ist der Mann dort drüben.«

Er zeigte auf einen unrasierten Mann um die vierzig, der mit seiner blauen Tirolerschürze auf einer der Bänke an der alten Alm saß und rauchte. Sein Gesichtsausdruck konnte nicht anders als bestürzt genannt werden.

»Er hat die Leiche gefunden, es ist sein Vater«, ergänzte der andere Carabiniere und zögerte etwas, bevor er fortfuhr: »Das heißt, das was von der Leiche zu finden war. Der Sohn ist heute Früh hierher gefahren, um sich später mit einigen Handwerkern zu treffen. Vor allem die Elektrik an der neuen Alm war noch nicht fertig. Auch wollte er später noch mal ins Tal hinunterfahren, er wollte Saisonarbeiter aus Tschechien und Polen abholen und sie in die neue Küche und die Abläufe bei der Bewirtung einweisen. Sie sollten dann gleich hier oben bleiben bis zum Saisonende. Die alte Alm hatte der junge Almwirt gemeinsam mit seinem Vater vor einer Woche geschlossen. Er heißt übrigens, uno momento…«

Der Carabiniere blätterte in seinem Notizbuch.

»Anton Pircher. Genau. Und der Vater hieß Josef Pircher.«

Waldner war etwas genervt von der Umständlichkeit der Erzählung, ließ sich aber nichts anmerken. Die Andeutungen auf die ungewöhnliche Form des Leichenfundes erfüllte ihn mit einer Mischung von Neugier und Unwohlsein. Warum nur sagte ihm keiner, was er konkret zu erwarten hatte?

»Allora«, fuhr der Carabiniere fort, »heute Früh also kam der Antonio Pircher hier an und schloss die neue Alm auf. Irgendwann hat er sich dann entschlossen, dass er noch einmal zur alten Almhütte geht. Die Tür stand offen, was ihn gewundert hat. Sein Vater hatte zwar einen Schlüssel, kam aber auch nicht allzu oft hier herauf. Denn Josef Pircher, das müssen Sie wissen, wohnte in Bozen. Nun also geht unser Herr Antonio Pircher in die alte Hütte hinein und wundert sich: Dort steht ein riesengroßer silberner Suppentopf auf dem Herd, der schon lange in der neuen Almhütte hätte sein sollen. Er riecht auch einen süßlichen Geruch. Er geht hin und öffnet den Topf.«

Der Carabiniere verstummte an dieser Stelle, hob seine Mütze an und strich mit der flachen Hand über seine Halbglatze. Er bat die beiden Kriminalbeamten, ihm in das Innere der alten Alm zu folgen. In der Küche zog er einen Handschuh an und hob damit den Deckel des Suppentopfs zunächst nur leicht an.

»Attenzione«, rief er den beiden Kriminalbeamten zu, mit einem ausgesprochen angewiderten Blick. Seine Nasenspitze war ganz weiß geworden.

»Moment«, ging Waldner dazwischen und drückte den Deckel wieder auf den Topf. Er bat den Carabiniere, zur Seite zu gehen. Sobald er das getan hatte, drehte Waldner ihm den Rücken zu. Der Carabiniere sollte nicht Waldners spontane Reaktion sehen. Denn ihm war klar, dass im Topf keine Forellen zu erwarten waren und auch keine Speckknödelsuppe. Im Rücken spürte er die Blicke des Carabiniere und Runggaldiers. Er musste jetzt den Deckel öffnen, keine Frage. Aber seine Hand war wie gelähmt. Nur in Zeitlupentempo lüftete er ihn einen winzigen Spalt, um ihn dann mit einem leichten Aufschrei wieder fallen zu lassen. Was ihm da aus dem Topf entgegengeschaut hatte, war ein weit aufgerissenes, blau angeschwollenes Auge. Waldner murmelte etwas wie »Tschuldigung« und nahm einen neuen Anlauf. Jetzt hob er zügig den Deckel an und sah nun in zwei starre Augen, die den Anschein erweckten, als wäre ihr letzter Blick auf das Beil gerichtet gewesen, das den Schädel vom Körper abgetrennt hatte.

»Ein Glas Wasser?«, fragte der Carabiniere von hinten mit sanfter Stimme in Waldners Ohr.

Ein unwirsches »Grazie« Waldners folgte. Er hatte aus der Frage einen Anflug von Spott herausgehört, die Andeutung des Weichei-Vorwurfs. Andererseits: Wer war schon so abgestumpft, bei so einem Anblick vollkommen ungerührt zu bleiben? Das traute er höchstens Dr. Vianello zu, der schon Tausende von Leichen obduziert hatte.

»Der Vater, Josefo Pircher«, flüsterte der Carabiniere jetzt.

Waldner konnte seinen Blick nicht von den Augen wenden, die ihn aus dem blutigen Schädel anstarrten. Zumal sich der Kopf jetzt leicht zur Seite neigte und ein Auge zur Hälfte in die Brühe eintauchte, die eine Mischung aus Blut, Wasser und altem Fett war.

»Das ist ja so was von bestialisch. Da muss einer im Rausch gehandelt haben. Im Blutrausch. Und das auf einer friedlichen Alm in meinem Villnösstal«, flüsterte Waldner vor sich hin. Er erinnerte sich an den Mädchenmord in Padua. Damals war ihm der Anblick der Leichenteile erspart geblieben, da ihn der ermittelnde Kommissar erst einige Tage nach der Entdeckung des grausigen Funds in die Sonderkommission bestellt hatte.

»Die Spurensicherung ist benachrichtigt«, fügte der Carabiniere nach einer Weile der Stille hinzu.

Waldner wusste, dass er jetzt zum Sohn des Opfers gehen musste. Doch irgendetwas hielt ihn noch zurück. Er schaute sich in der Hütte um. Sie bestand nur aus zwei

Räumen: der Küche und einem Wohnzimmer, das zugleich Gaststube und Schlafzimmer war. Durch eine Durchreiche neben dem Eingang waren die Wanderer im Freigelände bewirtet worden. Draußen waren ein paar verwitterte Holzbänke und eine ausgeblichene Rutschbahn auf der Wiese zu sehen, auch ein paar Holzliegen. Wie gigantisch wirkte dagegen die neue Hütte! Sie hatte mindestens das fünffache Ausmaß. Im oberen Stock waren offenbar Fremdenzimmer vorgesehen, die riesige Terrasse und die überdimensionale Gaststube waren für Heerscharen von Wanderern ausgelegt. Waldner erinnerte sich schwach, wie er hier als Kind öfter mit seinem Großvater eingekehrt war. Es war ihm nie zu klein vorgekommen, zumal es ja noch eine ganze Reihe anderer Almhütten gab, auf die man ausweichen konnte. Ob jetzt alle Almwirte zu expandieren begannen? Aber die Zahl der Urlauber war doch nicht wesentlich größer geworden, im Gegenteil. Die günstigen Pauschalreisen auf die Balearen, die Kanaren oder in die Karibik, sie gingen mit einem gewissen Abschwung bei den Südtirol-Buchungen einher, gerade auch bei den jüngeren Familien. Warum also dieser überdimensionierte Bau der neuen Almhütte? War das auch so ein Rausch, immer größer, immer exklusiver zu bauen, ohne Rücksicht auf die Zerstörung der Natur? Oder war es die einzige Chance, angesichts der Urlaubsalternativen für Deutsche, Italiener und Holländer? Wellnessalmen als Zukunftsvision?

Bevor er die Hütte verließ, schaute er sich das Türschloss an. Es war unversehrt. Also war jemand mit Schlüssel hereingekommen. Josef Pircher hatte einen Schlüssel. Ob ihn der Mörder hier überrascht hatte? Aber warum war er auf die Hütte gekommen?

Ich muss jetzt mit dem Sohn reden, munterte er sich auf und ging nach draußen.

»Sie haben Ihren Vater entdeckt? Waldner, Kripo Bozen.«

Anton Pircher schaute auf. In seinen Augen standen Tränen.

»Ja, wer tut so etwas? Wo ist der Rest meines Vaters, ich meine: Wo sind die anderen Leichenteile?«

»Herr Pircher, genau das wollen wir herausfinden. So schwer es Ihnen jetzt sicher fällt: Ich muss Ihnen ein paar Fragen stellen.«

Waldner begrüßte mit einem Nicken die Leute von der Spurensicherung, die gerade eingetroffen waren. Zu seinem Schrecken sah er auch Dr. Vianello aus dem Wagen steigen. Bevor er sich wegdrehen konnte, hatte dieser ihn schon entdeckt und stürmte auf ihn zu. Der Anblick des Sohnes schien aber auch ihn zu bremsen, und er sagte nur: »Wäre was für den zweiten Band. Sie wissen schon, das Buch, das ich Ihnen geschenkt habe. Wir beide machen doch einen zweiten Band?«

Ohne eine Antwort zu erwarten, ging er in Richtung der alten Almhütte, und Waldner konnte sich wieder Anton Pircher zuwenden.

»Erzählen Sie mir bitte etwas von Ihrem Vater. Wo hat er gelebt? Familienstand, Kinder, warum war er hier auf der Almhütte?«

Anton Pircher ging sofort auf die letzte Frage ein: »Wenn ich das bloß wüsste! Er hätte mir doch etwas gesagt, wenn er hier heraufgekommen wäre! Ich begreif das nicht! Morgen, da wollte er herfahren und über die Feiertage hier heroben bleiben. Sie wissen sicher schon, wir haben die Eröffnung der neuen Rigaisalm für Freitag geplant gehabt. Und da hätte ich ihn dringend gebraucht, als denjenigen, der im Hintergrund den Überblick behält. Ich hätte mich ja um die vielen Ehrengäste kümmern müssen, die kommen wollten. Den Bürgermeister, den Vertreter des Landeshauptmanns, der ein Grußwort von ihm vorlesen wollte, die Villnösser Blaskapelle und so weiter. Wieso mein Vater gestern hier heraufkam, ist mir ein Rätsel.«

»Gestern?« Waldner schaute Pircher prüfend an.

»Ja, oder vorgestern oder noch früher. Ich bin seit Tagen nicht mehr in der alten Hütte gewesen. War ja auch kein Grund mehr da. Wir hatten ja schon alles Verwertbare in die neue Alm gebracht. Nur den Topf, den muss komischerweise jemand vergessen haben, obwohl der ja nicht zu übersehen ist.«

»Und warum waren Sie dann gerade heute in der alten Hütte?«

Waldner versuchte betont sachlich zu fragen, aber Pircher wirkte leicht gereizt, als er antwortete:

»Warum? Na, weil ich mich von der Hütte verabschieden wollte. Fast zwanzig Jahre habe ich sie mit meiner Frau betrieben. Nächste Woche, da wird sie abgetragen. Sie wird im Pustertal, im Bauernhofmuseum in Dietenheim bei Bruneck, wieder aufgebaut. Die Hütte ist schon über 100 Jahre alt.«

Waldner nickte Runggaldier zu. Der verstand und übernahm die nächste Frage:

»Herr Pircher, bitte, wie alt ist Ihr Vater? Was macht er beruflich?«

»64 Jahre alt ist er vor Kurzem geworden. Haben wir noch da in der alten Hütte gefeiert. Wir waren alle hier heroben, noch vor der Saisoneröffnung. Mein Bruder und ich mit unseren Frauen und Kindern. Sonst niemand. Mein Vater hat hier keine Freunde gehabt. Er stammt ja aus der Meraner Gegend. Wir sind dort auch aufgewachsen. Und vor zwanzig Jahren, da habe ich von dieser Hütte erfahren, dass sie zu pachten sei. Nach fünf Jahren ist dann der Verpächter gestorben, und ich habe sie seinen Erben abgekauft. Mein Vater war hier fremd, obwohl er oft hier war. Er ist viel im Puez-Geisler-Gebiet gewandert. Manchmal, da hat er gesagt: Die Geislerspitzen, das sind für mich heilige Berge. Und jetzt wird er hier hingemordet auf bestialische Weise.«

Die Gefühle überwältigten Anton Pircher. Wieder nickte Waldner Runggaldier zu, dieses Mal bedeutete es, er möge schweigen.

»Lebt Ihre Mutter noch?«, hob Waldner nach einer Weile wieder an.

»Meine Eltern sind geschieden, schon lange. Mit meiner Mutter hat mein Vater, soweit ich weiß, keinen Kontakt mehr.«

Runggaldier erkundigte sich nach der Adresse und notierte sie.

Waldner wiederholte die Frage nach Pirchers Beruf.

»Tibetica. Er hat ein Geschäft in der Bindergasse in Bozen. Aber das meiste hat er per Versand verkauft. Er hat viele Kunden im In- und Ausland gehabt, sogar in den USA.«

Tibet ist ein brisantes Thema, schoss es Waldner durch den Kopf. Der Dalai-Lama und die Forderung nach einem unabhängigen Tibet fanden seit Jahren in der westlichen Welt eine starke Resonanz. So machten sie der chinesischen Regierung, die stets auf ihr gutes Bild nach außen bedacht war, sehr zu schaffen.

»Wo hatte Ihr Vater die Tibetica her? Direkt aus Tibet? Oder war er Zwischenhändler?«

»Mein Vater hat natürlich alles selbst aus Tibet importiert. In einschlägigen Kreisen gilt er als Koryphäe auf diesem Gebiet. Er ist ausgebildeter Bergsteiger und hat schon vor 40 Jahren Trekkingtouren in die Himalaya-Region organisiert. Vor zehn Jahren hat er dann seinen Tibetica-Handel angefangen und geführte Touren in den Dolomiten angeboten, vor allem für Gäste aus China und Tibet. Er war überzeugt, dass das ein wachsender Markt ist.«

»Sind denn da welche gekommen?«, zweifelte Waldner.

»Sie müssen sehen, wie sehr der Wohlstand auch in China wächst. Es gibt dort schon eine erhebliche Zahl von Leuten, die sich kostspielige Urlaube in Europa und natürlich auch in Südtirol leisten können. Mein Vater hat gesagt: Die suchen hier, zum Beispiel im Nationalpark Puez-Geisler, das, was sie in ihren Megastädten nicht mehr finden: Ruhe, saubere Luft, unverbaute Natur und jahrhundertealtes Brauchtum. Auch ansonsten haben die Alpen für Asiaten eine große Anziehungskraft, obwohl sie ja in der Himalaya-Region großartige Berge zuhauf haben. Vor zwei Wochen hat er eine Gruppe von Exiltibetern hier gehabt und sie durch den Nationalpark geführt. Die waren, soweit ich weiß, aus den USA. Für sie sind die Alpen eine Art Ersatz für die verlorenen Berge ihrer Heimat.«

Waldner hätte das Gespräch gerne fortgesetzt, weil ihn das Thema sehr interessierte. Fast hätte er darüber vergessen, dass ein grauenhafter Mord passiert war. Ein Pfiff von Dr. Vianello, der am Eingang zur alten Hütte stand, holte ihn wieder in die Realität zurück. Zwei Männer von der Spurensicherung streuten ein weißes Pulver auf den Weg, der zur Hütte führte. Vianello winkte Waldner aufgeregt zu.

»Also, Herr Pircher, ich wünsche Ihnen viel Kraft für die kommende Zeit. Bitte halten Sie sich für Fragen unsererseits bereit. Herr Runggaldier nimmt Ihre Kontaktdaten auf.«

Pircher nickte. Er war mit seinen Gedanken bei der Eröffnung, die am Freitag hätte stattfinden sollen. Die musste jetzt verschoben werden.

»Wann kann die Beerdigung stattfinden, Herr Kommissar?«

Waldner war verblüfft. Er wusste einfach keine Antwort. Mussten für eine Beerdigung nicht auch die übrigen Teile der Leiche gefunden werden?

»Das kläre ich mit dem Staatsanwalt«, wich er der Frage aus und ging in Richtung Dr. Vianello.

»Commissario, wir haben einige wichtige Erkenntnisse für Sie, glaube ich jedenfalls.«

Waldner sah ihn stumm an. Nur jetzt keine Witze. Dazu war er ganz und gar nicht aufgelegt.

»Der Tote, oder jedenfalls das, was wir von ihm hier vorgefunden haben, ist enthauptet worden.«

Jetzt geht das wieder los, dachte Waldner zuerst, merkte dann aber, dass die Ausführungen in der Tat nicht uninteressant waren.

Während sie noch einmal in die Küche der alten Almhütte und zu dem sattsam bekannten Topf gingen, redete Dr. Vianello nämlich weiter: »Enthauptet, das heißt, der Kopf wurde ihm mit einer Axt oder einem ähnlichen Gegenstand mit ein, zwei Schlägen abgetrennt. Todesursache ist wahrscheinlich Erwürgen. Das, was von seinem Hals noch erkennbar ist, weist jedenfalls starke Druckstellen auf. Zuvor hat der Täter ihn aber mit einem Gegenstand bewusstlos geschlagen. Sehen Sie, hier!«

Vianello deutete auf eine Platzwunde am Hinterkopf. Dabei drückte er den Kopf nach vorne. Stirn und Augen schlugen gegen die Topfwand. Vianello rückte den Kopf wieder gerade und schloss ihm die Augen.

»Die braucht er ja nicht mehr. – Ähm, könnte sein, dass der Mörder mit der Enthauptung versucht hat, diese Todesursache zu verdecken. Aber wir bekommen das natürlich auch so raus. Trotzdem glaube ich eher, wer so etwas tut, der tut das entweder aus irgendwelchen Ritualgründen oder weil er aus einer sehr tiefen emotionalen Verletztheit heraus handelt.«

»Ritualgründe?«, hakte Waldner nach.

»Ja, irgendeine Anknüpfung an eine Religion oder einen Brauch. Mit dem Kopf des Toten soll dessen Denken zerstört werden. Als warnendes Zeichen an andere, die so denken wie der Ermordete. Aber bitte, Commissario, das ist nur meine ganz private Spekulation.«

Waldner nickte stumm. Er wollte die pragmatische Phase des Dottore ausnutzen: »Todeszeitpunkt?«

»Ah, der Commissario will wieder einmal gleich die ganze Hand, wenn man ihm den kleinen Finger reicht. Das sollten Sie sich für die Zukunft merken: Todeszeitpunkt gibt es immer erst im Labor.«

Mit diesen Worten ließ er Waldner einfach stehen. Dafür konnte ihm Manfred Menghin von der Spurenermittlung weiterhelfen: »So wie's aussieht, ist der Tote nicht hier ermordet worden. Wir haben Blutspuren am Ende des Wegs gefunden, daneben Reifenabdrücke. Vermutlich ein Geländewagen, ein Jeep. Aber die gibt's ja in der Gegend zu Tausenden.«

Waldner bedankte sich. In diesem Augenblick kam ein schwarzer Alfa vorgefahren, dem Dr. Alfieri entstieg. Waldner freute sich, dieses Mal deutlich vor dem Staatsanwalt am Tatort gewesen zu sein, und erläuterte ihm alles, was er bisher wusste. Der Staatsanwalt ersparte es sich nicht, selbst den abgetrennten Kopf im Suppentopf anzuschauen.

»Sieht so aus, als hätten wir zwei verschiedene Fälle zu bearbeiten«, meinte er nachdenklich, als sie die alte Alm verlassen hatten. »Ich werde mir das durch den Kopf gehen lassen, ob ich Ihnen auch diesen Fall übertrage oder ob wir eine zweite Ermittlungsgruppe bilden. Sie hören bald von mir.«

Dr. Alfieri hatte etwas Würdevolles, seine Worte strahlten Souveränität aus. Sein schwarzer Alfa wirbelte kaum Staub auf, als er ins Tal zurückfuhr.

Waldner winkte Runggaldier herbei, und sie fuhren nach Bozen zurück.

Sie tauschten sich aus, ob es einen Zusammenhang zwischen beiden Fällen geben könnte, wie es Waldner heimlich erhofft hatte. Doch selbst bei Einbezug der unmöglichsten Eventualitäten war ein solcher Zusammenhang nicht erkennbar.

»Mensch, Runggaldier, haben Sie denn noch den Überblick?«, fragte er den Kollegen.

Runggaldier lächelte stumm. »Wir müssen eines nach dem anderen abarbeiten. Wenn ich es richtig sehe, haben wir heute noch vor, den Chef der Zeugen Jehovas aufzusuchen.«

Waldner atmete durch. Ja, stimmt, dachte er, der steht ja auch noch aus. Und in diesem Augenblick fiel ihm auch wieder ein, wonach er die Journalistin hatte fragen wollen: nach dem Inhalt des Leserbriefs der Dottoressa Pacella.

Gleich drei Mal mussten sie die Klingel im Eingangsbereich des Wohnblocks in der Armando-Diaz-Straße drücken, bis sich endlich eine Stimme durch die Sprechanlage meldete.

»Ja, bitte?«

»Sprechen wir mit Herrn Eduard Mayr?«

Am anderen Ende blieb es stumm.

»Wir sind von der Kriminalpolizei und müssten Sie sprechen. Lassen Sie uns bitte rein.«

Ein kurzes Flüstern war zu hören, dann verstummte die Leitung schlagartig, und nichts tat sich. Sie klingelten erneut.

»Die müssten doch wissen, wie das ist, wenn man nicht reingelassen wird«, grinste Runggaldier.

Endlich summte der Türöffner. Sie stiegen die Stufen bis ins oberste Stockwerk hinauf und standen erneut vor einer verschlossenen Tür, an der kein Name angeschrieben war. Aber aufgrund der Anordnung der Klingelknöpfe und weil alle anderen Türen Namensschilder hatten, die nicht auf Mayr lauteten, musste das die richtige Wohnung sein.

Waldner klopfte fest und vernehmlich an.

»Jetzt machen Sie endlich auf«, rief er laut und drückte seinen Ausweis gegen den Spion.

Ruckartig wurde die Tür von innen aufgerissen. »Und Sie brüllen hier nicht so im Treppenhaus rum.«

Vor ihnen stand ein untersetzter Mann, der so um die sechzig sein musste. Er trug eine schwarze Hose, ein weißes Hemd, hatte einen schwarzen Schnauzer und kreideweiße Haut. Auch die Wohnung schien nur die beiden Farben Weiß und Schwarz zu kennen.

»Sind Sie Eduard Mayr?

»Ja, und?«

»Können wir reinkommen?«

Mayr schüttelte abweisend den Kopf, ließ sie dann aber doch ein. Waldner sah, wie sich im Hintergrund eine blasse Frau in ein anderes Zimmer davonstahl. Sie nahmen an einem Tisch Platz, auf dem mehrere Ausgaben des Wachtturms, eine Bibel und einige weiße Blätter lagen.

»Herr Mayr, wir ermitteln in einem Mordfall. Kennen Sie die Psychologin Frau Dr. Pacella?«

»Nein.«

»Bitte überlegen Sie! Wenn Sie zu den Zeugen Jehovas gehören, dann wissen wir, dass zwei von Ihren Leuten Frau Dr. Pacella am Freitag aufgesucht haben.«

Mayr schwieg.

»Sind Sie der Anführer der Zeugen Jehovas?«

»Sie haben keine Ahnung«, fuhr ihn Mayr an, »Anführer, was für ein Wort, wir haben Jehova als Anführer und sonst niemanden.«

Waldner ließ sich nicht aus der Ruhe bringen. »Bitte sagen Sie uns, welche beiden Personen von Ihrer Vereinigung am Freitag in der Praxis von Dr. Pacella waren.«

»Tsihsis«, zischte Mayr, »Vereinigung! Ich kann nur so viel sagen: Zeugen Jehovas sind freie Menschen und agieren unabhängig. Wenn sie Menschen besuchen, dann tun sie das nicht, weil das jemand anordnet, sondern weil Jehova sie in diese Häuser führt. Darüber haben sie niemandem Rechenschaft abzulegen. Im Übrigen verweise ich Sie auf das in der italienischen Verfassung festgeschriebene Recht der religiösen Selbstbestimmung nach Artikel 8. Ich bin Ihnen zu keinen Auskünften verpflichtet.«

»Hören Sie«, Waldner wurde jetzt schärfer im Ton, »wir ermitteln hier in einem Mordfall. Zwei von Ihren Leuten sind unter Umständen die Letzten, die Frau Dr. Pacella lebend gesehen haben. Wollen Sie nicht mithelfen, diesen Mord aufzuklären?«

»Helfen, wenn jemand ermordet wurde, der gegen Jehova gearbeitet hat?«

Mayr merkte sofort, dass er jetzt einen Fehler gemacht hatte. Waldner kostete das Schweigen aus, dann fragte er nicht ohne Genugtuung: »Ach, und Sie haben Frau Dr. Pacella wirklich nicht gekannt?«

Mayr schwieg.

Waldner erhob sich. »Wir wissen, was Sie mit Julia Dorfmeister getan haben. In allen Details. Wir werden die Unterlagen an die Staatsanwaltschaft weiterleiten. Wenn Sie Julia nicht in Ruhe lassen, dann sind Sie dran wegen Nötigung und anderer Delikte.«

Die letzten Worte hatte Waldner, aufspringend, fast geschrien. Runggaldier fasste ihn am Arm, veranlasste ihn wieder zum Sitzen und ergriff jetzt selbst das Wort:

»Wir brauchen von Ihnen die Namen und Adressen Ihrer Mitglieder. Ja, ich weiß, jetzt kommen Sie mir mit dem Datenschutz. Aber wenn Sie sich sperren, dann müssen wir uns andere Methoden überlegen.«

Wieder schwieg Mayr.

Runggaldier setzte bei einem anderen Thema an: »Wissen Sie schon, dass sich Ihr Neffe Sebastian Mayr erhängt hat?«

Mayr schwieg weiter.

»Ist ihm wahrscheinlich egal«, sagte Waldner scharf zu Runggaldier, »der wollte ja bei seinem Verein nicht mitmachen, so wie es aussieht. Und sonst interessiert den ja nichts. Entweder man macht bei der Gehirnwäsche mit, oder man ist vom Teufel.«

Mayr wies auf die Tür. »Verlassen Sie meine Wohnung. Sofort!«

Da sie ohnehin nicht weiterkamen, hielten sie es für das Vernünftigste, das tatsächlich zu tun. Nur die Wohnungstür ließen sie absichtlich offen stehen. Obwohl Waldner sie auch gerne zugeknallt hätte. Runggaldier hielt ihn im letzten Moment davon ab.

»Wir brauchen einen Durchsuchungsbefehl.« Waldner war die Erregung noch immer anzumerken, während er mit Runggaldier zurück zur Quästur fuhr.

»Bekommen wir nie«, entgegnete Runggaldier, »wir haben nur den Anflug eines Indizes, dass zwei Zeugen Jehovas am Freitag gegen 14.00 Uhr in der Praxis der Psychologin waren. Und bei Religionsgemeinschaften kommt doch gleich das Argument mit dem Datenschutz. Wir müssten wenigstens wissen, wann die Tat geschehen ist. Hat Dr. Vianello was gesagt in dieser Richtung?«

Den danach zu fragen, hab ich ganz vergessen, fiel es Waldner ein. Wieder beschlich ihn das Gefühl, die Sache wachse ihm über den Kopf. Zwei Morde an zwei Tagen, einige, allerdings noch völlig nebulöse Spuren – er bräuchte einmal ein paar Stunden Ruhe, um die Dinge zu sortieren und eine Strategie für das weitere Vorgehen zu entwickeln.

Aber manche Angelegenheiten vertragen keinen Aufschub.

Sie betraten sein Dienstzimmer. Er bot Runggaldier Wasser oder Kaffee an.

Kaum hatten sie sich gesetzt, klingelte das Telefon. Es war Dr. Alfieri.

»Hören Sie, Kommissar Waldner, ich habe mir das überlegt. Der Fall der Dottoressa bleibt Ihrer, den behandeln Sie mit Ihren Leuten. Für den Fall Pircher schlage ich Ihnen eine Sonderkommission vor, bestehend aus Kräften der Carabinieri und von anderen Polizeidirektionen. Sie sind noch neu in Ihrem Amt als Erster Kriminalhauptkommissar. Aber dennoch«, jetzt zögerte Dr. Alfieri etwas und Waldner hörte sein eigenes Herz schlagen, »dennoch vertraue ich auf Sie und bitte Sie, diese Sonderkommission zu leiten. Zwei Leute aus anderen Polizeidirektionen Norditaliens, spezialisiert auf die Ermittlung in Gewaltverbrechen, und ein erfahrener Kollege der Carabinieri werden für die nächsten Tage und notfalls auch Wochen, jedenfalls so lange, bis konkrete Ergebnisse vorliegen, in die Sonderkommission abdelegiert. Alle unterstehen Ihren Anweisungen. Außerdem kommen noch vier Polizeianwärter hinzu, jeweils zwei von den Carabinieri und zwei von der Polizia di Stato.«

Florian Waldner war beflügelt von diesen Worten des Staatsanwalts und hatte das Gefühl, den besten aller möglichen Berufe ergriffen zu haben.

»Danke, Herr Staatsanwalt, für das Vertrauen. Jetzt muss ich Ihnen noch von unserem Besuch bei einem Herrn Eduard Mayr berichten.«

Gegenüber Runggaldier hatte er ein schlechtes Gewissen wegen seines unkontrollierten Verhaltens in Mayrs Wohnung. Nun wollte er das wiedergutmachen. Runggaldier sollte sehen, wie er den Staatsanwalt für seine Zwecke einspannen würde. Er enthielt sich Alfieri gegenüber bei der Schilderung der Begegnung mit Mayr jeglicher Emotionen und erwähnte nur ganz nebenbei den Versprecher Mayrs, der ihn als einen entlarvte, der sehr wohl die Psychologin gekannt hatte und sie als Gegnerin empfand. Scheinbar gleichgültig gab er dann zu bedenken, man bräuchte einen Hebel, um herauszufinden, ob, und wenn ja, wann welche Zeugen Jehovas am Freitag in der Praxis waren.

Waldner lehnte sich, zu Runggaldier lächelnd, in seinen Sessel zurück, drückte den Knopf der Freisprechanlage und wartete zuversichtlich auf die Reaktion des Staatsanwalts.

Dieser überlegte entgegen seiner Gewohnheit nicht lange: »Ich merke, Sie möchten einen Durchsuchungsbefehl bei Mayr.«

Der Staatsanwalt ließ sich jetzt Zeit. Schon wollte Waldner fragen, ob er noch am anderen Ende der Leitung sei, da kam es leise, aber bestimmt: »Können Sie vergessen. Stellen Sie sich die Schlagzeile vor: *Staatsanwaltschaft lässt Religionsgemeinschaft ausschnüffeln.* Oder so ähnlich. Wir haben keinerlei Anlass außer vagen Vermutungen. Tut mir leid. Sie müssen auf andere Weise an Informationen kommen. Sprechen Sie doch noch mal mit diesem Mädchen, wie hieß sie noch mal, ach ja, dieser Julia. Vielleicht kann die Ihnen noch mehr Namen nennen.«

Dr. Alfieri beendete das Gespräch.

»Kann man doch vergessen, diese Zeugen Jehovas mauern doch alle. Ist doch organisiert wie beim Militär. Strenge Hierarchie. Und sprechen darf nur der General. Und von diesem Mayr erfahren wir nie etwas.« Waldner war plötzlich richtig schlecht gelaunt.

»Und wenn wir jemanden bei denen einschleusen?« Runggaldier hatte seinen Vorschlag nicht durchdacht, er war ihm spontan gekommen.

»Bei dieser Sekte? Hm.«

Waldner grübelte. Einen Kollegen zu diesem komischen und möglicherweise auch nicht ungefährlichen Verein zu schicken, war eine knifflige Angelegenheit. Er hatte keine Erfahrung mit Sekten. Wie würden sie mit Spionen umgehen, wenn das Ganze aufflöge?

Soweit er wusste, agierten diese Zeugen Jehovas weltweit. Das A und O bei solchen Sekten war die Verschwiegenheit der Mitglieder. Was, wenn sie etwas über die wahre Identität des verdeckten Ermittlers erführen? Die Arbeit mit verdeckten Ermittlern kannte er bisher auch nur im Bereich der organisierten Kriminalität. Bei einem Lehrgang in Rom hatte ein Polizeidirektor von seinen Erfahrungen mit der kolumbianischen Drogenmafia und ihren Verbindungen nach Italien berichtet. Mit Hilfe eines verdeckten Ermittlers, der sich als angeblicher Zwischenhändler eingeschleust hatte, war es gelungen, einer Drogenbande das Handwerk zu legen, allerdings um einen hohen Preis: Der Ermittler musste nach Ende der Aktion vorübergehend eine neue Identität bekommen, also einen neuen Namen, einen neuen Pass und so weiter. Die Gefahr von Racheakten anderer Drogenbanden war zu hoch.

»Einschleusen«, sprach Waldner in Gedanken versunken.

Andererseits wäre es eine unkomplizierte Art, an viele der gewünschten Informationen zu kommen. Gegenüber ihren Glaubensbrüdern und -schwestern würden sie doch wohl nicht mauern.

»Lorenzo. Lorenzo Köstner.«

Waldner hatte den Namen ausgesprochen und wartete jetzt auf Einwände, die in ihm selbst oder von Runggaldier hochkämen. Sie kamen aber nicht. Im Gegenteil: Er war sich sicher, wenn jemand für diese Aufgabe geeignet wäre, dann Köstner. Er war erst vor wenigen Wochen in die Bozener Dienststelle versetzt worden. Da er außerdem in Salurn und damit ein ganzes Stück weit weg von Bozen wohnte, war er in der Stadt kaum bekannt und schon gar nicht als Mitarbeiter der Kriminalpolizei. Aufgewachsen war er in Schluderns, also ebenfalls weit weg von Bozen. Er könnte sich für den Einsatz bei den Zeugen Jehovas leicht eine neue Identität ausdenken. Vielleicht so was wie ein gescheiterter Geschäftsmann, am Verzweifeln, aber er hatte von Jehova gehört und war jetzt empfänglich für seine Lehre, und so was. Auch könnten sie kurzfristig ein Zimmer in Bozen anmieten. Dunkel erinnerte sich Waldner, wie Köstner von seinem Mitwirken in einer Laienspieltruppe erzählt hatte. Er habe bei einem Passionsspiel einen der Verbrecher gegeben, die gemeinsam mit Jesus gekreuzigt werden sollten.

»Kommen Sie, Runggaldier, Köstner müsste in seinem Zimmer sein.«

Sie hatten Glück: Köstner saß an seinem Schreibtisch, über die Aktenordner der Psychologin mit den Protokollen gebeugt. Sie erläuterten ihm ihren Plan. Köstner ließ keinen Widerstand erkennen und stimmte sofort zu.

»Muss mich aber im Internet noch ein bisschen über diesen Verein informieren. Ach ja, und ich bin übrigens fertig mit der Recherche in den Protokollen. Wenn das Protokoll sich auf ein erstes Gespräch mit einer neuen Patientin bezieht, haben wir Pech. Dann bekommen wir nicht raus, wer das war. Wahrscheinlich bezieht sich das Protokoll aber auf eine Frau Marie Puner aus Schenna. Über die existieren nämlich drei Protokolle, die Sitzungen haben an den letzten drei Donnerstagen vor dem Tattag jeweils um 15.00 Uhr stattgefunden. Schaut, die Dottoressa hat ihren Patienten regelmäßige Termine gegeben. Das Treffen am letzten Donnerstag wäre das vierte in Folge gewesen.«

Köstner zeigte den Kollegen eine Liste, auf der bei der zehnjährigen Schülerin oder bei Sebastian Mayr zu erkennen war, dass sie immer die gleichen Tage und Uhrzeiten für die Gespräche und Therapien wahrgenommen hatten.

Waldner ließ sich die drei ersten Gesprächsprotokolle der Marie Puner geben, die er kurz überflog. Die Notizen waren umfangreich und hatten irgendetwas mit einer psychischen Blockade zu tun.

»Ich werde morgen einen ersten Anlauf bei den Zeugen Jehovas nehmen«, unterbrach ihn Köstner, »heute würde ich gerne die Untersuchung der Protokolle noch zu einem Abschluss bringen.«

Waldner gab ihm die Unterlagen zurück und bemerkte leise, indem er Köstner und Runggaldier abwechselnd anschaute: »Ach ja, und der Staatsanwalt muss ja nicht unbedingt gleich etwas von dieser Aktion erfahren, ja?«

Die beiden Kollegen nickten ihm stumm zu.

In sein Dienstzimmer zurückgekehrt, bat Waldner Doris Rautscher, zwei Flaschen Radler von der letzten Geburtstagsfeier zu öffnen und in sein Dienstzimmer zu bringen.

»Wenn wir jetzt so viel und so eng zusammenarbeiten, ist das mit dem ›Sie‹ ein bisschen umständlich. Für heute ist Dienstschluss. Dann können wir jetzt anstoßen. Ich heiße Florian. Wirst wahrscheinlich eh wie alle hier Flo sagen.«

»Peter«, gab Runggaldier mit einem freundlichen Lächeln zurück.

»Eine Bitte hätte ich noch, Peter, kannst du morgen zu Vianello gehen und ihn zum Tatzeitpunkt beider Morde befragen? Ich habe für den keinen Nerv.«

»Geht klar, Flo.«

Auf der Rückfahrt nach Brixen rief Waldner bei Sophia an und bat darum, Martin zu sprechen.

»Hallo, Papa«, ertönte es fröhlich aus der Freisprechanlage, »was machst denn so?«

»Martin, ich hab gerade den Wetterbericht gehört, schaut ganz gut aus fürs Wochenende. Machen wir eine Wanderung im Villnösstal?«

»Ui, gehen wir auf den Sass Rigais?«

»Da, fürcht ich, haben wir um diese Jahreszeit noch kein Glück, da liegt noch viel zu viel Schnee oben. Aber vielleicht können wir ihn uns schon einmal aus der Nähe anschauen, von unten wenigstens.«

»Okay, Papa.« Martin klang einen Moment lang etwas enttäuscht und fast ein bisschen vorwurfsvoll. »Ich hab mir schon die ganzen Sachen rausgelegt. Die Thermosflasche und das Regencape und so.«

»Sehr gut, Bub. Wirst einmal ein guter Bergsteiger. Ich nehme auch die Wanderkarte mit, damit du das Kartenlesen lernst.«

»Ja, Papa, gut, dass du eine Karte mitnimmst. Sonst sind wir auf einmal auf der Marmelade.«

Die Umbenennung der Marmolada, des gletscherbedeckten Berges im Süden des Landes, in ›Marmelade‹ gehörte zu den Standardwitzen, die Martin immer wieder zum Besten gab.

»Also, Martin, jetzt geh schön ins Bett. Gott segne dich. Gute Nacht.«

Waldner merkte, wie Martin offenbar in ein anderes Zimmer ging. Sophia sollte wohl nicht hören, was er ihm jetzt zuflüsterte:

»Gute Nacht, Papa. Fehlst mir.«

»Du mir auch. Sehr.«

Waldner drückte auf den Ausknopf. Da war wieder dieser Stich, nur noch den halben Martin zu haben, ihm vor dem Einschlafen nicht über den Kopf streicheln oder ihn in den Arm nehmen zu können. Jetzt war er gerade der Telefonvater gewesen. Er hasste es, wenn er den Telefonvater geben musste. Manchmal hatte er das Gefühl, darüber in depressive Stimmungen zu geraten, vor allem wenn er sich vorstellte, dass dieser Zustand sich nie wieder zum Besseren ändern würde.

Die Journalistin, fiel ihm jetzt ein, sie wollte er ja auch noch anrufen. Besondere Lust dazu hatte er keine. Aber ihm war jetzt alles recht, was ihn ablenken konnte. Ihre Nummer hatte er abgespeichert.

»Claudia Corradini. Pronto?«

»Ähm, Waldner.«

»Ah, Herr Commissario!«

Waldner störte schon gleich der übertrieben euphorische Ton der Journalistin. Aber jetzt half alles nichts, er musste diese Frau um etwas bitten.

»Sie haben in Ihrem Zeitungsartikel von einem Leserbrief geschrieben, den Frau Dr. Pacella an Ihre Redaktion gerichtet habe. Von Exorzismus-Praktiken eines Priesters aus Polen sei darin die Rede. Meinen Sie, ich könnte diesen Brief einmal sehen?«

Waldner hatte sich für die höflich-vorsichtige Variante entschieden. Vielleicht würde die Journalistin darauf anspringen.

»Ah, so freundlich, der Herr Commissario, da muss das Interesse an dem Brief sehr groß sein. Sie können ihn selbstverständlich gerne sehen, wenn…«

Claudia Corradini ließ sich Zeit mit ihrer Bedingung.

»Wenn was?«, warf Waldner schließlich ungeduldig ein.

»Wenn Sie mir mehr über den Mord auf der Rigaisalm erzählen, als es der Staatsanwalt getan hat.«

Das war Erpressung. Waldner schoss die Zornesröte ins Gesicht. Und dennoch musste er mitspielen. So wie er die Journalistin einschätzte, wusste sie noch mehr als das, was in dem Leserbrief stand. Er war sich sicher: Sie war schon bei dem polnischen Priester gewesen und hatte ihn befragt.

»Was wollen Sie denn wissen? Sie müssen mir Informantenschutz gewährleisten; denn Sie wissen, dass ich Ihnen nicht mehr sagen darf als der Staatsanwalt.«

»Aber Commissario, für wie blöd halten Sie mich? Selbstverständlich.«

Claudia Corradini hatte ihn jetzt an der Angel. Das

wusste sie, und das wusste er. Deshalb war er erstaunt, dass sie nur vergleichsweise wenig wissen wollte. Im Grunde wollte sie von ihm nur die Grausamkeit des Mordes bestätigt haben. Und dass bisher nur der Kopf der Leiche aufgetaucht sei.

Ist vielleicht gar nicht so schlecht, wenn sie das morgen in der Zeitung schreibt, sagte sich Waldner, vielleicht wird dann der Rest der Leiche leichter entdeckt.

»Den Brief kann ich Ihnen nur zeigen. Ich kopiere ihn nicht und gebe ihn auch nicht her. Das gehört zum Ethos unserer Redaktion.«

Ethos der Redaktion. Waldner verschluckte sich und musste husten. So also konnte man das auch nennen.

»Commissario, wann wollen wir uns treffen?«

Waldner überlegte.

»Morgen, um 11.00 Uhr.«

»Wo?«

Waldner war klar, sie würde sich nicht zu ihm in die Quästur einladen lassen. Zumal das auch nicht günstig wäre, wenn man ihn dort mit einer Journalistin sähe. Andererseits wollte er auf keinen Fall zu ihr in die Redaktion kommen. Ihm fiel ein etwas verstecktes Café in der Museumsstraße ein, das er ihr vorschlug.

»Oh, sehr gerne, ciao, a domani!«

4

Mittwoch, 19. März
GRAUSIGER FUND AUF DER RIGAISALM

Waldner las am nächsten Morgen etwas nervös den Artikel in der Tageszeitung, während ihm Doris Rautscher einen Kaffee hereinbrachte. Doch dieses Mal enthielt der Bericht keine Kritik an der ermittelnden Polizei. Am Schluss stand sogar, man hoffe auf die Hilfe der Bevölkerung, was das Auffinden der übrigen Leichenteile betreffe. Gezeichnet war der Artikel mit »CC«.

Sichtlich beschwingt gönnte sich Waldner ein paar Minuten den Sportteil der Zeitung. Er versank so tief in die Prognosen für das Champions-League-Spiel der AS Roma bei Manchester United, dass er aufschreckte, als Runggaldier vor ihm stand und sich räusperte.

»Die Tür stand offen. Und du warst sehr vertieft. Tut mir leid.«

»Ach, ähm, kein Problem, wir müssen unsere Strategie besprechen. Nimm Platz. Kaffee?«

Runggaldier war bereits bei Dr. Vianello gewesen und berichtete. Todeszeitpunkt der Psychologin sei am Freitag zwischen 13.00 und 15.00 Uhr gewesen. Er habe gleich auch bei der Spurensicherung vorbeigeschaut. Die hätten in der Wohnung viele Fingerabdrücke gefunden. Am Schreibtisch zum Beispiel welche von Sebastian Mayr. An den Aktenordnern mit den Protokollen neben denen der

Dottoressa nur noch zwei weitere, die sie aber nicht zuordnen könnten. Vermutlich die Sekretärin und vielleicht die Raumpflegerin, wenn sie die Regale abstaubte. An der Leiche selbst seien keine Fremdspuren zu entdecken. Der Ablauf stelle sich wohl so dar: Die Dottoressa habe sich offenbar dem Bücherregal zugewandt und sei dann von hinten mit einem wuchtigen Gegenstand erschlagen worden. Schon der erste Schlag sei aller Wahrscheinlichkeit nach tödlich gewesen, aber der Täter habe auf Nummer sicher gehen wollen und mehrmals zugeschlagen. Das Tatwerkzeug selbst habe er mitgenommen. Es sei jedenfalls nicht in den Praxisräumen. Blutspuren auf dem Teppich und im Eingangsraum deuteten darauf hin, dass der Täter das Tatwerkzeug erst noch einige Schritte durch die Praxis getragen und es dann vor deren Verlassen eingepackt habe. Wie die Untersuchung der Handtasche ergeben habe, sei der Terminkalender der Dottoressa dort nicht zu finden. Vermutlich habe ihn der Täter mitgenommen.

Runggaldier war mit seinem Bericht gerade fertig, als es klopfte. Doris Rautscher steckte den Kopf herein und kündigte an, drei Kollegen stünden bei ihr im Vorraum. Sie seien nach Bozen delegiert worden, um in einer Sonderkommission mitzuarbeiten.

Waldner bat die Sekretärin, sie in ein Besprechungszimmer zu dirigieren.

»Was du von Vianello über Josef Pircher erfahren hast, kannst du dann dort gleich für alle erläutern. Die Sonderkommission ist ja für diesen Mordfall gebildet worden.«

Im nüchternen Besprechungszimmer saßen die drei Kollegen und hörten erwartungsvoll die bisherigen Erkenntnisse im Mordfall Pircher. Runggaldier berichtete, was ihm Pathologe und Spurensicherung am Morgen mitgeteilt hatten. Demnach war Josef Pircher definitiv an einem anderen Ort als auf der Rigaisalm ermordet worden. Der Kopf des Opfers war in einem blauen Müllsack transportiert worden, wie kleine chemische Partikel im Haar ergaben. Der Täter fuhr aller Wahrscheinlichkeit nach einen Geländewagen. Die Automarke war über die Reifenspur natürlich nicht zuzuordnen, nur der Reifentyp war klar. Zeitpunkt der Enthauptung war Montagnachmittag, so zwischen 16.00 und 18.00 Uhr, der Kopf wurde in einigem zeitlichen Abstand, also bis zu mehreren Stunden später und wohl nach Einbruch der Dunkelheit, in den Topf auf der alten Rigaisalm verfrachtet.

Nun meldete sich Sandra Zöggeler zu Wort, eine von den neuen Kollegen. Sie hatte ihre Ausbildung in Nettuno begonnen, als Waldner im letzten halben Jahr war, und tat zurzeit bei der Kriminalpolizei in Turin Dienst. Von ihr kam der Vorschlag, den Schwerpunkt der Arbeit zunächst auf das Auffinden der übrigen Leichenteile zu legen. Aufruf an die Bevölkerung, an die Streifenwagen der Polizei und so weiter, vermutlich waren weitere Funde in blauen Müllsäcken zu erwarten, oder der Täter hatte die Leichenteile irgendwo vergraben. Also wären auch die vielen Wanderer in Südtirol dafür zu sensibilisieren.

Waldner nickte zustimmend. »Es müsste jemand die geschiedene Ehefrau von Josef Pircher befragen. Und seine Wohnung und sein Geschäft wären zu inspizieren. Letzteres übernehme ich mit Peter Runggaldier selbst. Wer besucht die geschiedene Frau?«

Auf Waldners Frage erklärten sich zwei andere Kollegen dazu bereit: der leicht korpulente Gianluca Pozzi aus

Ravenna und der auf den Ruhestand zugehende Karl Unterthurner vom Amt für Personenschutz.

Waldner löste die Besprechung auf und machte sich gemeinsam mit Runggaldier auf den Weg zu Pirchers Geschäft und Wohnung.

Bereits am Abend zuvor hatten Mitarbeiter der Abteilung Kriminaltechnik Geschäft und Wohnung auf Spuren des Verbrechens hin untersucht – vergeblich. Die ganze Nacht über hatte eine Polizeistreife das versiegelte Haus bewacht, aber niemand war gekommen, um in die Wohnung zu gelangen.

Als Erstes betraten Waldner und Runggaldier die Geschäftsräume, die sich im Parterre befanden. Nur ein kleines Schild über dem Türbogen machte auf den Eigentümer und dessen Gewerbe aufmerksam: *Josef Pircher. Tibetica.*

Der Laden bestand aus zwei Räumen. Sie waren nicht sehr groß und wirkten dadurch noch gedrängter, dass sie bis in den letzten Winkel voller exotischer Gegenstände waren. Prachtvoll bemalte Masken, kunstvoll geschnitzte Waffen und Werkzeuge, Ölgemälde tibetischer Berge, ausgestopfte Vögel, Felle, Tantra-Kunst, animistische Gottheiten aus feuervergoldeter Bronze – einem Freund Tibets musste das Herz aufgehen.

»Wer kauft solche Tibetsachen?« Waldner war ins Staunen geraten.

»Hier, schau, die Kartei.« Runggaldier hatte hinter dem Tisch, der von unzähligen Seidenschals und Tibetbüchern bedeckt war, aber trotzdem offenbar als Verkaufstisch fungiert hatte, eine kleine Kiste entdeckt. Sie enthielt, noch ganz altmodisch, handbeschriebene Karteikarten. Darauf waren Adressen verzeichnet, dazu die Tibetica, die der jeweilige Kunde gekauft hatte, mit Preisangabe, häufig auch mit Versanddatum und Zahlungseingang.

Jetzt fiel Waldner wieder ein, was Anton Pircher über die Kunden seines Vaters gesagt hatte: Viele im Ausland, sogar aus den USA. Das Hauptgeschäft sei ohnehin der Versand gewesen. Dazu passten die Packpapiere, Schnüre und Paketschachteln, die für den Versand der Tibetica vorgesehen waren.

»Richard ter Stedten, Amsterdam«, las Runggaldier vor, »Vase aus Zentraltibet, 14. Jahrhundert, versandt am 13. April 2003 mit UPS, 2 000 Euro.«

»Nicht schlecht«, gab Waldner zu, »da hat der ja richtig gut verdient damit. Aber wie hat er das aus Tibet rausbekommen? Ist das nicht so was wie nationales Kulturgut?«

Runggaldier zuckte die Schultern.

Von den beiden Geschäftsräumen führte eine Treppe direkt in die darüberliegende Wohnung. Nur ein Zimmer unterschied sich hier vom Geschäft. Es reichte über den Innenhof, ein Bett und ein Kleiderschrank befanden sich darin.

Die anderen beiden Räume waren auch wieder von unten bis oben angefüllt mit Tibetica. Einzig ein Computer und eine daneben liegende Kamera erweckten den Eindruck, dass hier ein Mensch des 21. Jahrhunderts gewohnt hatte. Neben dem Computer lag ein Zettel, den ein Mitarbeiter der Kriminaltechnik geschrieben hatte. Er habe, hieß es da, den PC-Code geknackt und eine grobe Analyse des dort vorgenommenen Datenverkehrs erstellt. Bei Bedarf könne man ihn anrufen.

Waldner wählte die auf dem Zettel angegebene Nummer. Der Kollege informierte sie, dass der Computer vorwiegend zum Mailen und zur Recherche im Internet genutzt worden sei. Die Mails beträfen dem ersten Anschein nach vor allem Geschäftskunden und Anbieter von tibetischen Antiquitäten, die Anhänge enthielten zahlreiche Fotografien von Tibetica, die zum Teil auch in den Geschäftsräumen zu finden seien. Ja, und der Nutzer habe sich auch immer mal wieder ein bisschen in Pornoseiten umgesehen. Vor allem asiatische Frauen hätten es ihm wohl angetan. Zum Teil seien es sehr junge Mädchen gewesen, hart an der Grenze zur Kinderpornographie.

Waldner und Runggaldier nahmen die Informationen entgegen, ohne recht zu wissen, was ihnen daran wichtig sein könnte. Sie durchsuchten ein Regal, in dem sich einige Geschäftsunterlagen fanden. Nachdem auch das nichts Konkretes ergab, ging Waldner ins Schlafzimmer. Er öffnete den Nachttischschrank. Einige Fotos von einer hübschen asiatischen Frau in einer bunten Tracht fanden sich darin.

Er stöberte weiter und fand ein Flugblatt: *URGENT APPEAL. In support of Tibetan people's aspiration for Freedom and Peace.*

In englischer Sprache schilderten die Verfasser des Flugblatts Massaker an Tibetern, veranlasst von der chinesischen Regierung. Sie forderten die amerikanische Regierung und die Bevölkerung auf, sich nachdrücklich und in konkreten Schritten für die Rechte der Tibeter einzusetzen. Am Schluss stand eine Internetadresse.

Waldner gab Runggaldier das Flugblatt und bat ihn zu recherchieren, wo dieses Flugblatt sonst noch aufgetaucht sei. Er vermutete, einer der amerikanischen Geschäftspartner, vielleicht ein Exiltibeter, habe es Pircher zugesandt.

Waldner schaute auf die Uhr. »Ich habe jetzt noch einen Termin, eher privat. Wir treffen uns um 15.00 Uhr in der Quästur zur Lagebesprechung.«

Er hatte kein gutes Gefühl, Runggaldier nicht über das Treffen mit der Journalistin zu informieren. Aber irgendetwas sperrte sich in ihm. Vielleicht würde es Runggaldier einem anderen Kollegen erzählen, und der wieder einem anderen. Wie bei der stillen Post würde immer etwas Wahres weggelassen und etwas anderes hinzugedichtet. Und am Schluss würden sie ihn auf den Fluren der Quästur und in der Kantine argwöhnisch anschauen oder ihre Witze machen: der Kommissar und die Journalistin. Aber vielleicht war Claudia Corradini schon sechzig Jahre alt und alles unverdächtig. Dann würde er auch Runggaldier umgehend einweihen.

Als er von der Seite eine Frau an einem kleinen Tisch im Innenhof des versteckten Cafés sitzen sah, war er nicht sicher, ob das die Journalistin war. Wenn sie es aber nicht war und er würde sie ansprechen, wäre ihm das extrem peinlich vorgekommen. Florian Waldner war, was Frauen betraf, ausgesprochen schüchtern. Ihm weniger wohlgesonnene Menschen würden vielleicht sogar sagen, er sei verklemmt.

Er trat wieder einen Schritt in den Laubengang und sah auf die Uhr. Es waren noch fünf Minuten Zeit. Eher ungewöhnlich, sagte er sich, wenn sie jetzt schon da wäre. Also wartete er im Laubengang und sah sich scheinbar unauffällig die Torten an, die sich auf einem von einem Motor angetriebenen Ständer im Fenster des Cafés drehten.

Plötzlich ertönte Beethovens Schicksalsmelodie in voller Stärke. Mist, schimpfte er sich selbst, ich habe das

Handy nicht leiser geschaltet. Im Display tauchte das Wort »Journalistin« auf.

Ah, sie verspätet sich, dachte Waldner und ging dran.

»Ja, hallo? Ich bin schon da. Sie können ruhig etwas später kommen.«

»Aber wozu denn, Commissario?«

Er spürte eine Hand auf seiner Schulter und drehte sich blitzschnell um.

Vor ihm stand die Frau, die er eben noch im Innenhof des Cafés sitzen gesehen hatte.

»Sie können sich wohl nicht zwischen Käsesahne und Nuss entscheiden? Ich habe Sie die ganze Zeit schon hier vor dem Kuchenständer beobachtet.«

Waldner war nervös, fahrig strich er sich mit der rechten Hand durchs Haar und kaute auf der Unterlippe. Claudia Corradini forderte ihn mit einem Wink auf, ihr zu folgen. Sie setzten sich an ihren Tisch. Flüchtig hatte er sie beim Gang zum Tisch gemustert. Sie hatte lange schwarze Locken, trug einen kurzen dunkelblauen Rock und duftete verführerisch.

In diesem Augenblick wusste er: Er konnte Runggaldier nichts von dieser Begegnung erzählen. Vor allem musste er sich jetzt auf den sachlichen Grund des Treffens konzentrieren. Eine Bedienung kam.

»Einen Cappuccino bitte. Äh, und ein Wasser.«

Waldner merkte, wie er unruhig atmete. Verdammt, immer diese Beklemmungen in Anwesenheit einer schönen Frau.

»Und Kuchen will der Herr auch. Er hat ganz sehnsüchtig Ihren Ständer im Fenster betrachtet. Fünf Minuten lang.«

Was mischt die sich ein, kochte es leicht in Waldner hoch. Das verhalf ihm zu etwas mehr Fassung.

»Kein Kuchen, nein, danke.«

»Aber Herr Commissario, Sie sind doch gar nicht so dick. Ein Stück können Sie sich schon erlauben.«

Jetzt wurde er richtig wütend, aber nur in seinem Innern.

»Also gut, ein Stück von der Nusstorte.«

»Bravo«, kam es von der anderen Tischseite, und die Bedienung ging grinsend davon.

Jetzt hat die schon wieder einen Sieg gelandet, ärgerte sich Waldner, lächelte aber dann etwas verlegen und versuchte, den Anlass des Gespräches zu fixieren.

»Also, haben Sie den Brief dabei?«

»Ah, sind Sie in Eile? Ich dachte, wir sprechen noch ein bisschen über die neuesten Ermittlungsergebnisse? Haben Sie schon gelesen, dass der Dalai-Lama den Autonomiestatus Südtirols als Vorbild für die Lösung der Tibetfrage ansieht? Sie waren doch sicherlich schon im Geschäft des Josef Pircher. Der ist, wie leicht herauszufinden, weltweit anerkannter Experte für Tibetica. Er war sicherlich auch an der Tibetfrage interessiert. Schließlich hing sein Geschäft daran. Normalerweise wäre er ja jetzt schon bald reif für die Rente. Aber er hatte als Altersabsicherung nur ein paar Immobilien, deren Kredite er noch ein paar Jahre abstottern muss. Darum darf die Quelle nicht versiegen. Und die Quelle hieß für Josef Pircher Tibet und Tibetica.«

Ich darf mir mein Erstaunen nicht anmerken lassen, beschwor sich Waldner selbst.

»Woher haben Sie die ganzen Informationen? Oder sind das nur Spekulationen?«

»Ah, Commissario, was für ein schönes Wort hat mir gestern am Telefon ein Herr gesagt? Er möchte ›Informantenschutz‹.«

In Waldners Kopf hämmerte es: Hätte ich mir denken können. Ich muss mehr aufpassen bei dieser Frau. Die darf ich nicht unterschätzen. Und ich darf ihr nicht zu viel andeuten oder gar verraten. Sonst bin ich erpressbar.

»Ja, Frau Corradini, das ...«

»Oh, Commissario, sagen Sie nicht Frau Corradini, wie schrecklich das klingt, sagen Sie Claudia, bene?«

Ich muss ihr widersprechen. Eine Journalistin mit Vornamen anreden, das geht nicht. Wenn das der Staatsanwalt einmal zufällig mithört. Am Schluss will sie auch noch meinen Vornamen wissen.

»Darf ich Florian sagen, Commissario?«

»Also, ähm, das, ich ...«

»Ah, ich merke, Sie haben ein Problem damit. Wegen der Verhaltensregeln bei der Polizei, der Hierarchien, dem Gegenüber von Presse und Exekutive und so was. Schade, aber ich will Sie nicht quälen. Dann sage ich weiter Commissario, und Sie dürfen Claudia sagen. Oder: *Frau* Corradini.«

Jetzt trat ein Schweigen ein. Die Bedienung brachte das Bestellte, und die Journalistin orderte einen Grappa. Dann griff sie in ihre Handtasche, holte eine Frauenzeitschrift hervor und begann darin zu blättern.

Selten so eine blöde Situation erlebt, ging es Waldner durch den Kopf. Er schaute betreten zum Springbrunnen, der monoton plätscherte. Mit einem inneren Ruck richtete er seinen Blick wieder auf die Frau, die ihm so fremd und gleichzeitig so attraktiv erschien, und setzte erneut an:

»Den Brief von Frau Dr. Pacella, haben Sie ihn dabei?«

Wortlos griff Claudia Corradini in ihre Handtasche, zog einen Umschlag hervor und reichte ihn Waldner. Er öffnete ihn und las.

Leserbrief
*Vor einigen Tagen haben Sie in Ihrer Zeitung im Regionalteil über einen katholischen Gottesdienst berichtet, in dem auch ein polnischer Priester in eine befristete Aufgabe in der Diözese Bozen-Brixen, speziell im Raum Meran, eingeführt wurde. Etwas nebulös heißt es, er werde übergemeindliche Aufgaben zur Entlastung der ortsansässigen Priester wahrnehmen. Als Psychologin und vor allem als Psychotherapeutin muss ich die Bevölkerung eindringlich vor diesem Priester warnen. Mir ist nicht bekannt, wie die katholische Kirche sein Aufgabenfeld definiert. Ich **weiß** aber mit Sicherheit, dass dieser Priester Exorzismen vornimmt, zu Deutsch: Teufelsaustreibungen. Abgesehen davon, dass solche Exorzismen ein Rückfall ins finsterste Mittelalter sind, haben bereits mehrere Personen in Südtirol durch seine Exorzismen schwerste psychische Schädigungen erfahren, die zu heilen schwer und vielleicht sogar unmöglich ist. Der Priester brüstet sich damit, indirekt von Rom selbst legitimiert zu sein: In seinem Heimatort in Polen entstünde sogar ein richtiges Zentrum für Exorzismen. Als aufgeklärter Mensch frage ich die Verantwortlichen in der katholischen Kirche, ob sie allen Ernstes diese Art von psychischer Vergewaltigung labiler und wehrloser Menschen unterstützen.*

Dr. Gabriela Pacella
Psychologin
Bolzano / Bozen

Waldner faltete den Brief wieder zusammen und gab ihn der Journalistin zurück.

»Il conto, per favore«, rief sie Richtung Caféinnenraum.

»Ähm, darf ich Sie einladen?«

»Nein, danke«, kam es scharf zurück.

Keine Frage, sie war eingeschnappt.

Waldner hatte das Gefühl, er könnte von ihr profitieren. Immerhin hatte er durch sie mehr über Josef Pircher erfahren, als seine ganzen eigenen Recherchen am Vormittag ergeben hatten.

»Sie sind schon bei dem Priester gewesen!« Er sah ihr dabei in die Augen. Erstmals erwiderte sie seinen Blick und hielt ihm stand. Es war der erste Satz Waldners, der ihr gefiel, da er einen Hauch von Respekt für ihre Arbeit verriet. Sofort wurde sie wieder zugänglicher.

»Nein, ich war noch nicht dort, habe aber mit ihm telefoniert und ihm den Leserbrief vorgelesen. Er sollte die Möglichkeit haben, eine Replik zu schreiben. Sie wissen: Unsere Leserschaft ist zum weitaus größten Teil katholisch und wäre mit der Deutung überfordert, wenn sie nur einen Brief wie den von Frau Dr. Pacella zu lesen bekäme.«

Waldner nahm die Informationen aufmerksam zur Kenntnis.

»Wann haben Sie dem Priester den Brief vorgelesen?«

»Vor dem Mord, am Mittwochabend.«

Sie merkt ganz genau, was mich interessiert, ich darf sie wirklich nicht unterschätzen, sagte sich Waldner abermals. Er zögerte einen Augenblick, gab sich dann einen Ruck:

»Wollen wir gemeinsam hinfahren? Morgen, 9.00 Uhr?«

»9.00 Uhr vor der Tiefgarage am Waltherplatz. Sie holen mich ab. Ciao, *Herr* Waldner.«

Mit einem Lächeln erhob sie sich und ging. Das Klappern ihrer Stiefelabsätze war deutlich zu hören und verlor sich erst allmählich. Die Bedienung kam.

»Zusammen?«

In der Polizeikantine begegnete Waldner Gianluca Pozzi und Karl Unterthurner. Er nutzte die Gelegenheit, um sie über das Gespräch mit Elisabeth Pircher zu befragen.

»Also Hass ist da eher eine Untertreibung, was diese Frau auf ihren Ex hat«, urteilte Unterthurner. Der Scheidung vor fünf Jahren sei ein Rosenkrieg vorausgegangen, in dem Elisabeth Pircher ihrem Mann vorwarf, sie auf seinen Asienreisen in vielfacher Weise mit jungen Frauen betrogen zu haben. Mit Kindern habe er es getrieben, habe sie ihnen gegenüber ganz unumwunden behauptet, wohl wissend, dass er sie wegen dieses Vorwurfes jetzt auch nicht mehr verklagen konnte. Vor Gericht habe sie den Vorwurf eher harmlos mit dem Wort »notorische Untreue« benannt, um sich eine möglichst lange und hohe Unterhaltszahlung zu erstreiten. Pircher habe im Scheidungsverfahren behauptet, er verdiene mit seinem Tibetica-Handel so gut wie nichts. Das aber habe sie besser gewusst, sie habe sich einige seiner Geschäftsunterlagen kopiert, auch Steuererklärungen der vorausgegangenen Jahre: Diese sprächen eine andere Sprache. Sie habe diese Unterlagen, um ihn als Lügner zu entlarven, erst im letzten Augenblick über ihren Anwalt eingebracht, zu einem Zeitpunkt also, als Pircher sich bereits mit theatralischen Worten in die Rolle des Bettelmönchs begeben hatte.

»Wann hatte sie den letzten Kontakt mit Pircher?«, fragte Waldner dazwischen.

»Sie behauptet, vor drei Jahren bei der Hochzeit ihres jüngeren Sohnes in München. Der habe dort studiert und am Ende seines Studiums eine Deutsche geheiratet. Da seien sie beide dabei gewesen, natürlich getrennt angereist, und auch am Hochzeitstisch saßen sie getrennt.«

Waldners Gedanken schweiften zu Martin ab. Wenn Sophia und er auseinandergingen, hätte das auch für die Zukunft Folgen: die Geburtstage, die Schulabschlussfeier, irgendwann auch einmal die Hochzeit Martins. Würde dann der Maler neben Sophia sitzen? Würden sie dann noch miteinander reden? Oder sich auch feindlich gegenübersitzen? Und wenn sie noch lebten, säßen auch seine Mutter und Sophias Eltern an der Festtafel. Sie waren sich schon einmal bei einer Hochzeit distanziert begegnet, träfen dann aber als wahre Feinde aufeinander! Denn so viel war klar: Die Eltern von Sophia würden bedingungslos auf deren Seite stehen und die Ursache für die Trennung nur bei ihm sehen.

Ich muss es schaffen, entweder Sophia wiederzugewinnen oder, wenn es schon auseinander geht, dass wir dann freundschaftlich verbunden bleiben. Sonst hängen über allen Ereignissen, die mit Martin zu tun haben und über die ich mich normalerweise sehr freue, dunkle Wolken, und ich bin froh, wenn sie vorbei sind. Nein, ich werde heute Abend noch mit Sophia telefonieren. Der Kontakt darf einfach nicht abbrechen.

»Kein Hunger?«

Die Frage Pozzis holte ihn in die Wirklichkeit zurück. Waldner aß ein paar Spinatnocken, obwohl er keinen wirklichen Appetit hatte.

»Traut ihr der Frau einen Mord zu?«, wandte er sich jetzt wieder seinen Tischnachbarn zu.

»Na ja, also emotional würde ich das nicht ausschließen«, meinte Unterthurner, während er ein großes Stück Torte mit Sahne in den Mund schob, »aber sie selbst wiegt ja höchstens 50 Kilo. Wie soll sie einen kräftigen Mann erwürgen, was Pircher als Bergsteiger ja gewesen ist?«

Waldner sah, wie sich Pozzi an der Kantinentheke eine zweite Portion Mohnstrudel holte.

»Was ist mit seinen Kontakten nach Asien? Könnt ihr etwas herausfinden über seine Beziehungen zu Frauen dort? In seinem Computer sind Aufnahmen von asiatischen Kindfrauen aufgetaucht. Prüft doch einmal mit den Leuten von der Abteilung Sexualdelikte, ob er in einem Kinderpornoring drin war oder denen auf andere Weise bekannt ist. Oder ob er vielleicht Reisen nach Asien mit einschlägigen Erwartungen in dieser Richtung selbst organisiert hat. Da könnte man sich ja manche Mordmotive denken: Wenn jemand sich auf dieser Reise mit Aids oder sonst einer Geschlechtskrankheit infiziert hat, oder irgendwelche Zuhälter, die sich an ihm rächen wollten, oder... Wäre gut, wenn wir da ein bisschen weiterkommen täten. Schaut euch auch noch mal seine Geschäftskontakte an. Unsere Computerexperten haben seinen Code geknackt und den Datenverkehr analysiert.«

Pozzi und Unterthurner nickten, sie wollten sich gleich an die Aufgabe machen. Vielleicht könnten sie um 15.00 Uhr bei der Dienstberatung erste Ergebnisse präsentieren.

Um 14.00 Uhr betrat Waldner sein Dienstzimmer und ließ sich die Protokolle der Therapiesitzungen von Dr. Pacella mit Marie Puner kommen. Sie deuteten mit großer Wahrscheinlichkeit, so hatte es Köstner plausibel gemacht, auf das Protokoll 184, das auffallenderweise fehlte. Nur irgendetwas von einer psychischen Blockade hatte er beim ersten Überfliegen der Protokolle wahrgenommen, zu sehr war er damals mit dem Gedanken beschäftigt gewesen, wie Lorenzo Köstner bei den Zeugen Jehovas eingeschleust werden könnte. Jetzt wollte er sich näher mit dieser Marie Puner befassen.

Er begann zu lesen. Schon nach wenigen Sätzen war er von dem, was da stand, so gebannt, dass er alle drei Protokolle bis zum letzten Wort las und danach hörbar seufzte. Frau Dr. Pacella hatte sehr gründlich protokolliert, was sie aus dem Gespräch mit Marie und mit deren Bruder Günther erfahren hatte. Für Waldner entstand ein umfassendes Bild von Marie Puner und den Ereignissen der letzten Wochen, die so sehr in ihre psychische Konstitution eingegriffen hatten.

Marie Puner war 54 Jahre alt und bisher zu drei Therapiesitzungen zu Frau Dr. Pacella gekommen. Ihr Bruder musste sie dazu überreden. Denn das Problem von Marie war: Sie sprach nicht, und zwar nicht aus physischen Gründen, wegen zerstörter Stimmbänder oder etwas Derartigem, sondern wegen einer psychischen Konstellation. Schon seit ihrer Kindheit galt sie in Schenna als introvertiert, nur selten war von ihr ein Wort zu hören, und wenn, dann meist nur ein »Joa« oder ein »Naa«. Einzig beim Besuch der heiligen Messe betete oder sang sie manchmal mit. Aber sonst waren kein Arzt, kein Priester, keine Verwandten in der Lage, das Schweigen der Marie zu durchbrechen. Männerbeziehungen kannte und wollte sie keine, sie lebte in ihrer eigenen, für andere unzugänglichen Welt.

Mit den Jahren hatten sich alle damit abgefunden. Marie fand ihr Auskommen in der Wäscherei eines großen Hotels in Schenna, wo sie ihre Arbeit still und unbehelligt verrichtete. Nur bei der Mutter, die die achtzig überschritten hatte, nagte der Kummer über ihre absonderliche Tochter. Als nun vor einigen Wochen ein polnischer Priester in die Meraner Gegend kam, hörte die Mutter beim Gang auf den Friedhof von anderen Frauen, dieser Priester könne böse Geister, ja selbst den Teufel austreiben, wenn ein Mensch davon besessen sei. Nicht ohne ein verräterisches Kopfnicken schauten die alten Frauen immer wieder auf die Punerin, glaubten sie doch das Schweigen von deren Tochter durch einen Dämon verursacht. Eine platzte dann freiweg heraus, ob das denn nichts für die Marie wäre, so ein Exorzismus, schaden könne es doch nicht.

Die Mutter besprach sich noch am selben Abend mit ihrem Mann, nur den Sohn Günther wollten sie nicht einweihen, der würde da sicher nicht mitmachen. Am nächsten Morgen bat die Punerin ihre Tochter unter einem Vorwand, mit ihr nach Meran zu fahren. Da Marie ihren freien Tag hatte und sie ohnehin der Mutter nie widersprach, begaben sich die beiden Frauen mit dem Bus in die Stadt. Nach einigem Suchen fanden sie schließlich den Exorzismuspriester in einem alten Pfarrhaus. Maries Mutter beschrieb ihm das Leiden ihrer Tochter. Der Priester hörte sich alles geduldig an. Als die Mutter fertig war, funkelten seine Augen: Er war bereit, den Kampf mit Satan aufzunehmen.

Sie mussten sich dazu in die Sakristei einer Kirche begeben, im sakralen Raum stehe der Teufel von vornherein auf verlorenem Posten, was man von säkularen Plätzen nicht behaupten könne. Man sehe ja, wie sehr der Teufel Erfolge feiere, man betrachte nur die Verderbtheit der Jugend, die mit bauchnabelfreien T-Shirts durch die Straßen laufe und jeglichen Respekt vor der älteren Generation vermissen lasse.

Da stand nun die dicke Marie mit ihrer Tiroler Tracht vor dem ganz in Schwarz gewandeten Teufelsaustreiber in der Sakristei der Kirche und sollte ihm den Satz sagen: »Teufel, ich schwöre dir ab.« Der Priester wusste zwar durch Maries Mutter von deren Sprachlosigkeit, forderte aber immer zudringlicher und lauter diesen Satz von ihr ein. Nach seiner Theorie war Maries Schweigen dem Teufel zuzuschreiben, der in sie gefahren sei und sie in ihrem Sprachwillen hemmte, um sie zu zerstören. Dem war nur mit harten Bandagen beizukommen.

Marie verweigerte beharrlich, auch nur ein Wort zu sagen, auch und wohl erst recht, als der Priester sie anbrüllte und ihr mit einer brennenden Kerze vor dem Gesicht herumfuchtelte. Und dann passierte die Katastrophe: Nach einer Stunde vergeblichen Einbrüllens ging der Priester dazu über, Marie körperlich zu berühren. Zunächst legte er ihr nur die Hand auf den Kopf, wie zum Segen. Doch als all sein Zureden, zwischenzeitiges Stammeln und Flüstern und dann umso lauteres Brüllen nicht halfen, drückte er die Hand immer fester auf Maries Kopf, zog an ihren Haaren und wischte ihr immer wieder übers Gesicht. Das war zu viel, denn plötzlich löste sich aus Marie ein markerschütternder Schrei, der nicht mehr enden wollte. Der Priester erschrak selbst über diesen tiefen Schrei der Qual, nickte aber Maries Mutter zu, so als wollte er sagen: Jetzt haben wir es geschafft.

Als nach zehn Minuten Maries Schreien allmählich abebbte, begann sie am ganzen Körper zu zittern, die Pupillen ihrer blauen Augen rasten wirr und wild umher. Der Priester nickte zufrieden, verabschiedete sich von Mutter und Tochter und ließ sie alleine in der Sakristei zurück. Die alte Punerin ging mit ihrer Tochter durch die belebten Straßen zur Bushaltestelle am Sandplatz. Doch plötzlich blieb Marie vor einem fremden Mann stehen, der einen Schäferhund an der Leine führte, und hob von Neuem mit dem markerschütternden Schreien an. Hilflos stand die Mutter daneben. Die Leute fragten sie, ob sie einen Arzt rufen sollten. Die Punerin zog schließlich ihre Marie weiter, und irgendwie schafften sie es zum Bus und zurück nach Schenna.

Am nächsten Morgen begab sich Marie wieder zur Arbeit; doch schon nach wenigen Stunden kam ein verzweifelter Anruf des Hoteldirektors, Marie sei am Durchdrehen, sie schreie unentwegt und man möge sie bittschön abholen. Eine Woche sperrte sich Marie in ihrem Zimmer ein und verweigerte jeden Kontakt mit anderen Menschen. Nur ihre Mutter durfte das Zimmer betreten und ihr etwas zu essen bringen. Dann ging sie wieder ins Hotel, wollte ihre Arbeit verrichten, und dieses Mal dauerte es zwei Tage, bis sie wieder einen Schreianfall mit anschließendem Nervenzusammenbruch erlitt. Der Hoteldirektor drohte der Mutter mit Rausschmiss ihrer Tochter, der Ruf seines Hauses stehe auf dem Spiel. Die Mutter besprach sich mit Nachbarn, und sie offenbarte sich endlich ihrem Sohn Günther. Dieser war wütend über das Geschehene, auch weil man ihn nicht eingeweiht hatte. Schließlich schlug er vor, Marie zu einem Psychologen zu bringen. Vielleicht käme sogar eine Einweisung in ein psychiatrisches Rehabilitionszentrum infrage. Für ihn war klar, dass der Priester mit seinem Exorzismus das zwar eingeschränkte, aber insgesamt ruhige Leben der Marie Puner zerstört und bei ihr große psychische Schäden angerichtet hatte. Zumindest habe er bestehende massiv verstärkt.

Günther Puner war Mitglied im örtlichen Tourismusverein. Dort erzählte ihm jemand am Rande einer Sitzung, seine Frau sei wegen krankhafter Depressionen bei einer sehr guten Psychologin gewesen. Auf seine Nachfrage erhielt er die Adresse von Frau Dr. Pacella in Bozen. Nach dem Debakel in Meran erschien es ihm ohnehin besser, nicht einen dortigen Psychologen aufzusuchen. Auch würde, wenn überhaupt, eine Frau sicher besser Zugang zu Marie finden. Der Bruder war nur zu Beginn der ersten Therapiesitzung dabei, um die Gründe des Kommens und den Vorfall mit dem Exorzismuspriester zu schildern. Dann ging er in die Stadt und holte Marie nach einer Stunde ab, und auch für die nächsten beiden Sitzungen war er nur Maries Chauffeur.

Die Psychologin hatte es offenbar geschafft, Marie zum Reden zu bringen, wie viele Zitate von Maries Aussagen verrieten. Sie musste Dr. Pacella alle Details der Begegnung mit dem Priester geschildert haben.

Waldner legte das dritte Protokoll zur Seite. Was mochte wohl im nächsten, in Nummer 184, gestanden haben? Ob der Priester noch einmal mit der Familie Puner in Kontakt getreten war? Ob Marie einen Rückfall erlitten hatte? Oder enthielt das Protokoll die weiteren Therapieschritte? Jedenfalls würde er sich morgen den Priester vorknöpfen. Wahrscheinlich wusste der noch nicht einmal, was er angerichtet hatte, und sonnte sich in seinem vermeintlichen Erfolg einer Teufelsaustreibung. Waldner war jetzt klar, was mit dem Satz gemeint war: den Teufel mit Beelzebub austreiben...

Es war 15.05 Uhr. Waldner eilte ins Besprechungszimmer. Runggaldier, Pozzi, Unterthurner und Sandra Zöggeler erwarteten ihn bereits. Zuerst ließ er jeden berichten. Runggaldier erzählte von ihrer Inspektion der Geschäftsräume und der Wohnung Josef Pirchers. Pozzi und Unterthurner unterrichteten jetzt auch die anderen Kollegen über ihren Besuch bei Elisabeth Pircher. In der Zwischenzeit hatten sie herausgefunden, welche pornographischen Seiten Pircher im Internet ganz konkret aufgesucht hatte. Tatsächlich, so führten sie aus, habe er bei zwei Anbietern in Bangkok Abonnements für das Abrufen von Pornofilmen am Laufen gehabt. Kinderpornographie sei da auf den ersten Blick nicht dabei, wie die Kollegen, die sich mit Internetkriminalität beschäftigen, ihnen mitteilten. Außerdem sei Pircher in den letzten Monaten zwei Mal nach Tibet geflogen, jeweils von Mailand aus mit Alitalia und Air China und mit mehrtägigen Aufenthalten in Bangkok auf der Hin- und Rückreise. Ob der Zweck dieser Reisen über den Erwerb von asiatischen Antiquitäten, von Tibetica hinausging, sei nicht zu eruieren. Außerdem habe er im Herbst letzten Jahres und vor einer Woche jeweils eine Gruppe vor allem von Exiltibetern und Hongkongchinesen in Südtirol begleitet. Sie hätten sich das Südtiroler Archäologiemuseum in Bozen und den »Ötzi« angeschaut, in Meran, Schenna und Brixen gewohnt und Vorträge über die Geschichte Südtirols gehört. Pircher habe vorgehabt, dieses Marktsegment auszubauen. Der Sohn habe ihnen auch bestätigt, dass er für die Gruppen eigens die alte Rigaisalm geöffnet habe, und sie hätten dort bis spät in die Nacht hinein Südtiroler Bauernspeck gegessen, Marillenschnaps und Gewürztraminer getrunken und über die politische Situation in Tibet diskutiert. Der Alkohol habe einige schließlich aggressiv gemacht, und sie hätten sie in zwei getrennten Fuhren ins Tal bringen müssen. Soweit er das mitbekommen habe, sei es bei dem Streit um die Tibetfrage gegangen.

Sandra Zöggeler führte aus, welche Maßnahmen sie zur Auffindung der übrigen Leichenteile von Josef Pircher eingeleitet habe. Das bevorstehende Osterwochenende mit vielen Wanderern und Autoausflüglern biete gute Chancen für einen Sucherfolg. Die entsprechenden Medien, also Radio, Lokalfernsehen und Zeitung, zeigten sich sehr kooperativ.

»Ich habe auch noch einiges über Josef Pircher erfahren«, schloss Waldner die Informationsrunde ab und erzählte von den Erkenntnissen zu Pircher, die er Claudia Corradini zu verdanken hatte. Natürlich nannte er die Quelle seiner Informationen nicht, auch als ihn Runggaldier erstaunt anschaute. Die Ermittlungsergebnisse zu Marie Puner wollte er in diesem Gremium nicht behandeln. Er wollte die beiden Fälle klar voneinander abgrenzen, weil er Sorge hatte, sonst den Überblick völlig zu verlieren.

Waldner ging zum Flipchart. Für sich selbst, aber auch für seine Kollegen fand er diese Methodik wichtig: Er wollte Klarheit in den Dschungel an Informationen bringen. So schrieb er als Erstes die Überschrift auf: *Mordfall Josef Pircher.*

Für einen Augenblick schaute er in die Runde, wandte sich dann wieder dem Flipchart zu und schrieb:

1. *Elisabeth Pircher: Auftraggeberin? Motiv: Hass, Rache*
2. *Tibeter, Chinesen: Ritualmord? Motiv: politisch, finanziell*
3. *Pornomilieu. Motiv: finanziell (Zuhälter)? Rache (Aids, Freier?)*

»Wie ihr seht, Kollegen, ist da vieles hypothetisch, wacklig, unklar«, räumte Waldner ein, »aber ich halte es für wichtig, dass wir in unsere Ermittlungen eine Struktur hineinbringen. Darum sollten wir auf diesen drei Ebenen weiter vorgehen, uns morgen um 15.00 Uhr wieder treffen und jeweils überprüfen, ob diese drei Spuren zielführend sind.«

Runggaldier und Sandra Zöggeler wollten gleichzeitig etwas sagen. Mit einem Wink gab die Ermittlerin aus Turin dem Kollegen den Vortritt.

»Ich habe noch etwas nachzutragen, was in diesem Schema die zweite Spur betrifft. Wir haben in Pirchers Wohnung ein Flugblatt gefunden, das die amerikanische Regierung und Bevölkerung auffordert, sich für Tibet stärker einzusetzen. Dieses Flugblatt stammt von einer Gruppe Exiltibeter in den USA. Man kann es sich im Internet herunterladen.«

»Oder in New York bei einer Demonstration erhalten und mitnehmen«, ergänzte überraschend Pozzi. Bei ihren Recherchen in Pirchers Reisebüro hätten sie etwas Interessantes erfahren, das nur vorhin nicht in den Zusammenhang mit den Asienreisen gepasst habe. Josef Pircher sei nämlich vor zwei Wochen für drei Tage in New York gewesen. Er habe dort in einem Hotel zwei Nächte gebucht gehabt. Was er in den USA gemacht habe, wüssten sie allerdings nicht.

»Vielleicht Geschäfte«, ergänzte Waldner, »er hatte dort Kunden und wohl auch Anbieter von Tibetica. Könnte aber auch gut sein, dass er sich politisch engagiert hat. Die Tibetfrage ist ja brandaktuell. Und dass die Exiltibeter in einem Südtiroler, der sich für Tibet zwangsläufig interessiert, weil auch sein Geschäft daran hängt, einen guten Mitstreiter entdecken, verwundert nicht weiter.«

Sandra Zöggeler wollte jetzt ihren Beitrag liefern. Doch da bat Karl Unterthurner mit einer Handbewegung um Vorzug:

»Als der Dalai-Lama im August 2005 in Südtirol war, hatte ich die Verantwortung für den Personenschutz. Ich war dabei, als er den Landeshauptmann getroffen und Südtirol als wichtigen Bezugspunkt für die Tibetfrage benannt hat. Er ist wirklich eine charismatische Persönlichkeit. Und in seiner Rede hat er die Südtiroler eindringlich gebeten, ihren Autonomiestatus wo immer möglich als Modell für die chinesische Regierung ins Spiel zu bringen. Gut möglich, dass der Pircher diese Forderung umgesetzt hat, mit all seinen Kontakten.«

Waldner überlegte, dann räumte er ein: »Gut möglich. Dann hätte der grausame Mord die Aufgabe, Tibetsympathisanten zu warnen. Nur aufgrund der Bestialität wäre eine große Öffentlichkeit sichergestellt. Und allen Tibet-Sympathisanten würde deutlich: So könnt ihr enden, wenn ihr die chinesische Regierung kritisiert.«

Jetzt schwiegen alle betroffen. Pozzi kam als Erster aus dem Grübeln und stöhnte auf:

»Puh, bedeutet das, der chinesische Geheimdienst könnte hinter der Tat stecken? Dann wird das Ganze eine Nummer zu groß für uns, und wir müssen es wohl nach Rom abgeben. Oder sehe ich das falsch?«

Waldner schüttelte den Kopf. »Nein, wir befinden uns noch auf einer sehr spekulativen Ebene. Ich werde nachher den Staatsanwalt informieren. Aber vorerst ermitteln wir hier weiter. Und jetzt die geschätzte Kollegin, liebe Sandra, bitte.«

Sandra zeigte auf die Tafel: »Ich kann noch eine vierte Spur ergänzen.«

Waldner hielt ihr den Filzstift hin. Sie stand auf und schrieb:

4. Wirt der Almbachhütte. Motiv: Konkurrenz

Sandra Zöggeler erzählte nun, sie habe sich den Tatort angesehen und sei zu Fuß ins Tal abgestiegen. Auf einem Seitenweg sei sie zur Almbachhütte gekommen. Draußen hätten viele Bänke und Tische gestanden, aber niemand habe dort Rast gemacht. Sie habe sich hingesetzt, weil sie ohnehin Durst hatte. Da sei der Wirt aufgetaucht, sichtlich unfreundlich und mit Schnapsfahne. Sie dachte schon, bei so einem Wirt sei es nicht verwunderlich, wenn keiner hierher komme. Aber als er ihr dann ihr Wasser brachte, da habe er einen Monolog abgelassen gegen Pircher Vater und Sohn. Die beiden seien nicht einmal aus ihrem Tal, eingekauft hätten sie sich und unverschämt seien sie. Mit dem Neubau der Rigaisalm könne er jetzt endgültig einpacken. Sie hätten ja schon durchgebracht, dass in allen Wanderführern, ja sogar durch das Tourismusbüro ihre Hütte ganz groß bekannt gemacht werde. Er dagegen habe nicht die finanziellen Mittel, um große Anzeigen zu schalten oder riesige Transparente aufzuhängen oder dergleichen. Seine Alm werde ja ohnehin vom Hauptaufstieg zu den Wanderwegen links liegen gelassen. Das komme daher, dass man im Tal schon zu seines Vaters Zeiten die Almbachhütte weggedrängt habe aus der öffentlichen Aufmerksamkeit. Genauso gut, so der Wirt, hätte man seinerzeit den Weg, über den sie gekommen sei, als Aufstiegsroute beschildern können. Aber schon damals hätten Geld und Beziehungen die entscheidende Rolle gespielt. Und heute sei das noch mehr so. Wo das hinführe, wenn man Fremden das Sagen in ihrem Tal überlasse, das könne man ja an diesem Josef Pircher sehen. Chinesen habe der Alte auf die Alm geschleppt, und den ganz großen Reibach habe der Junge jetzt machen wollen mit dieser gar nicht in die Landschaft passenden Almhütte, diesem überdimensionierten Palast.

»Und jetzt, Kollegen, erkläre ich euch, warum ich ihn als vierte Spur auf das Flipchart geschrieben habe. Denn dieser Wirt der Almbachhütte schloss seinen Monolog mit den Worten: ›Jetzt haben sie die gerechte Quittung für ihren Größenwahn bekommen, wenigstens schon einmal der Alte.‹ Nach diesem Satz habe ich ihm in die Augen geschaut, ihm meinen Dienstausweis gezeigt und ihn gefragt, ob das jetzt eine Morddrohung an den jungen Pircher war. Kreidebleich ist er geworden, was ich denn von ihm denke, und wenn er gewusst hätte, dass ich, und so weiter. Der war völlig von der Rolle.«

Alle schauten jetzt Waldner an. Dieser fixierte mit seinen Blicken das Flipchart, dann Sandra Zöggeler, die sich gesetzt hatte.

»Okay, können wir als vierte Spur aufnehmen. Allerdings, ehrlich gesagt, wenn dieser Wirt das gewesen ist, muss er schon ein extrem großer Trampel sein, den einzigen Gast damit zu konfrontieren. Dass das Ganze für ihn eine Genugtuung ist, kann ich nachvollziehen. Aber dass er den Mord begangen hat, und dann auch noch auf diese bestialische Weise, na ja, also ich weiß nicht. – Dann also: bis spätestens morgen um 15.00 Uhr.«

Mit diesen Worten schloss Waldner die Runde. Sie verließen den Raum, und er bat Runggaldier in sein Dienstzimmer.

Er setzte sich an seinen Schreibtisch, Runggaldier nahm auf der gegenüberliegenden Seite Platz. Zwischen ihn und sich legte Waldner ein leeres weißes Blatt und fing an zu schreiben:

Mordfall Dr. Gabriela Pacella
1. Die Zeugen Jehovas. Motiv: Rache, Konkurrenz.
Ermittler: Köstner
2. Exorzismus-Umfeld. Motiv: Rache, Konkurrenz.
Ermittler: Waldner

Waldner hielt beim Schreiben inne und unterrichtete Runggaldier über die Erkenntnisse aus den Therapieprotokollen. Den Brief der Psychologin an die Zeitungsredaktion erwähnte er nur flüchtig.

»Wir beide sollten diesen Mordfall schwerpunktmäßig betreuen. Da es aber mehrere Spuren gibt, müssen wir uns auch hier aufteilen, wenigstens phasenweise. Ich werde morgen den Priester aufsuchen, ausnahmsweise alleine.«

Er nahm wieder den Stift und schrieb:

*3. Sebastian Mayr. Motiv: Verzweiflung.
 Ermittler: Runggaldier*

Waldner räusperte sich, um dann seinem Gegenüber zu erklären: »Zugegeben die sehr unwahrscheinliche Variante, aber wir müssen alles überprüfen.«

Erneut beugte er sich über das Blatt und ergänzte die ersten drei Punkte mit:

*4. Privates Umfeld der Ermordeten? Motiv: Noch unklar.
 Ermittler: Runggaldier*

»Ich brauche dich unbedingt für diese beiden Punkte«, gab er Runggaldier zu verstehen, »morgen Früh ist nämlich die Trauerfeier für die Dottoressa. Da muss jemand von uns hin. Vor allem, um das private Umfeld zu beobachten. Wir wissen, dass manches Mal sogar die Täter zur Trauerfeier ihrer Opfer kommen, nicht zuletzt, um sich unverdächtig zu machen. Und weil ich morgen eine Audienz beim Exorzismuspriester in Aussicht habe, teilen wir uns also auf.«

Runggaldier wunderte sich etwas über seinen Chef. Irgendwie empfand er die Arbeitsaufteilung konstruiert. Aber widersprechen wollte und konnte er nicht. Er hatte die letzten Stunden das Gefühl gehabt, die Ermittlungen wären wenig zielstrebig, ja sogar orientierungslos. Doch das methodische Vorgehen Waldners hatte ihn jetzt überzeugt. Mit den Einträgen auf dem Flipchart im Besprechungszimmer und mit dem, was jetzt auf dem Blatt am Schreibtisch stand, konnte er gut die nächsten Schritte planen. Auch für die Kommunikation unter den Kollegen war diese Strukturierung der Ermittlungen hilfreich.

»Bis morgen, 15.00 Uhr spätestens. Wenn sich vorher was Wichtiges ergibt, melde ich mich.«

Mit diesen Worten verließ Runggaldier das Zimmer. Waldner informierte den Staatsanwalt und ließ ihn übers Telefon an seiner Strukturierung der beiden Fälle teilhaben, ohne allerdings alle Einzelheiten wie zum Beispiel den verdeckten Ermittler Köstner zu erwähnen. Dr. Alfieri zeigte sich etwas ungeduldig, ein paar Ergebnisse müssten noch vor Ostern an die Öffentlichkeit, sonst gäbe es immer mehr Druck auf die Ermittlungen, und dann stelle sich die Frage, ob ein doch noch recht junger und daher nicht sehr erfahrener Kommissar mit der Aufgabe nicht überfordert sei. Zwei Morde mit jeweils drei, vier unterschiedlichen Spuren binnen weniger Tage seien ja auch für einen gestandenen Kriminaler kein Pappenstiel.

Nach Abschluss des Gespräches schaute Doris Rautscher zur Tür herein.

»Brauchen Sie mich noch?«

Waldner brauchte sie nicht mehr und verabschiedete sie. Jetzt war er ganz allein, lehnte sich in seinen Schreibtischstuhl zurück und legte die Beine über die Tischkante. Was seine in die Brüche gehende Ehe betraf, hatte er sich heute etwas vorgenommen. Wenn schon Schluss sein sollte – das wollte er allerdings noch nicht glauben –, dann sollte aber Freundschaft möglich sein. Freundschaft von getrennten Eltern, um des Kindes willen, aber auch um ihrer selbst willen. Er wählte Sophias Nummer.

»Florian? Moment, warte, ich rufe Martin.«

»Nein, nein, nein, ich möchte mit dir sprechen, Sophia, zuerst jedenfalls.«

»Ja?«

Waldner hatte für einen Augenblick vergessen, was er ihr sagen wollte. Schon spürte er, wie ihm das Blut ins Gesicht schoss.

»Ja, hallo, Florian, was ist denn?«

»Ach, ähm, nichts, vielleicht gibst du mir doch einmal Martin.«

Martin kam, und sie unterhielten sich kurz über die Pläne fürs Wochenende. Der Sohn brachte wieder den Sass Rigais ins Spiel.

»Ob oder wie weit hinauf wir gehen können, hängt natürlich auch vom Wetter ab, Bub«, gab der Vater zu bedenken, »gib mir bitte noch einmal die Mama, gute Nacht.«

»Gute Nacht, Papa, träum was Schönes«, kam es von Martin, dann ertönten zwei, drei laute »Mama«-Rufe durch die Wohnung.

»Ja, Florian, was ist denn?«

Florian sah vor sich die Zeitschrift liegen, die er sich über Mittag gekauft hatte. Sie enthielt einen Artikel zum Thema Beziehungskrisen. Darin stand ein Satz von Mutter Teresa, den er jetzt wieder las. Etwas unsicher sagte er: »Sophia, du bist eine wunderbare Mutter. Ich bin froh, dass Martin so eine Mama hat.«

Am anderen Ende der Leitung war es eine Weile lang still. Dann war ein Räuspern zu hören, schließlich ziemlich leise, aber auch ein wenig erfreut nur ein Wort: »Grazie.«

Sophia drückte das Gespräch weg.

Wieder sah Florian Waldner auf den Satz der Mutter Teresa. Erst wollte er ihn ausschneiden. Doch er entschied sich, ihn in seinen Terminkalender zu schreiben:

Achte darauf, dass sich jemand nach einer Begegnung mit dir reicher fühlt als vorher.

5

Donnerstag, 20. März
Pünktlich um 9.00 Uhr stand Waldner mit seinem Privatwagen seitlich von der Einfahrt der Tiefgarage am Bozener Waltherplatz. Heute hatte er etwas länger vor dem Kleiderschrank gestanden und sich schließlich für den schwarzen Rolli und das beige Sakko mit den unauffälligen Karos entschieden. Nach dem Rasieren hatte er einen Moment lang überlegt, ob er zum ersten Mal seit Langem wieder sein Aftershave benutzen sollte, es dann aber doch gelassen.

Von einer Journalistin mit schwarzer Mähne war nichts zu sehen. Sollte er sie anrufen? Schon wieder diese Nervosität.

Nach zehn Minuten hörte er einen leichten Schlag aufs Autodach, und gleich darauf schwang sie sich in den Beifahrersitz.

»Wohin fahren wir eigentlich?« Waldner hatte die Hand an seinem Navigationsgerät, um den Zielort einzugeben.

»Ah, Commissario, wissen Sie nicht die Adresse des Priesters?«

Waldner musste eingestehen, nicht einmal seinen Namen zu kennen.

»Was wäre die Polizei ohne den Journalismus? Und dann regen sie sich immer so auf über ein paar kleine Artikelchen, die ein bisschen ihre Arbeit kritisieren.«

Sie suchte die Adresse in ihrem Blackberry und nannte sie Waldner, der sie eingab und die Ankunftszeit 10.13 Uhr las. Er hatte nicht einmal einen Termin vereinbart. Schlagartig wurde ihm klar, dass er den Besuch beim Exorzisten in keiner Weise vorbereitet hatte. Was, wenn er gar nicht da war? Dann hatte er einen Ausflug mit einer schönen Frau gemacht. Und das in einer Phase, da der Staatsanwalt auf erste Ermittlungsergebnisse drängte.

»Ich habe uns für 10.30 Uhr bei Don Stanislaw Adamowicz angemeldet«, verkündete Claudia Corradini.

Waldner atmete auf. War fast so eine Art Gedankenübertragung, sagte er sich und fuhr auf die Schnellstraße Richtung Meran. Da keiner etwas sagte, schaltete er das Radio ein. Ausgerechnet ein Liebeslied von Eros Ramazzotti war zu hören.

»Wegen Verkehrsfunk«, nickte Waldner seiner Mitfahrerin zu und setzte seine Sonnenbrille auf. Claudia Corradini lachte.

Zur gleichen Zeit zog ein stummer Trauerzug zur Leichenhalle des Friedhofs in der Pfarrhofstraße vor den Toren Bozens. 80, 90 Personen mochten es sein. Die Aufschriften der Trauerbänder an ihren Blumengebinden und Kränzen gaben viele von ihnen als Verwandte, Freunde, aber auch als Patienten zu erkennen. Runggaldier stand ganz hinten und hatte einen guten Überblick, als die Beerdigung begann. Ein katholischer Priester im weißen Ornat zelebrierte sie nach den Ritualen der römisch-katholischen Kirche.

Wie war das zu deuten? Dr. Pacella hatte ja scharfe Kritik an exorzistischen Praktiken geübt, wie sie das kirchliche Lehramt – wenn auch nur in bestimmten Fällen und unter strengen Auflagen – befürwortete. War das ihrem Ehemann nicht bekannt? Die Ermordete selbst hatte sich ja sicherlich nicht über die Modalitäten ihrer Trauerfeier geäußert. In der Regel lagen solche Festlegungen nur entweder bei alten oder sehr kranken Menschen vor, deren Ende abzusehen war.

Es gab aber auch eine andere mögliche Erklärung für das katholische Begräbnis: Dr. Pacella hatte streng differenziert: Kritik an einzelnen Verirrungen der Kirche – oder vielleicht handelte es sich hier sogar nur um Verirrungen einzelner Vertreter der Kirche – bedeutete nicht die grundsätzliche Infragestellung der Institution schlechthin oder gar ihrer fundamentalen Glaubenssätze.

In der Ansprache ging der Priester nur wenig auf das Leben der Psychologin und so gut wie gar nicht auf ihr grausames Sterben ein. Vielmehr rühmte er in allgemeinen Formeln die selig machende Gnade des dreieinigen Gottes und malte das Weiterleben der Verstorbenen in einer anderen Welt in hellen Farben aus.

In der ersten Reihe saßen neben dem Witwer eine Frau und ein Mann, die um die dreißig Jahre alt waren und besonders heftig weinten. Offenbar handelte es sich um die beiden Kinder von Frau Pacella. Bei der Rede des Priesters ebbte der Tränenfluss zwischenzeitlich einmal ab, um bei der Aussegnung der Toten umso stärker anzuschwellen.

Runggaldier blickte leicht seitlich in die Gesichter der Trauernden und zweifelte, ob wirklicher Trost von dieser Trauerfeier ausging. Wahrscheinlich waren alle nur froh, wenn es vorbei war.

Nach der Feier in der Halle begab sich die Trauergemeinde zum Grab. Mit Erdwurf und den üblichen Gebeten schloss der Priester dort seine Zeremonie ab. Dann traten die Trauernden der Reihe nach ans Grab, zuerst der Professore mit Sohn und Tochter. Runggaldier sah den tiefen Schmerz der Kinder, die ins Grab starrten. Das alles war nicht weiter ungewöhnlich. Was aber nur ihm als unbeteiligtem Beobachter auffiel, war der Blick des Witwers, der keine Anzeichen von Trauer, sondern mehr von Nervosität zeigte. Hastig wanderte der Blick über die Gräber ringsum, so als suchte er jemanden. Runggaldier wollte sich noch wegdrehen, doch schon fixierten ihn die Augen des Witwers, um sich blitzartig wieder abzuwenden und die beiden Kinder mit einer leichten Bewegung zum Zurücktreten vom Grab aufzufordern. Einzeln kamen nun alle anderen Teilnehmenden der Trauerfeier ans Grab, warfen Blumen hinein oder sprengten Weihwasser und blieben dann für ein Gebet kurz vor dem Grab stehen.

Runggaldier zog sich währenddessen zurück. Ihm war klar, was der kurze Moment am Grab für die weiteren Ermittlungen bedeutete: Die Angaben des Professore zu seinem Alibi waren zu überprüfen.

Pünktlich um 10.30 Uhr klingelten Waldner und die Journalistin am alten Pfarrhaus. Auf der Fahrt hatte er ihr noch kurz von Marie Puner erzählt, soweit das gegenüber einer Journalistin unverfänglich möglich war. Aber damit ihr die Zusammenhänge klar wurden, war es nicht unwichtig, dass sie etwas von der misslungenen Teufelsaustreibung wusste.

Ihnen öffnete ein untersetzter Mann, der die siebzig schon lange überschritten haben musste. Seine Mundwinkel gingen in Furchen über, die resolutes Auftreten und Altersstarrsinn erahnen ließen.

»Grüß Gott, Signor Don Stanislaw«, lächelte ihn Claudia Corradini an, »ich habe Ihnen ja gesagt, dass ich für eine Zeitung arbeite. Ich habe noch einen Kollegen mitgebracht, der bei mir ein Praktikum durchläuft, Herr Förster.«

Waldner war betroffen von der unverfrorenen Lüge, schwieg aber und dachte sich insgeheim, sie habe wieder einmal instinktiv das Richtige getan. Schließlich hatte sein Name verschiedentlich im Zusammenhang mit den Morden in der Zeitung gestanden. Erführe der Priester seine wahre Profession, würde er möglicherweise keine verwertbaren Angaben mehr machen. Allerdings: So, wie sie die zeitungsinterne Hierarchie darstellte, würde er kaum die Möglichkeit haben, selbst Fragen zu stellen. Ihn beschlich ein Gefühl von Ohnmacht und Ausgeliefertsein.

Die Journalistin begann einen Fragenkatalog abzuarbeiten und gewährte ihm einen guten Einblick in ihr Handwerk:

»Don Stanislaw, Sie wissen, die Leserschaft unserer Zeitung ist zum weitaus größten Teil katholisch. Viele sind sicherlich interessiert, was es mit Teufelsaustreibungen auf sich hat und wie diese ablaufen. Können Sie uns dazu etwas sagen?«

Der Priester schaute auf das Aufnahmegerät, das die Journalistin vor sich liegen hatte. Ob ihn das störe, wenn sie das Gespräch aufnehme, fragte sie ihn. Er bejahte, und sie schaltete es aus.

»Dass die Welt voller Dämonen und böser Geister ist«, hob der Priester mit einer Mischung aus Pathos und Zorn an, »ist allerorten erkennbar. Die Menschen glauben nur noch an sich selbst, sie vergöttern ihr Auto oder huldigen gottlosen Schauspielern oder Popstars. Hinter all diesem

Treiben steckt Satan. Er ist sich aber nicht zu schade, ganz persönlich in Menschen zu fahren und sich dort mit seiner Macht auszubreiten. Menschen, die von Satan besetzt sind oder von seinen Geistern, sind krank und müssen geheilt werden, da sonst Satan seine Macht immer mehr ausdehnt. Die Gewalt, solche Geister auszutreiben und Satan den Kampf anzusagen, gibt uns die Heilige Schrift. Wir lesen dort, wie Jesus die Seinen befugt, böse Dämonen auszutreiben. So heißt es«, und jetzt bebte die Stimme des Priesters, »bei Matthäus im zehnten Kapitel und öfters: ›Jesus gab ihnen die Vollmacht, die unreinen Geister auszutreiben und alle Krankheiten und Gebrechen zu heilen.‹ Die Muttergottes, aber auch die Heiligen, sie alle legen Zeugnis ab, wie es möglich ist, die bösen Geister in der Welt zu bannen und dem Teufel das Handwerk zu legen. Das ist unser Auftrag in dieser gottlosen Welt!«

Der Blick des Priesters war am Kruzifix hängen geblieben, er schien die beiden Gäste gar nicht mehr wahrzunehmen.

»Don Stanislaw, Sie sind ja erst seit Kurzem in Südtirol. Können Sie denn schon Erfolge bei Ihrer Aufgabe vermelden? Auch ganz konkret mit Namen, damit wir diese Personen befragen können?«

»Hach, Namen, was denken denn Sie? Haben Sie noch nie etwas von Schweigepflicht gehört?«

»Na, zum Beispiel Marie Puner. Das war doch erfolgreich, was Sie mit ihr gemacht haben, oder?«

Der Priester starrte sie finster an. Man sah ihm an, wie er grübelte, woher sie wohl diesen Namen wisse. Sein Misstrauen wuchs, und er winkte ab. Mit einer Antwort war nicht zu rechnen.

»Gut, Don Stanislaw, dann möchte ich Sie auf den Leserbrief von Frau Dr. Pacella ansprechen. Ich habe Ihnen den Brief vorgelesen. Was sagen Sie dazu?«

Der Blick des Priesters heiterte sich zur Überraschung der beiden Gäste auf, ja der Mann begann sogar immer lauter zu lachen, um schlagartig wieder abzubrechen:

»Den Brief kommentiere ich nicht. Der qualifiziert sich von selbst ab. Viele Menschen kommen zu mir und bringen Leute mit, die von Satan und seinen bösen Geistern besetzt sind. Sie gehen eben nicht zu einer«, und jetzt setzte er einen Augenblick ab, um das folgende Wort Silbe für Silbe auszustoßen, »Psy-cho-lo-gin!«

Claudia Corradini bemühte sich, die nächsten Sätze ohne jede Schärfe auszusprechen: »Nun, Frau Marie Puner ist aber zur Psychologin gegangen, nachdem sie bei Ihnen war. Haben Sie davon gewusst?«

Die Hände des Priesters klatschten flach auf die Tischplatte, bevor er sich erhob und mit der Hand auf die Tür wies: »Raus! Lassen Sie sich nie mehr hier blicken! Raus! Raus! Raus!«

Waldner hielt jetzt den Augenblick für gekommen, sich einzuschalten. Er zog seinen Dienstausweis:

»Waldner. Kripo Bozen. Herr Adamowicz, ich muss die Frage wiederholen: Haben Sie gewusst, dass Marie Puner nach der Begegnung mit Ihnen zu Frau Dr. Pacella in Behandlung gegangen ist?«

Der Priester hatte sich wieder hingesetzt, stieß aber jetzt hysterisch hervor: »Belogen habt ihr mich! Eine Falle stellen wolltet ihr!«

Waldner versuchte das Gespräch wieder zu versachlichen. So wiederholte er ruhig:

»Haben Sie gewusst, dass Marie Puner zu Frau Dr. Pacella in die Therapie gegangen ist?«

Der Priester verweigerte jetzt trotzig jede Aussage und knurrte wieder etwas von Schweigepflicht. Waldner gab schließlich auf, auch eine Drohung, ihn in die Quästur vorzuladen, würde wenig bringen. Sie verließen grußlos das Pfarrhaus.

»Was hat das Gespräch jetzt gebracht?«, fragte Waldner mehr zu sich selbst als zu seiner Begleiterin, als sie wieder im Auto saßen. Claudia Corradini antwortete nicht. Sie tippte eifrig in ihr Notebook.

»Hören Sie«, fuhr Waldner nach einer Weile fort, »ich muss jetzt nach Schenna fahren, um mit Marie Puner zu sprechen. Entweder ich bringe Sie zum Bahnhof und Sie fahren mit dem Zug nach Bozen zurück, oder Sie fahren mit. Aber das geht nur unter einer Bedingung: Dort stelle ich die Fragen, und Sie schweigen.«

Claudia Corradini merkte die Geste, die hinter dem Angebot stand, fragte aber scheinbar arglos: »Wie wollen Sie das denn gewährleisten, dass ich keine Fragen stelle, wenn Sie mich mitnehmen?«

»Wir werden schon sehen«, gab Waldner zurück und fasste das als Wunsch auf, mit nach Schenna zu fahren.

Ferienwohnungen belegt, stand auf einem Schild an der Auffahrt zum Anwesen der Puners. Es bestand, wie auch die Abbildung unterhalb des Schildes in einem kleinen Schaukasten zeigte, aus einem großen, dreistöckigen Wohnhaus mit den Wohnungen der Puners und vier Ferienwohnungen darin; weiters einem Nebengebäude, dem ehemaligen Pferdestall, das jetzt eine weitere Ferienwohnung enthielt. Hinter dem Wohnhaus befand sich außerdem der Stall.

Auf dem Hof standen dann noch zahlreiche große Behälter, die im Herbst die Erträge der bald in voller Blüte stehenden Apfelbäume südlich des Anwesens aufnehmen sollten.

So bündelten sich auf dem Punerschen Anwesen die drei wichtigsten Erwerbsquellen der Schennaer: Fremdenverkehr, Vieh-Landwirtschaft und Apfelanbau.

Die beiden Besucher klingelten am Wohnhaus. Frau Puner senior öffnete und begann, ohne ein Wort von ihnen abzuwarten, zu erklären:

»Tut mir leid, wir haben kein Zimmer mehr frei. Ist alles ausgebucht diese und die nächste Woche. Es gibt bei uns eine sehr schöne Wohnung für junge Paare. Auch für Flitterwochen geeignet«, hier schaute sie die beiden Gäste verschwörerisch an, »aber leider erst ab Mai wieder. Wissen Sie, über Ostern, da kommen unsere Stammgäste. Aber dann ...«

Das Blut schoss in Waldners Wangen, sein dunkelblondes, nur an den Schläfen leicht ergrautes Haar wirkte heller als sonst. Die Journalistin lächelte amüsiert. Der Kommissar zögerte einen Augenblick, dann zückte er seinen Dienstausweis.

»Waldner, Kripo Bozen. Und das ist hier ist eine Praktikantin von mir. Carla Bruni.«

Die alte Punerin schaute bei diesem Namen etwas verwundert, so, als habe sie ihn schon einmal gehört. Von der angeblichen Carla Bruni kam ein für einen winzigen Augenblick irritierter Blick. Waldner hatte einen Treffer gelandet.

»Frau Puner, wir kommen soeben von dem Priester Adamowicz. Sie kennen ihn. Erzählen Sie uns bitte, was Sie bei ihm erlebt haben. Sie waren doch mit Ihrer Tochter bei ihm.«

Die alte Punerin gab zu, dass ihr eigenmächtiges Vorgehen in dieser Angelegenheit den Sohn Günther sehr verärgert hatte, und schilderte ansonsten zwar umständlich, aber im Wesentlichen übereinstimmend mit den Angaben in den Gesprächsprotokollen die Ereignisse beim Priester in Meran. Sie war gerade fertig mit ihren Ausführungen, da betrat der Sohn die Wohnstube.

»Günther, stell dir vor, die Kriminalpolizei ist da. Hab ihnen gerade erzählt, was wir in Meran bei dem Priester erlebt haben. Sind Sie eigentlich wegen dem gekommen?«

Günther Puner setzte sich abseits auf einen Hocker, und Waldner gab der alten Punerin die gewünschte Erklärung:

»Nein, was der tut, scheint mir zwar auch zumindest an der Grenze des Kriminellen. Aber wir sind«, dabei schaute er leicht lächelnd zu Claudia Corradini, »wir sind von der Mordkommission.«

»Dann weiß ich schon, warum Sie zu uns kommen«, gab Günther Puner zu verstehen, »wegen des Mordes an Frau Dr. Pacella. Für unsere Familie ist das eine Tragödie.«

»Eine Tragödie, wieso?«, fragte jetzt Claudia Corradini dazwischen, was ihr einen strengen Blick Waldners einbrachte.

»Eine Tragödie, ach, das Wort ist noch eine Untertreibung. Schauen Sie, meine Schwester ist ein ganz armes Geschöpf. Sie hat irgendeine Blockade in sich, die ihr die Teilnahme am Leben nur sehr eingeschränkt möglich macht. Schon immer. Sie redet so gut wie nicht, sie hat deshalb keinen Mann, keine Kinder, keine Freunde. Nur ein bisschen Arbeit in einem Hotel. Sonst nichts. Niente!«

Günther Puner gestikulierte stark, und man spürte, dass ihn das Schicksal seiner Schwester sehr mitnahm. Nach einer Pause fuhr er fort:

»Ja, und dann hatte meine Mutter diese unsägliche Idee mit dem Exorzisten. Ich sage Ihnen ganz offen: Wir sind gläubige Menschen. Ohne den Herrgott hätten wir nicht geschafft, das alles aufzubauen, was Sie hier sehen: den Hof, die Ferienwohnungen. Uns geht es gut, und das haben wir Gott zu verdanken. Aber wenn so ein Mann wie dieser Herr in Meran für unsere katholische Kirche steht, dann kann ich da nicht mitgehen. An meiner Schwester, die in ihrem Leben wirklich ein schweres Packl zu tragen hat, haben wir ja gesehen, was der anrichtet. – Ja, und dann sind wir zu Frau Dr. Pacella nach Bozen gefahren. Eine sehr warmherzige, couragierte Frau. Sie hat es in vier längeren Therapiesitzungen geschafft, dass sie das wieder hinbiegt, was der Priester zerstört hat. Die Panikattacken meiner Schwester sind weniger geworden, ja, sie hat die letzte Zeit öfter wieder einmal gelächelt, wie sie es getan hat, bevor sie zu diesem Menschen nach Meran gegangen ist. Ich habe auch das Gefühl gehabt, sie redet ein paar Worte mehr als früher. Hören Sie, wenn es so etwas wie Teufelsaustreibung gibt, dann hat das Frau Dr. Pacella geschafft und nicht dieser Mensch aus Polen. Ich bin auch sicher, Frau Dr. Pacella hätte auf Dauer Marie noch viel mehr helfen können. Vielleicht hätte sie sie sogar von ihrer Blockade vollständig heilen können. Denn dass Marie reden kann, das wissen wir ja. Sie müssten mal in der Messe neben ihr sitzen, dann würden Sie das sehr schnell merken, dass das geht. Ja, und da fällt mir ein, es gab noch ein Ereignis, bei dem Marie immer einmal wieder gesprochen hat. Das habe ich der Frau Doktor gar nicht gesagt. Na ja, ist ja jetzt eh zu spät.«

Günther Puner verstummte. Er war nachdenklich geworden.

»Bei was für einem Ereignis hat sie noch gesprochen?«, fragte eine weiche Frauenstimme neben Waldner, und es war nicht die alte Punerin. Aber dieses Mal störte ihn die Frage nicht.

»Wenn eine Kuh gekälbert hat«, erinnerte sich Günther Puner, »da hat sie das Neugeborene oft gestreichelt, als ob sie es selbst geboren hätte, und hat ihm Zärtlichkeiten ins Ohr geflüstert.«

Jetzt schwiegen alle vor sich hin, nur unterbrochen durch gelegentliche Seufzer der alten Punerin. Waldner sah schließlich auf die Uhr:

»Herr Puner, noch eine letzte Frage: Wann haben Sie Frau Dr. Pacella zum letzten Mal gesehen?«

»Gesehen? Gesehen habe ich sie zum letzten Mal am Donnerstagnachmittag. Da habe ich meine Schwester wie immer um 17.00 Uhr abholen wollen, aber die Sitzung hat länger gedauert. Sie hat mich gebeten, dass ich um 18.00 Uhr noch einmal kommen soll, was ich dann getan habe. Am Abend hat sie mich dann angerufen und mir von den Fortschritten berichtet, die meine Schwester gemacht hat. Und am Freitag, das war ja, wie ich der Zeitung entnommen habe, der Tattag, da hat sie mich am Mittag noch einmal angerufen, weil sie den Termin für die Woche darauf verschieben wollte. Dann hätte sie sich noch mehr Zeit nehmen können für Marie, weil sie, wie sie sagte, vor einem Durchbruch stehe.«

»Einem Durchbruch?« Waldner runzelte die Stirn und sah Günther Puner in die Augen.

»Na ja, also im Hinblick auf die Blockade. Dass sich da etwas löst bei Marie, und dass sie vielleicht mit ihren 54 Jahren trotzdem noch nicht verloren ist.«

Waldner und die Journalistin erfuhren noch, dass Marie oben in ihrem Zimmer sei. Sie sei, seit sie vom Tod der Psychologin erfahren habe, völlig apathisch, berichteten Mutter und Sohn Puner übereinstimmend. Als sei mit Frau Dr. Pacella auch das kurze Aufflackern von Hoffnung in ihrem Leben gestorben.

»Wirklich eine Tragödie«, gab Waldner betroffen zu, als er mit seiner Begleiterin zum Wagen ging. Auf der Fahrt zurück nach Meran blieb das Radio aus. Beide hingen ihren Gedanken nach. Die Frage nach dem Protokoll 184 war jedenfalls geklärt: Es bezog sich auf das Gespräch mit Marie Puner. Aber warum fehlte dieses Protokoll? Irgendwie musste es mit dem Exorzisten zusammenhängen. Wie sich aus den vorherigen Protokollen ergab, war das, was darin stand, für seine Aktionen kompromittierend.

Wieder an den Waltherplatz nach Bozen zurückgekehrt, verließ Claudia Corradini Waldners Wagen.

»Ciao, Commissario, und grazie. Es geht ja doch mit uns beiden, wenn ein guter Wille da ist.«

Sie schlug die Türe zu. Durch das geöffnete Fenster konnte Waldner erkennen, dass zwei Männer die Verabschiedung beobachtet hatten. Die beiden Männer, ein älterer mit Halbglatze, dunkelblauer Windjacke und schlichter brauner Aktentasche unter dem Arm und ein jüngerer mit angestrengtem Blick, standen stumm da und starrten auf Auto, Fahrer und davonlaufende Begleiterin. Den jüngeren der beiden Männer kannte Waldner, und für einen Augenblick blieb ihm das Herz stehen vor Schreck. Der Mann trug eine schwarze Hose und ein weißes Hemd und hielt, wie sein Mitstreiter, ein Heft in der Hand, auf dem noch vom Auto aus der Titel zu erkennen war: *Der Wachtturm*.

»Donnerwetter, Lorenzo Köstner«, flüsterte Waldner und fuhr davon. Erst war er verunsichert, ob Köstner die Journalistin zuordnen könnte und dann trotz aller Vorsicht Gerüchte durch die Quästur kursieren würden. Aber Köstner war ja vorerst kaltgestellt. Er war jetzt Zeuge Jehovas. Ein Lachanfall, der bis in die Gänge der Quästur hinein anhielt, überkam den Kommissar.

»Na, Chef, heute gut gelaunt?« Doris Rautscher ließ sich von Waldners Lachen anstecken, ohne dessen Ursache auch nur zu ahnen.

»Wir haben sie. Das heißt ihn. Also, ich meine, die restlichen Teile von ihm.«

Sandra Zöggeler war die Aufregung anzumerken, als sie Waldner anrief. Sie war noch ziemlich jung, und jetzt hatte sie so einen schnellen Erfolg bei der Suche nach dem kopflosen Leichnam von Josef Pircher.

»Ja, ein kopfloser Leichnam ist es«, erläuterte sie Waldner, »der Täter hat die Leiche nicht weiter zerstückelt, sondern, wie vermutet, in einen blauen Müllsack verpackt und sie auf der Straße ins Grödnertal in einen Graben geworfen. Da stehen zur Zeit Hunderte von Touristen umeinander und wollen was sehen, obwohl wir natürlich alles abgesperrt haben. Man hat den Verdacht, der Täter will diese Aufmerksamkeit. Warum hat er die Leichenreste sonst nicht irgendwo begraben oder zumindest an einem weniger stark besuchten Ort deponiert?«

Sandra Zöggeler hatte noch mehr wichtige Hinweise.

»Ich bin gleich mit den Leuten von der Spurensicherung hergefahren. Die haben die Sakkotaschen von Pircher durchsucht. Sie haben zwei Dokumente gefunden. Einmal eine Schiffskarte aus New York. Circle Line. Das sind die Touristenboote, die Manhattan umrunden. Und das andere ist eine Liste mit chinesischen Namen, darüber steht das Datum 13.3. und *Pension Meranblick in Schenna*. Insgesamt sechs Namen.«

Schon wieder Schenna, wunderte sich Waldner. Er stellte Sandra Zöggeler von der Dienstberatung um 15.00 Uhr frei. Sie war jetzt wichtiger am Fundort und mit ihren Ermittlungen zu den Chinesen.

Nachdem er aufgelegt hatte, bat er Doris Rautscher, bei der Telefongesellschaft die Einzelverbindungsnachweise von Dr. Gabriela Pacella anzufordern, und zwar für die vergangene Woche, sowohl für das Festnetz in der Praxis wie auch für ihr Mobiltelefon.

Zur Dienstberatung um 15.00 Uhr fehlte, wie abgesprochen, Sandra Zöggeler. Waldner berichtete über ihren Sucherfolg. Die Kollegen freuten sich für Sandra, die allen sympathisch war. Pozzi und Unterthurner hatten andere wichtige Erkenntnisse über Pirchers Reisen nach Asien beizusteuern: Über Reisebüros, eine gründliche Durchsuchung der Geschäftsunterlagen Pirchers und Aufzeichnungen in den Seitentaschen seines Reisekoffers hatten sie herausgefunden, dass er in den letzten Monaten mehrfach nach Dharamsala gereist war, die Hauptstadt des indischen Bundesstaates Himachal Pradesh und Zentrum der Exiltibeter. Mit einem Tenzing Sangpo hatte er sich dort getroffen. Dieser Tenzing Sangpo leitete ein Kinderdorf für Kinder aus Tibet, deren Eltern in China an Leib und Leben bedroht waren. Offenbar war das Ziel dieser Gespräche, die Eltern aus Tibet herauszuschleusen oder die Kinder wieder zu ihren Eltern nach Tibet einzuschmuggeln. Konkret sah der Plan so aus, dass Pircher im Juni des Jahres einreisen und gegenüber den chinesischen Behörden vorgeben wollte, als Bergführer für betuchte Europäer verschiedene touristische Angebote zusammenzustellen. Vor allem aber wollte er einen Reiseführer über das untergegangene Königreich Guge verfassen und dazu, wie auch schon mehrfach in den Jahren zuvor, in den westlichen Teil des Transhimalaya reisen, ganz in die Nähe des heiligen Berges Kailash. Aufgrund seiner jahrelangen Tibeterfahrungen und seiner persönlichen Kontakte wäre das ohne Weiteres glaubhaft gewesen. Eigentlicher Grund war aber, gemeinsam mit tibetischen Vertrauensleuten einen grünen Korridor über die Grenze zu prüfen, mittels dessen die Eltern und ihre Kinder wieder zusammengeführt werden könnten. Allerdings sei das angesichts der geballten Militärpräsenz der Chinesen an der tibetisch-indischen Grenze ein fast unmöglicher und in jedem Fall sehr gefährlicher Plan gewesen.

»Pircher hat sich im Untergrund für die Tibeter stark gemacht?«, fragte Waldner laut denkend.

»Dafür spricht auch die USA-Reise«, bestätigte Pozzi, »das Flugblatt, das sich in seiner Wohnung fand, ist dafür ebenso ein Indiz wie dieses Ticket von der Circle Line, von dem Sandra berichtet hat.«

Waldner blickte ihn erstaunt an.

»Ja, da kann ich nämlich gleich die weiteren Recherchen abkürzen«, trumpfte Pozzi auf, »ich war nämlich im Februar mit meiner Tochter in New York. Da haben wir genau diese Circle Line genutzt, um die Manhattan-Rundfahrt zu machen. Und was meint ihr, welches Gebäude sich direkt gegenüber dem Abfahrtshafen befindet?«

Pozzi ließ die Kollegen zappeln, bis Waldner ein ungeduldiges »Na, was denn?« hervorstieß.

»Das chinesische Generalkonsulat! Mit Schlangen von Chinesen, die ihre Visa beantragen oder Pässe verlängern und so weiter. Habe im Internet herausgefunden, dass dort ständig Demonstrationen der Exiltibeter stattfinden. Damit die nach China reisenden Chinesen sozusagen eine *Botschaft* mitnehmen.«

Das Wortspiel mit der »Botschaft« – Pozzi hatte beim Aussprechen des Wortes fiktive Anführungsstriche in die Luft gemalt – war zwar nur wenig gelungen, dennoch sahen die Kriminalbeamten den Sprecher anerkennend an.

»Das heißt also: Die Verbindungen zu den Chinesen und Pirchers Aktivitäten pro Tibet sind auf jeden Fall eine heiße Spur«, fasste Waldner das Gesagte zusammen, nicht ohne eine Spur von Unwohlsein. Musste er unter solchen Umständen nicht wirklich den Fall abgeben, weil er höhere staatliche Interessen betraf und sich allerhand diplomatische Verwicklungen anbahnen konnten? Er sah die gespannten Blicke seiner Kollegen, die hören wollten, wie sie mit diesen neuen Ergebnissen umgehen sollten.

»Ich glaube, Pozzi und Unterthurner, es wäre gut, wenn ihr da weiter dranbleibt. Mir sind die Indizien noch zu schwach, um die Ermittlungen auf eine andere Ebene zu bringen. Wichtig sind jetzt die sechs Chinesen, die ja vielleicht in Wirklichkeit Tibeter waren und deren Namen in Pirchers Sakko auf diesem Zettel standen. Fahrt bitte möglichst heute noch nach Schenna und sprecht mit den Leuten von dieser Pension *Meranblick*. Ach ja, und prüft doch einmal nach, ob es in der chinesischen Kriminalgeschichte Morde mit kopflosen Leichnamen gibt. Vielleicht enthält diese Form des Mordes noch mehr als nur den Wunsch nach Aufsehenerregen. Sandra mag ja richtig liegen mit ihrem Verdacht, die Täter hätten damit ein Signal setzen wollen. Aber es fehlt doch die klare Botschaft dazu, also etwa: ›Verbündet euch nicht mit den Tibetern‹ oder so was Ähnliches.«

Waldner stand auf und ging zum Flipchart, um noch einmal seine Übersicht mit den Spuren hervorzublättern. Mit dem Filzstift zeigte er auf den Eintrag:

2. *Tibeter, Chinesen: Ritualmord? Motiv: politisch, finanziell*

Unterthurner meldete sich zu Wort: »Ich habe gerade einen Blackout. Wieso hast du da denn gleich wieder bei den Motiven ›finanziell‹ hingeschrieben?«

Für einen Moment stutzte Waldner, dann fiel es ihm ein.

»Na, der Pircher hat doch seinen Lebensunterhalt auf den Handel mit Tibetica aufgebaut. Wenn die Chinesen Tibet komplett einverleiben und die Grenzkontrollen entsprechend scharf sind, dann wäre das auch das Aus für den Nachschub an Tibetica.«

Unterthurner nickte bestätigend.

Waldner schaute in die Runde. »Elisabeth Pircher können wir erst einmal vernachlässigen. Und das mit dem Pornomilieu ist bei Pirchers Asienaktivitäten immer mit zu bedenken. So können wir uns jetzt auf diese Spur konzentrieren, die ist im Moment am vielversprechendsten.« Dabei tippte er auf den zweiten Eintrag am Flipchart. Wenigstens in diesem Fall zeichnen sich allmählich die Konturen der Tat und ihrer Hintergründe ab, sagte er sich.

Pozzi und Unterthurner pflichteten Waldner bei und klappten ihre Notizbücher zu.

Runggaldier hatte die ganze Zeit stumm dabeigesessen. Erst als Waldner die Runde aufgelöst hatte, bat er seinen Chef um ein Gespräch unter vier Augen. Sie gingen in Waldners Dienstzimmer.

Waldner berichtete kurz von seiner Fahrt zu Pater Adamowicz in Meran und zu den Puners in Schenna. Er vermied es tunlichst, seine Begleitung bei dieser Fahrt zu erwähnen. Dann forderte er Runggaldier auf, ihm neue Erkenntnisse mitzuteilen. Zögerlich schilderte der Inspektor seine Eindrücke von der Trauerfeier. Gegenüber seinen Kollegen hatte er ein ungutes Gefühl: Während sie mit konkreten Rechercheergebnissen aufwarten konnten, bewegte er sich auf dem Gebiete der Spekulation, bestenfalls der Intuition. Nachdem er seinen Verdacht gegenüber dem Professore geäußert hatte, blieb Waldner eine Weile stumm, um dann Runggaldier in die Augen zu schauen: »Kannst du herausfinden, wann der Professore aus Helsinki zurückgekehrt ist?«

Runggaldier nickte und freute sich, dass Waldner auf seinen Gedanken einging.

»Bis wann wirst du das herausgefunden haben?«

»Ich denke, wenn ich mich jetzt gleich in die Spur mache, dann heute noch.«

»Okay«, willigte Waldner ein, »wenn du etwas Auffälliges bemerkst, schreib mir eine SMS, wenn nötig, auch in der Nacht. Dann treffen wir uns morgen, 9.00 Uhr, vor seinem Haus und befragen ihn.«

»Du weißt, dass morgen Karfreitag ist?«, gab Runggaldier zu bedenken.

Waldner dachte an das Drängen des Staatsanwalts auf Ergebnisse.

»Ja«, sagte er knapp, »vielleicht passt das ja besonders.«

»Ach ja«, fiel Runggaldier noch ein, »etwas Konkretes habe ich doch noch. Ich war bei der Spurensicherung. Die haben unter den Fingernägeln der Dottoressa Haarreste gefunden. Vielleicht hat sie sich nach dem gewaltigen Schlag auf ihren Kopf noch herumgedreht und den Täter an den Haaren gerissen. Jedenfalls gibt es diese Haare, und die DNA liegt vor. Die können wir verwenden, wenn wir einen konkreten Tatverdächtigen haben.«

Waldner verstand Runggaldiers Anspielung. Eine zentrale DNA-Datei von Straftätern, wie es sie in anderen Ländern gab, war in Italien gesetzlich noch nicht ermöglicht worden. Nach wie vor war der althergebrachte Fingerabdruck das wichtigste Verfahren, um in Ermittlungen bereits aktenkundige Straftäter zu überführen.

»Trotzdem gut. Für den Fall eines Falles sind wir gerüstet«, gab sich Waldner zufrieden.

Die Tür öffnete sich und Doris Rautscher reichte die Einzelverbindungsnachweise herein, nicht ohne einen anerkennenden Blick Waldners für die schnelle Recherche zu ernten.

Waldner überflog die Liste. Bei einigen Nummern hatte die Sekretärin schon Namen dazugeschrieben, soweit sie sich übers Internet recherchieren ließen.

Das Ergebnis der Telefonüberprüfung, sowohl des Festnetzanschlusses in der Praxis wie des Mobiltelefons, enttäuschte: Es gab zwei kurze Anrufe der Psychologin am Donnerstagnachmittag bei ihrer Sekretärin Anna Teisendorfer und am Donnerstagabend, wie von Günther Puner ausgesagt, ein längeres Telefonat mit ihm, ein kürzeres am Freitagmittag, genau um 12.30 Uhr.

Eingegangen waren am Donnerstag und Freitag Anrufe von einem Zentrum für Psychische Gesundheit in Meran, vom Psychologischen Dienst des Sanitätsbetriebs Brixen und von einer Heizungsfirma. Eine weitere Nummer, die verzeichnet war, ließ sich dem zehnjährigen Mädchen zuordnen, das am Freitag Früh um 8.00 Uhr in die Praxis gekommen war. Waldner vermutete, das Gespräch am Freitag um 8.30 Uhr habe dazu gedient, mit den Eltern einen neuen Termin abzustimmen, oder sie wollten sich über die Fortschritte der Tochter informieren. Mit dem Mord jedenfalls, da war er sich sicher, hatte das zehnjährige Mädchen nichts zu tun.

Außerdem gab es noch einen Anruf am Donnerstagmittag um 14.00 Uhr vom Anschluss eines Gustav Kantioler. Waldner rief kurzerhand die Nummer an. Irgendwoher kannte er den Namen. Ein Anrufbeantworter meldete sich, der Kommissar bat um Rückruf.

Zwei Minuten später hatte er Julia Dorfmeister in der Leitung. Jetzt fiel es ihm wieder ein, wer Gustav Kantioler war: Der junge Mann aus dem Sägewerk, der Julia half, aus den Fängen der Zeugen Jehovas zu entkommen. Er hatte, wusste Julia, in der Praxis angerufen, um zu erfragen, wann er sie abholen könne.

Um 18.30 Uhr fuhren die Kriminalbeamten Pozzi und Unterthurner in den Hof der Pension *Meranblick* in Schenna. Eine Frau mit Kopftuch und Schürze fütterte die Hühner im Freilaufgelände. Als sie die Männer sah, blickte sie ihnen neugierig entgegen.

»Grüß Gott, die Herren, womit kann ich Ihnen denn helfen?« Mit festem Schritt ging sie auf die beiden zu und streckte ihnen die Hand entgegen.

»Pozzi und Unterthurner. Kripo Bozen. Dürfen wir um Ihren Namen bitten?«

»Jesus, Maria, Josef, ich weiß schon. Sie kommen wegen des Mords an dieser Ärztin in Bozen. Ich weiß schon, die hat einer erschlagen, während sie ihn untersucht hat. Und einer aus Schenna war da Augenzeuge«, jetzt hielt sie verschwörerisch ihre Hand seitlich an Mund und Nase, um die Vertraulichkeit der Aussage zu unterstreichen, »der Puner-Günther, ja ja, die Mutter hat's ja mit Teufelsaustreibungen, kein Wunder, wenn Sie da ermitteln, ich glaub, die haben ihren Sohn, also wissen S', die Tochter, die Marie, die ist ja«, sie schwenkte die flache Hand vor dem Kopf hin und her, »wenn Sie wissen, was ich meine, aber, ehrlich gesagt, wenn Sie mich fragen, hat die nicht direkt mit...«

»Entschuldigen Sie, sehr geehrte Frau...«

Unterthurner versuchte mit einem Verzögern den Namen zu eruieren, doch sie fuhr ungeniert fort:

»Die Marie hat's ja auch wirklich nicht leicht. Aber der Bruder hilft ihr schon recht gut. Wenn sie den nicht hätte, also, ich wüsst nicht...«

»Frau, ähm, also, wenn Sie uns jetzt bitte zum Inhaber der Pension *Meranblick* führen könnten, wären wir Ihnen sehr dankbar.«

Sie sah die beiden an, als hätten sie gerade gefragt, ob sie etwas vom Hühnerfutter abbekommen könnten.

»Wie bitte? Inhaber? Ja, Sie sind lustige Gesellen. Das bin doch ich.«

»Ach ja? Und wie ist *Ihr Name*, bitte?«

»Also, Puner, Marie.«

»Gut«, atmete Unterthurner auf, »also Frau Puner, wir hätten ein paar sehr konkrete Fragen.«

Die beiden Kriminalbeamten sahen sich jetzt einem unbändigen Lachen der Frau ausgesetzt.

»Ja, Sie sind vielleicht wirklich Spaßvögel. Ich sei die Punerin? Womöglich die Marie? Obwohl, zu der sagt keiner Frau Puner. Die reden alle nur mit Marie an. Also ich die alte Punerin? Die ist doch schon zweiundachtzig. Da machen mich die Herren Kriminalbeamten aber ganz schön alt! Charmeure seid ihr aber nicht. Wer hat Ihnen denn den Bären aufgebunden?«

Pozzi und Unterthurner starrten sich hilflos an. Wie sollten sie von dieser Person je etwas über die Chinesen erfahren?

»Frau, ähm«, hob Unterthurner erneut an, »also Frau, können Sie uns sagen, ob in der vorigen Woche Chinesen in der Pension *Meranblick* übernachtet haben?«

»Freilich, sogar gleich sechs.«

Mit so einer direkten und konkreten Antwort hatten sie nun gar nicht mehr zu rechnen gewagt. Den klaren Augenblick muss ich nutzen, sagte sich Unterthurner und schob gleich die Frage nach, von wann bis wann die Chinesen in der Pension gebucht hätten und ob sie vielleicht noch da wären.

»Herr Kommissar«, hob sie nun mit bedeutungsschwerem Blick an, »also, haben Sie als Staatsbeamter noch nie etwas von Datenschutz gehört?«

Diese geschwätzige Frau und Datenschutz, das kam den beiden Kriminalbeamten vor wie Meeresrauschen in Schenna. Sie zückten ihre Dienstausweise, und Pozzi entgegnete barsch: »Frau …, wir ermitteln in einem Mordfall, der sich im Villnösstal ereignet hat. Sie sind verpflichtet, die Ermittlungen zu unterstützen, anderenfalls nehmen wir Sie mit in die Quästur!«

Die Frau schaute nachdenklich auf den Boden, dann kratzte sie sich am Hinterkopf und fragte: »Quästur, Quästur, wo ist die jetzt noch einmal in Bozen?«

Unterthurner nahm Pozzi zur Seite. »Das hat so keinen Sinn. Lass mich noch mal.«

Er wandte sich wieder der merkwürdigen Frau zu, doch ehe er etwas fragen konnte, sagte sie:

»Von dem Mord im Villnösstal habe ich gelesen. Das war doch der, dem sie den Kopf abgehackt haben. Der hängt mit dem Mord an der Ärztin zusammen. Da bin ich mir ganz sicher.«

Unterthurner unternahm einen neuen Versuch: »Sie sagen: *Sie* haben ihm den Kopf abgehackt. Wie kommen Sie darauf, dass es mehrere Täter waren?«

»Na, weil Sie doch die Chinesen im Verdacht haben. Da dachte ich mir, wenn, dann waren das alle sechs.«

Unterthurner merkte, wie er gerade Zeuge beim Entstehen eines Gerüchts wurde, dessen Verbreitung für die weiteren Ermittlungen von Nachteil sein konnte.

»Stopp, stopp, das haben wir mit keinem Wort gesagt. Wir wollten nur wissen, von wann bis wann die Chinesen bei Ihnen waren. Wir sind gar nicht sicher, ob es Chinesen oder Exiltibeter sind«, dabei schaute er zu Pozzi, der den Kopf leicht schüttelte, weil er offenbar dieser Frau eine solche Differenzierung nicht zutraute, »und wir wollten auch wissen, warum die Asiaten Ihrer Meinung nach hier in Südtirol waren.«

Jetzt hustete Pozzi kräftig, um ein Lachen zu kaschieren, weil er nicht mit einer ernst zu nehmenden Antwort rechnete.

»Na ja, meine Herren, ich kenne ja Ihre Namen nicht, deswegen muss ich Sie so unverbindlich anreden, also meine Herren, die Herren aus China oder Exiltibet waren von Donnerstag vorige Woche bis Montag da. Die wollten im Ortlergebiet klettern, hatten auch eine gute Ausrüstung dabei. Und dann wollten sie sich, glaube ich, noch ein bisschen Südtirol anschauen. Weinprobe und so was. Aber das habe ich nicht genau mitbekommen. Konnten ja kein Deutsch und ich nur wenig Englisch, wissen Sie, meine Herren, das mit den Sprachen ist ja so eine Sache…«

»Ja genau, Frau, das ist so eine Sache«, versuchte Unterthurner nachzuhaken, »wissen Sie, ob die Herren aus Asien mit Südtirolern in Kontakt standen? Mit Bergführern oder anderen Personen? Kennen Sie Namen?«

»Ja, mit Rosemarie Thaler.«

Jetzt starrten sich Pozzi und Unterthurner wieder an, weil sie mit so einem konkreten Namen nicht gerechnet hatten.

»Rosemarie Thaler. Danke, sehr gut, können Sie uns bitte deren Adresse sagen?«

Ihr Gegenüber konnte sich jetzt nicht mehr halten. Das Lachen scheuchte sogar die Hühner in den Stall zurück. Die beiden Kriminalbeamten resignierten, folgten aber dem Fingerzeig der Frau, die auf den Holzkasten neben der Eingangstür deutete. Dort stand über den Fotos der Zimmer in großer, altdeutscher Schrift: *Pension Meranblick*. Und darunter stand der Name der Inhaberin, die jetzt den abfahrenden Kriminalbeamten laut lachend und freundlich hinterherwinkte: Rosemarie Thaler. Bei den Einheimischen war sie gefürchtet als Gerüchteverbreiterin. Wegen ihrer endlosen Monologe war sie ebenso gefürchtet bei allen, die es im Leben noch eilig hatten. Da die Südtiroler ein geschäftiges und tüchtiges Volk sind und es deshalb meist eilig haben, waren sie stets froh, wenn sie ihre Geschäfte in einem großen Bogen um Rosemarie Thaler herumführten.

»Lorenzo Köstner hier. Du, Flo, ich muss ganz leise und schnell sprechen. Hab mich mit dem Handy auf dem WC eingeschlossen und muss gleich wieder in die Theokratische Predigtdienstschule.«

»In was für ein Ding?«, staunte Waldner.

»Kann ich dir jetzt nicht erklären. Hast ja gesehen, dass ich jetzt Zugang zu den Zeugen Jehovas gefunden habe. Habe mein Interesse bekundet bei zweien, die in der Fußgängerzone von Bozen standen, und dann haben die mich an einen Paul Mayr verwiesen«, flüsterte Köstner.

»Eduard Mayr meinst du«, korrigierte Waldner, der das Flüstern kaum verstand.

»Nein, Paul, das ist dessen Sohn. Der ist der Sekretär der Versammlung. So nennen die die Gemeinde. Mayr junior nimmt auch die sogenannten Predigtdienstberichte entgegen. Darin schreiben die Zeugen Jehovas über ihre Gespräche mit den Menschen, die sie in den Häusern oder auf der Straße ansprechen. Ich probiere einmal, dass ich herauskriege, ob es Berichte über den vergangenen Freitag gibt, als der Mord passiert ist. Mayr junior wohnt am Mazziniplatz 12. Außerdem kann ich euch noch die Namen von ein paar Leuten nennen, die am Donnerstag und Freitag vergangener Woche Wachtturmdienst in Bozen gehabt haben. Vielleicht schreibst du dir die einmal auf: Sepp Ainhauser, Rosa Kröll, Francesco Frattini und Sabina Girardini. Das meiste erfahre ich von einer Frau namens Anna Teisendorfer, die hier so eine Art Hausmeisterin und Mädchen für alles ist.«

»Stopp, Moment«, unterbrach ihn Waldner wie elektrisiert, »wie heißt die? Anna Teisendorfer?«

»Ja«, bestätigte Köstner überrascht, »kennst du die?«

Waldner überging die Frage und schob seinerseits beunruhigt nach: »Hat die bei deinen Fragereien noch keinen Verdacht geschöpft, wer du wirklich bist?«

Jetzt war Köstner fast beleidigt: »Jetzt gib einmal Obacht, was glaubst du denn? Ich bin doch kein Trottel.«

»Entschuldige«, lenkte Waldner ein, »aber diese Anna Teisendorfer ist die Sekretärin von der Dr. Pacella. Oder besser gesagt: Sie war die Sekretärin. Sie hat natürlich einen Schlüssel von der Praxis. Sie könnte am Freitagnachmittag die Praxis geöffnet oder anderen dazu den Schlüssel überlassen haben.«

Waldners Gedanken spannen den Faden weiter: Mayr senior und Mayr junior und der ganze Bozener Verein dieser Sekte mussten voller Rachegefühle sein, seitdem

Dr. Pacella Julia Dorfmeister psychisch unterstützt und gestärkt hatte. Hätte die Psychologin weiter so offensiv gegen sie vorgehen können, wäre es möglicherweise zu einer ganzen Reihe von ähnlichen Ausbruchsversuchen gekommen. Über die Aktivitäten der Dottoressa gegen ihre Sekte waren sie bestens informiert, saß doch ihre Mitarbeiterin Anna Teisendorfer direkt an der Quelle. Also mussten sie ihr Einhalt gebieten. Wenn Anna Teisendorfer ihnen am Freitagnachmittag die Praxis geöffnet hatte, waren natürlich auch keine anderen Fingerabdrücke oder DNA-Spuren zu finden. Die Tat musste gar nicht mit Vorsatz geschehen sein, vielleicht wollten die Sektenleute sie nur zur Rede stellen, sie warnen, dann kam es zu einer Affekthandlung. Doch wie schon zu Beginn der Ermittlungen musste er sich eingestehen, dass weiterhin ein Umstand gegen diese Hypothese sprach: Die Sektenleute hatten nach der Tat seelenruhig die anderen Mietparteien des Hauses aufgesucht und mit ihren Traktaten zu beglücken versucht. Mittlerweile hatte Waldner allerdings Eduard Mayr kennengelernt. Er schloss nicht mehr aus, dass dieser so abgebrüht und so versessen war, um einen Mord mit der Mission der Sekte zu rechtfertigen und einfach zur Tagesordnung überzugehen.

»Hallo, Flo, bist du noch da?«, zischte Köstner verunsichert ins Telefon, »ich muss jetzt hier raus. Sonst fliegt das auf. Morgen bin ich zum ersten Mal zu einer Sitzung eingeladen, die dem Wachtturmstudium gewidmet ist. Oh Mann, wenn ich hier wieder raus bin, kostet euch das ein paar Flaschen Girlaner.«

Ehrensache, wollte Waldner noch nachschieben, doch Köstner hatte das Gespräch schon weggedrückt.

Der Kommissar streckte die Arme aus und ließ noch einmal kurz den Tag Revue passieren. In beiden Fällen hatten sie wenigstens eine heiße Spur. Die Spur mit den Chinesen und Exiltibetern im Fall Pircher und die Spur mit den Zeugen Jehovas im Fall Dr. Pacella.

Für den heutigen Tag ganz schön ergebnisreich, stellte er zufrieden fest. Er überquerte pfeifend den Parkplatz der Quästur, um nach einem langen Tag Richtung Brixen zu fahren und endlich einmal wieder nach den Bienen zu sehen.

Er hatte die Ausfahrt der Quästur gerade erreicht, als Beethovens Schicksalsmelodie ertönte.

»Bingo«, tat ein hörbar erleichterter Peter Runggaldier kund, »der Professore hat uns angelogen: Er ist bereits am Freitagmorgen am Flughafen in München angekommen. Das muss er uns jetzt einmal erklären.«

»Dann also wie abgesprochen morgen um 9.00 Uhr vor seinem Haus.«

»Ja, bis morgen um neun«, bestätigte Runggaldier.

Waldner brauchte Ergebnisse. Immerhin konnte er dem Staatsanwalt in beiden Mordfällen heute schon jeweils eine heiße Spur liefern. Wichtig war ihm, wenn irgend möglich, dass die Osterfeiertage einigermaßen frei blieben von Ermittlungen. Denn da hatte er einem jungen Bergsteiger eine gemeinsame Tour in Aussicht gestellt.

6

Karfreitag, 21. März
Der Professore, mit Runggaldiers zuverlässigen Recherchen bei den Reisebüros und Fluggesellschaften konfrontiert, schwieg beharrlich. Schon eine halbe Stunde hatten Waldner und Runggaldier auf ihn eingeredet, ihm mit Haftbefehl und Untersuchungsgefängnis gedroht, ohne Erfolg. Erst als seine Tochter im Morgenmantel aus dem Bad in der ersten Etage kam und sich über den frühen Besuch wunderte, bat er flüsternd die beiden Beamten, ihm in den Garten zu folgen.

»Hören Sie«, stieß er nervös hervor, »ich kann Ihnen das erklären. Können Sie mir absolute Vertraulichkeit zusichern?«

Waldner runzelte die Stirn. »Das hängt davon ab, was Sie uns berichten.«

»Ich sage Ihnen gar nichts, wenn ich mir nicht sicher sein kann, dass das in keinen Akten vorkommt und Sie es vor allem gegenüber meinen Kindern nie erwähnen.«

Der Professore machte einen verzweifelten Eindruck. Waldner nickte ihm ohne weitere Worte zu. Zögerlich rückte der Professore mit einer Geschichte heraus:

»Also, meine Herren, wissen Sie, also, ähm, ich war doch, wie ich Ihnen sagte, auf einem wissenschaftlichen Kongress in Helsinki. Was ich Ihnen falsch dargestellt habe, ist der Zeitpunkt meiner Rückreise. Es war nicht erst der Montag, sondern in der Tat schon der Freitag. Der Grund für die vorzeitige Abreise ist allerdings richtig gewesen: Das Niveau vieler Vorträge war niedrig, und sie streiften meine Forschungsgebiete kaum. Würden Sie da etwa noch bei einem Kongress bleiben?«

Waldner dachte an seine letzte Fortbildung in Innsbruck. Dort hatte ein renommierter Kriminalbiologe aus Stanford erläutert, wie man an austrocknenden Leichen durch Schusswaffengebrauch entstandene Schmauchspuren von Gewebeabtragungen durch Aaskäfer unterscheiden könne. Es war für ihn durchaus nachvollziehbar, wenn man Kongresse vorzeitig verließ. Dennoch schaute er jetzt eindringlich in die Augen des Professors, um ihn zum Weiterreden aufzufordern. Nach einem künstlichen Hüsteln tat dieser das schließlich.

»Also, ich habe dann meinen Flug von den Hotelangestellten umbuchen lassen und bin am Freitag nach München geflogen. Im Flugzeug habe ich eine Teilnehmerin des Kongresses getroffen, der Zufall wollte es, dass unsere Plätze sogar nebeneinander waren. Wir hatten uns schon während des Kongresses«, und jetzt stieg Farbe in den sonst so bleichen Schädel des Professore, »ja, also wir hatten uns da schon gut verstanden. Und weil das auch auf dem Rückflug so war und wir ja auch aus den gleichen Gründen den Kongress verlassen hatten, uns andererseits niemand vorzeitig zu Hause erwartete, da habe ich die Kollegin zum Essen in ein Schwabinger Restaurant eingeladen.«

Dem Professore fielen die Worte sichtlich schwer. Nach einer langen Pause berichtete er weiter – das, was die beiden Kriminalbeamten schon erahnten:

»Also, meine Herren, wissen Sie, das war wie ein Feuer, das da bei uns aufloderte. Wir haben dann beschlossen, das Wochenende in München zu verbringen und erst am Montag in unser jeweiliges Zuhause zurückzukehren.«

Runggaldier zückte seinen Notizblock und sagte fordernd: »Name der Frau! Adresse! Hotelquittung!«

Schweißperlen hatten sich auf der Stirn des Professors gebildet. »Also, meine Herren, die Hotelquittung habe ich natürlich weggeworfen. Sie wissen doch, oder nein, Entschuldigung, aber das kann doch gefährlich werden, wenn so ein Beweisstück gefunden wird.«

»Aber Sie werden uns sicher sagen können, wie das Hotel hieß und wo es sich befindet.«

Runggaldier zeigte sich jetzt unerbittlich und glich einem Mann, der ein Kind beim Stehlen erwischt hat, das die Tat leugnet.

»Ähm, also«, stotterte der Professore, »also das war auch in Schwabing, den Namen weiß ich beim besten Willen nicht mehr, vielleicht fällt er mir später wieder ein.«

Runggaldier stieß erneut zu: »Name der Frau! Adresse!«

Jetzt flossen kleine Schweißbäche an den Wangen des Befragten herunter in den Hemdkragen. Nur mühsam brachte er hervor:

»Das weiß ich nicht. Wirklich nicht. Ich habe die Frau nur auf dem Kongress gesehen und dann im Flugzeug. Und auf dem Kongress waren Hunderte. Und es war, wie gesagt, so ein Feuer, wissen Sie, ich war außer Kontrolle...«

Die beiden Polizeibeamten traten etwas zur Seite, sodass sie sich besprechen konnten, ohne dass der Professore sie verstand.

»Der lügt doch«, entrüstete sich Runggaldier.

»Vielleicht«, besänftigte Waldner, »aber die Geschichte ist so schräg, dass sie eigentlich nicht erfunden sein kann. Ich frage mich nur, was diese Frau an so einem Grufti findet.«

Fast klang so etwas wie Neid aus diesen Worten, glaubte Runggaldier für einen Augenblick.

»Halten Sie sich zu unserer Verfügung, Herr Pacella«, gab Waldner barsch in die andere Richtung zu verstehen, »wir werden Sie sicher auf der Quästur nochmals befragen.«

Er wandte sich mit Runggaldier zum Gehen, drehte sich dann aber noch einmal kurz in die Richtung des Professore um und rief ihm zu: »Übrigens, Ihr Hosentürl ist offen!«

Steht fest und seht die Rettung Jehovas, stand in breiten, in Holz gebrannten Lettern auf einem Schild an der Frontseite des ansonsten recht nüchternen Raums. Unter *Königreichssaal* hatte Lorenzo Köstner sich etwas Prunkvolles, Majestätisches vorgestellt. Und jetzt dieses Gebäude, das ihn an die Turnhalle erinnerte, in der er seine Klausuren im Rahmen der Polizeiausbildung zu schreiben hatte. Keine Bilder, kein Kreuz, keine anderen religiösen Symbole. Nur vorne ein Rednerpult mit einem Mikrofon. Von seinem Platz aus konnte er einen kleinen Seitenraum erkennen, offenbar die Bibliothek.

Wie ihm Anna Teisendorfer angeraten hatte, trug er wieder seine einzige schwarze Hose und sein einziges weißes Hemd. So unterschied er sich nicht von den meisten Zeugen Jehovas, die jetzt binnen weniger Minuten eintrafen. Nur eine Frau fiel aus dem Rahmen, sie war Mitte zwanzig und trug zur weinroten und gut gefüllten Bluse, deren zwei obersten Knöpfe geöffnet waren, einen kurzen Rock, schwarze Seidenstrümpfe und modische New-Western-Boots. Dieses Outfit verlieh ihr etwas Erotisches, ein Element, das hier in dieser Versammlung umso mehr auffiel, als es im Kontrast zu all dem Erschlafften und Ergrauten stand, das die anderen Versammlungsteilnehmer ausstrahlten. Selbst die jüngeren der Zeugen wirkten durch Kleidung und Habitus so, als wäre Jugendlichkeit ein Makel, den zu überwinden eine entscheidende Lebensaufgabe war. Eine der jüngeren Frauen hatte kurz vor Beginn der Versammlung ihr vielleicht drei Jahre altes Kind mit in den Saal gebracht, das die Aura des Verlebten und Lebensfeindlichen für Augenblicke durch sein natürliches Verhalten durchbrach. Doch nach wenigen Sekunden entfernte sich die Mutter mit dem Kind, scheu und verlegen. Wie die kurze Abschiedszeremonie ergab, gehörten die beiden zu einem der männlichen Zeugen Jehovas, der für die technische Einrichtung der Mikrofone verantwortlich war und als einer der Mikrofonträger fungierte, eine, wie sich herausstellen sollte, höchst machtvolle Position.

Punkt 18.00 Uhr eröffnete ein älterer Herr mit grauem Schnauzer die Versammlung von etwa fünfzig Personen, die alle schlecht gelaunt aussahen. In der ersten Reihe saßen die Ältesten, wie er von Anna Teisendorfer wusste. Die Versammlung begann mit einem Gebet, das Eduard Mayr sprach und das ausschließlich der Schlechtigkeit der Welt gewidmet war, der die Anwesenden nach Jehovas Willen entrinnen sollten.

Der anschließende Vortrag, von einem verbittert blickenden Mann in betongrauem Anzug gehalten, gab zu erkennen, warum hier alle so schlecht gelaunt aussahen: Lebten sie demnach doch in einer Welt, die dem Untergang geweiht war. Mit erhobenem Zeigefinger machte der Redner den Materialismus als Kern des Übels aus, als Ursache für die Verdorbenheit der Menschen, die nicht erkannten, dass in einer jenseitigen Welt ein Schatz für sie bereitstand, auf den hin sie nur zu leben brauchten. Sein Blick fiel dabei auf die weinrote Bluse, vielmehr auf das, was die beiden geöffneten Knöpfe andeutungsweise freilegten.

»Lasst euch nicht auf die Versuchungen der Welt ein, Brüder!«, schloss der Redner mit drohender Stimme und stampfte dabei kurz mit dem rechten Fuß auf.

Köstner fragte sich, ob denn die Schwestern nicht von der Welt bedroht seien. Währenddessen klappten alle eine Mappe auf und sangen ein Lied, das ebenfalls in düstern Worten das baldige Ende der Welt prophezeite.

Was treibt die Menschen zu dieser Sekte, wunderte er sich beim Anblick der geballten Trostlosigkeit. Auch beim anschließenden Gespräch über einen Artikel in der Vereinszeitschrift, die er am gestrigen Tag zehn Stunden lang vergeblich den Bozener Passanten entgegengestreckt hatte, hellte sich die Stimmung nicht auf. Eduard Mayr, der Präsident, hatte, so kam es Köstner vor, die Fäden fest in der Hand. Die Fragen und Antworten wirkten weitgehend einstudiert.

Dem Kriminalbeamten fiel es zusehends schwerer, das Gähnen zu unterdrücken. Schon verriet ihm ein Zucken, dass ihm für einen kurzen Augenblick die Augen zugefallen sein mussten. Er biss sich auf die Unterlippe. Nur nicht einschlafen.

»Das war auch bei dem Sebastian Mayr so.«

Blitzartig war Köstner wieder wach. Wer hatte etwas von Sebastian Mayr gesagt? Er hatte das Gefühl, dass einige finstere Blicke ganz speziell ihm galten. Doch da fuhr der Redner fort. Es war Eduard Mayr:

»Der Sebastian Mayr hat genau das getan, was der Artikel im Wachtturm bekämpft. Er hat seinen Weg aus der Krise darin gesehen, sich statt an Jehova an die Irrwege dieser Welt auszuliefern. Das, Brüder, kann nicht gutgehen. Wir als Jehovas Zeugen brauchen keine Psychologie. Wir müssen erfüllt sein von unserem Auftrag. Dem Sebastian Mayr ist der Weg zu Jehova immer offengestanden. Ihr habt ihn besucht, aber er wollte nicht auf Jehova hören. Wo das endet, haben wir gesehen.«

Sein Sohn, Paul Mayr, meldete sich jetzt wie ein Schuljunge. Der Vater erteilte ihm das Wort. Daraufhin begab sich ein Mikrofonträger zu ihm, und der junge Mayr führte die Worte des Vaters fort:

»Ich glaub auch, das ist ein wichtiger Artikel im Wachtturm, der uns zeigt, wie schlecht es ist, wenn man sich von der Welt verlocken lässt. Deshalb hat das Rechtskomitee auch beschlossen, Julia Dorfmeister aus der Gemeinschaft auszuschließen. Sie hat sich grob unserer Lehre widersetzt, hat sich nicht den Anordnungen der Ältesten gefügt und gegen deren Befehl diese Psychologin aufgesucht. Ihr wisst, was das bedeutet: Mit der Person Julia Dorfmeister wird nicht mehr gesprochen. Wir sind dankbar, dass ihre Eltern diesen Weg mit uns gehen. Mit Julia Dorfmeisters Auszug von zu Hause, mit ihrer Weigerung, ihr aufsässiges und die Lehren Jehovas beschmutzendes Verhalten zu bereuen, ist auch für die Eltern klar, dass sie nicht mehr ihr Kind ist, sondern nur ihr Kind war. Das ist ganz im Sinne des Artikels im Wachtturm, den wir heute zu besprechen haben.«

Jetzt geh ich aufs Ganze, sagte sich Köstner und meldete sich. Der Mikrofonträger schüttelte unmerklich den Kopf, so als wolle er ihm signalisieren, das Melden schnell wieder zu unterlassen. Doch Eduard Mayr hatte die Hand Köstners erspäht und zeigte stumm auf ihn, damit sich der Mikrofonträger zu ihm begebe.

»Also, ähm, ich bin ja noch ganz neu bei euch«, hob Köstner leicht nervös an, »kann sein, meine Frage ist dumm und zeugt von mangelnder Kenntnis der Worte Jehovas. Aber mich würde schon einmal interessieren, warum ihr die Psychologie so sehr ablehnt. Nur ein Beispiel: Ich hatte als Kind so ein nervöses Augenzucken. Da haben mich meine Lehrer zu einem Psychologen geschickt, und der hat ein paar Mal solche Ruheübungen mit mir einstudiert, die ich dann zu Hause wiederholt habe. Und wisst ihr was? Ein paar Wochen später war das Zucken vorbei! Was ist also nach Jehovas Meinung an der Psychologie so verkehrt?«

Köstner schaute in die Runde. Alle starrten ihn an, als hätte er persönlich Jehova die Hosen heruntergezogen. Nur mühsam konnte Eduard Mayr seine Fassung bewahren. Erst nach einem lauten Huster beschied er Köstner gereizt:

»Also, hier reden eigentlich nur Männer, die sich die Worte Jehovas in vielfältigem Bibelstudium angeeignet haben. Nur so viel: Wer Menschen von unserer Gemeinschaft abhält oder sie zum Ungehorsam verleitet, der muss mit Jehovas Zorn rechnen.«

Mit Jehovas Zorn? Oder mit dem Zorn von dessen irdischen Häuptlingen? Das hätte Köstner gerne weiter gefragt. Aber die jetzt nicht mehr nur schlecht gelaunten, sondern deutlich bedrohlichen Gesichter ließen es ihm ratsam erscheinen, das Thema nicht weiterzuverfolgen. Einzig Anna Teisendorfer hatte ein schüchternes Lächeln für ihn übrig.

Karfreitag – auch wenn er in Südtirol wie im übrigen Italien kein offizieller Feiertag war, gedachte man doch der Leiden Christi und des Gebotes der Kirche, an diesem Tag kein Fleisch zu sich zu nehmen. So begab sich Kommissar Florian Waldner zum Finsterwirt in der Brixner Domgasse, auch als Reminiszenz an seine Hochzeit und das Leiden, das sie ihm jetzt bereitete. Nach einer Eisacktaler Weinsuppe mit Zimtcroûtons genehmigte er sich eine Gebirgsforelle auf Blattspinat und als Dessert ein Amaretti-Eisparfait mit Marillenröster.

Im Elternhaus über Kloster Neustift angekommen, nutzte er die seltene Gelegenheit für einen Mittagsschlaf, aus welchem ihn erst das Geklapper des mütterlichen Kaffeegeschirrs weckte.

»Ich hab einen Apfelkuchen für uns gebacken, kommschd?«

Den Apfelkuchen liebte er über alles, und so setzte er sich für ein paar Minuten zu seiner Mutter. Sie schwiegen, etwas, was sie gut miteinander konnten, ohne dass sie es als unangenehm oder peinlich empfunden hätten. Der Sohn war einfühlsam genug, seiner Mutter anzumerken, dass sie bedrückt war.

»Er fehlt dir sehr, Mutter, oder?«

Die Mutter nickte stumm. Seit dem Tod ihres Mannes hatte sich das ganze Leben gedreht. Sie hatten noch so viele Pläne gehabt, gemeinsam. Vor allem reisen wollten sie, nachdem sie endlich den Ruhestand erreicht hatten.

Die letzten Jahre war es schwer gewesen, das Geschäft mit den Haushaltswaren zu halten. Auch wenn es in Südtirol noch nicht wie in anderen Regionen die großen Discounter außerhalb der Stadtzentren gab, waren die Umsätze stark eingebrochen. Oft waren nur ein paar tausend Lire, nach der Währungsumstellung dreißig oder vierzig Euro am Abend in der Ladenkasse. Doch es waren Nebenkosten zu zahlen, neue Ware mussten sie einkaufen, und wenn etwas für den Geschäftsmann Waldner senior tabu war, dann war es das Schuldenmachen. Die kritische Situation im Geschäft hatte dem Ehepaar Waldner senior schlaflose Nächte bereitet, immer häufiger hatte das Herz gedrückt.

Umso froher waren sie, endlich die Ladenschlüssel zum letzten Mal umgedreht zu haben und den Blick in eine erholsame Zukunft zu richten. Als Erstes hatten sie eine Reise nach Weimar ins Deutsche Bienenmuseum gebucht. Für den Imker Waldner senior war das ein Lebenstraum. Er hatte die Bahnkarten vom Reisebüro abgeholt und wollte gerade die Haustüre aufschließen, als das Herz aussetzte.

Herzinfarkt, ein Tod, der kam wie der Dieb in der Nacht, hart und unwiderruflich.

Ruth Waldner rührte in sich selbst versunken den Kaffee in ihrer Tasse um. Täglich erinnerten sie die Bienen an die große Leidenschaft ihres Mannes. Ob Florian genug Zeit dafür hatte? Hatte sie ihn damit nicht überfahren?

»Florian, ich hab mir das noch einmal überlegt mit den Bienen. Ich glaub, das liegt dir doch nicht so besonders. Und nur um der Erinnerung an den Vater willen …«

Der Sohn machte eine abwehrende Handbewegung. »Mutter, es ist gut. Ich werde das mit den Bienen probieren. Gib mir einen Sommer. Dann entscheiden wir, ob das funktioniert. Die Leute vom Imkerverein haben uns ihre Hilfe angeboten. Die beanspruchen wir, wenn ich beruflich zu sehr eingeengt bin.«

Die Worte waren mit großer Bestimmtheit ausgesprochen, und Ruth Waldner war insgeheim froh darüber. Der Abschied von ihrem Mann erschien ihr als eine nicht zu bewältigende Aufgabe. Und was sie am schlimmsten fand: wenn sie Bekannte traf, die ihr immer die gleichen Sätze sagten. Wie: Muss Zeit ins Land streichen, dann wird das besser, oder: Musst unter Leute gehen, dann bist abgelenkt. Nein, der Schmerz war da, und er war tief und unerträglich, basta. Alles andere war Geschwätz.

Waldner legte seiner Mutter die Hand auf die Schulter, tröstend, aufmunternd, und begab sich dann in sein Zimmer. Es war sein Kinderzimmer, hier hatte er gelebt, bis er 19 Jahre alt war. Seine Eltern hatten nichts verändert. Er blätterte in seinen alten Schulheften, betrachtete die Fotos vom Fußballverein, in dem er als Mittelstürmer viele Tore geschossen hatte, die Hefte mit den Hüttenstempeln, die er sich stolz mit sechs, sieben Jahren erwandert hatte. Ein tiefes Gefühl von Geborgenheit überkam ihn. Konnte er das seinem Sohn auch bieten? Die Trennung, so sie denn käme, würde die Kindheit belasten, vielleicht überschatten.

Doch was konnte er tun? Sophia meldete sich kaum, und wenn, dann nur, um Organisatorisches zu besprechen. Der Maler schien nach wie vor aktuell zu sein. Aber warum gab es diesen anderen Mann? Hatte er sie zu sehr vernachlässigt, ihr zu wenig zugehört, sich zu wenig für sie interessiert?

Das war mit Sicherheit so. Aber gab es deshalb für ihn keine zweite Chance mehr?

Andererseits fragte er sich, ob er Sophia als Frau noch liebte oder vielmehr nur noch die Mutter für Martin in ihr sah. Er hatte das Gefühl, die Scherben im oberen Teil einer zerbrochenen Vase kitten zu wollen, wo doch der Boden bereits herausgebrochen und nicht mehr zu finden war. Benutzen konnte man diese Vase nicht mehr, nur noch anschauen.

Er setzte sich an den Schreibtisch und klappte sein Notebook auf. Zwei Mails waren eingegangen. Die eine war von Pozzi. Wegen der Chinesen in Schenna sei man noch nicht so richtig schlau geworden, aber er solle sich einmal den Anhang ansehen.

Der Anhang enthielt einen Artikel über die Ruinen des Königreichs Guge. Zuerst standen da einige kulturhistorische Fakten, die ihn gerade zu ermüden begannen, als er eine von Pozzi gesetzte Markierung sah. Sie hob folgende Sätze hervor:

Inner- und außerhalb des Palastes von Guge gab es Getreidespeicher, außerdem fand man dort landwirtschaftliche Geräte, Kleidungsstücke und Waffen wie Panzer, Schilde oder Pfeile. Wegen des kalten und trockenen Klimas hat sich alles gut erhalten. In den Höhlen wurden zahlreiche kopflose Leichen entdeckt. Besonders bemerkenswert ist die einzige unversehrte Leiche aus dieser Zeit. Sie befindet sich heute im Museum des Autonomen Gebiets Tibet.

Guge, Guge. Waldner überlegte. Dann fiel es ihm ein: Über dieses untergegangene Königreich wollte Pircher doch einen Reiseführer schreiben.

Aber, das sollte ja nur ein Vorwand sein, korrigierte er sich. Ein Vorwand, um Kinder von bedrohten Tibetern wieder mit ihren Eltern zusammenzuführen. Andererseits hatte er ja ein tatsächliches Interesse an tibetischer Kultur, an den Bergen, an religiösen Gegenständen. War er vielleicht wirklich in Guge gewesen, um anschließend erst seine Mission mit den tibetischen Kindern zu erfüllen? Hatte er sich bei der Erforschung des untergegangenen Königreichs in der Nähe des Kailash zu weit in die kulturellen und religiösen Geheimnisse der Tibeter vorgewagt? Kopflose, durch das günstige Klima über die Jahrhunderte hinweg konservierte Leichen hatte man in den Ruinen gefunden. Waren der abgeschlagene Kopf von Pircher und seine demonstrative Präsentation, auch die ebenso auffällige Deponierung des kopflosen Leichnams ein Versuch, auf die Kultur Tibets hinzuweisen und darauf, wie bedroht sie war? Gerade in Südtirol, das vor zwei Generationen in einer ähnlichen Situation gewesen war wie Tibet heute, indem es um seine Traditionen, seine Sprache und seine Kultur fürchten musste?

Die Anhänger des Dalai-Lama in Tibet und außerhalb, aber auch die chinesische Staatsregierung und der chinesische Geheimdienst verfolgten sicherlich mit großer Aufmerksamkeit die politischen Initiativen des geistlichen

Oberhaupts. So wussten sie auch von seinen Reisen nach Südtirol, dem politischen Vorbildcharakter, den der Autonomiestatus Südtirols für Tibet haben könnte ...

Die Spur wird immer heißer, sinnierte Waldner vor sich hin und öffnete die zweite Mail, die von Claudia Corradini war.

Auch sie enthielt einen Anhang, die Mail beschränkte sich auf die Aussage: *Vielleicht nicht uninteressant für den Commissario? CC*

Der Anhang beinhaltete einen eingescannten Leserbrief:

Wir erklären hiermit, von Pater Adamowicz durch beherztes geistliches Handeln große Hilfe für Verwandte und Bekannte erfahren zu haben, insbesondere in Fällen, in denen psychologische und medizinische Therapien kläglich gescheitert waren. Anwürfe gegen ihn basieren auf der Angst, die eigene Berufslegitimation zu verlieren, und auf bloßem Neid. Wir rufen Pater Adamowicz zu: Machen Sie bitte weiter!

Bündnis Adamowicz

Der Brief enthielt kein Datum und keinen konkreten Namen, würde also so kaum in der Zeitung erscheinen. Doch ging daraus hervor, dass der Priester über einen Kreis von Sympathisanten verfügte, der öffentlich für ihn eintrat, auch wenn sich die Verfasser davor scheuten, ihre Namen zu nennen. Aber war das angesichts des Mordes an der Psychologin verwunderlich? Würden sie nicht als tatverdächtig eingestuft?

Waldner klickte auf »Antworten« und schrieb:

Bitte packen Sie den Brief im Original in einen größeren Umschlag und lassen Sie ihn, gerne auch über mich, unserem Erkennungsdienst zukommen. Vielleicht sind Speichelspuren an Umschlag oder Briefmarke, die wir mit DNA-Material aus der Praxis abgleichen können. Danke für alle Hilfe.

Florian Waldner

Er drückte auf »Senden«, schaltete das Notebook aus und telefonierte noch mit Martin. Morgen, da wollten sie sich im Geisler-Gebiet warmlaufen, ein paar Almen erwandern, die Wetterlage erkunden. Am Ostermontag konnten sie vielleicht ein Stück Richtung Sass Rigais gehen – wenn auch an die Gipfeltour jetzt im Vorfrühling sicher nicht zu denken war.

7

Karsamstag, 22. März

»Oma, unbedingt ein paar Vinschgerl mit Speck einpacken. Und Schüttelbrot, das hat der Reinhold Messner auf seinen Touren auch dabei.«

Martin war sehr aufgeregt, als er, sein Papa und seine Oma die Rucksäcke für die Almtour packten. Ruth Waldner wollte Sohn und Enkel bis zur Munkelalm begleiten und sie dann davonziehen lassen. Florian Waldner war sich aber im Klaren, dass er angesichts zweier Mordfälle nicht einfach ein freies Osterwochenende genießen konnte. Zwar war Staatsanwalt Dr. Alfieri dank der konkreten Spuren in beiden Fällen zunächst einmal einigermaßen zufrieden. Aber er wäre ein schlechter Kommissar, so sagte sich Waldner, wenn er bei zwei unaufgeklärten Fällen entspannt sein könnte.

Schon bei den beiden Mordfällen in Padua und Trient, bei denen er nicht hauptverantwortlicher Ermittler war, hatte er diese Unruhe, diesen Ehrgeiz gespürt, den Täter zu stellen. Jagdinstinkt war es, wie er ihn für seinen Beruf brauchte: Er wollte kein Schreibtischbeamter sein, der nur Akten wälzte und froh war, am Monatsende das Gehalt auf dem Konto vorzufinden. Nein, manchmal fühlte er hinter seinem Ermittlungsdrang sogar einen ethischen Impuls. Zwar würde es in der Welt Verbrechen geben, solange es Menschen gäbe. Aber wenn für Straftäter das Risiko, gefasst zu werden, gering wäre, würde die Kriminalität überhand nehmen und die Welt im Chaos versinken. Deshalb sah er hinter jedem Ermittlungserfolg einen Beitrag, die Welt ein wenig besser zu machen.

So war er zu Beginn der Almwanderung geistig abwesend. Auch Martin merkte, wie sehr sein Vater in Gedanken war. Doch er war froh über dieses Wochenende mit Oma und ihm. Vergnügt begann er immer wieder zu hopsen, als sie die steilen Geraden und Kehren zur Munkelalm nahmen. Nach einer guten Stunde saßen sie auf den Bänken vor der Alm und bestellten Radler und Almmilch. Insgeheim erhoffte sich der Kommissar ein paar Ideen für seine Ermittlungen, auch wollte er die bisherigen Erkenntnisse ordnen und seine Strategie neu durchdenken. Ob die Ermittlungen mit den beiden Hauptspuren so überhaupt sinnvoll waren? Er konnte nicht ahnen, dass es gerade seine Freizeitaktivitäten am Wochenende sein sollten, die ihn entscheidend voranbrächten.

Trotz des Osterwochenendes waren vergleichsweise wenige Wanderer unterwegs. Die Saison hatte noch gar nicht richtig begonnen, da der Winter an Ostern immer wieder zurückkehren konnte. Noch lag viel Schnee auf der Nordseite der Geislerspitzen, und Waldner hatte seinen Sohn ja schon schonend darauf vorbereitet, dass die Sass-Rigais-Tour jetzt von der Jahreszeit her noch zu früh war. Da auf der Alm wenig los war, begab er sich in den Innenraum, wo der Almwirt mit seiner blauen Schürze hinter dem Tresen stand und Bier zapfte. Waldner kannte den Wirt: Er war zwar ein paar Jahre jünger als er selbst, hatte aber eine Schwester, mit der Waldner als Jugendlicher ein paar Wochen gegangen war.

»Grüß dich, Peter«, rief er ihm freudig zu, »wie gehen die Geschäfte?«

»Na, Flo, dass man dich auch einmal wieder sieht. Siehschd ja, noch wenig los, isch halt das Wetter noch nit so richtig für die Touristen.«

Waldner nickte beifällig, er hatte die erhoffte Vorlage bekommen:

»Sag einmal, ich hab gehört, dass jetzt auch viele Touristen aus Asien zu uns in die Berge kommen. Thailänder, Chinesen. Hast du da auch schon was davon gemerkt?«

Peter Zinser schrubbte zwei Gläser über den Bürsten im Spülbecken aus und antwortete erst nach einer Weile:

»Ja, manchmal kommen auch welche zu uns in die Hütte. Die wollen teilweise alpine Touren gehen, manche interessieren sich auch für die Organisation des Naturparks Puez-Geisler.«

Waldner griff in seine Jackentasche und holte ein Foto hervor.

»Ja, und begleitet werden sie von einheimischen Bergführern. Wie es mit einem von diesen geendet hat, hast ja in der Zeitung gelesen«, fügte Waldner eher beiläufig hinzu, »kennst ihn sicher, oder?«

Er zeigte Peter Zinser das Foto von Pircher, das er sich aus der Wohnung mitgenommen hatte. Es zeigte Pircher vor einem buddhistischen Tempel in Tibet.

Lange betrachtete Zinser das Foto, dann sah er Waldner an: »Sag, Flo, bischd du jetzt dienschdlich da oder privat? Hab doch deinen Buben und deine Mutter gesehen.«

Unwillig ging Waldner auf die Gegenfrage ein: »Ja, schon immer beides. Ich hab Martin die Tour schon länger versprochen. Und meiner Mutter tut's einfach gut, wenn sie einmal aus dem Haus rauskommt. Weischd ja, das mit dem Vater, das isch alles so plötzlich gekommen.«

»Ja, isch schlimm, wenn das so von heut auf morgen geht«, ging Zinser darauf ein, »aber bei ins im Gebirg, da passiert's ja oft, dass von heut auf morgen alles anders ist.«

»Das Foto, Peter, kennst du den Mann?«

»Ja, Flo, den kenn ich allerdings. Dem sein Sohn hat doch die Rigaisalm gekauft und umgebaut. Einen Palast hat der hingestellt. Das hat ganz schön viel Ärger bei den letzten Versammlungen der Wirte gegeben.«

»Du, sag, hast du den Mann einmal hier mit einer Gruppe von Asiaten gesehen?«

Der Almwirt überlegte, dann besann er sich:

»Ja, der war hier, im letzten Herbst, mit einer Gruppe, da waren auch welche aus China oder so dabei. Der hat ihnen die Geislerspitzen auf der Karte erklärt, hat einen Weg aufgezeichnet, den sie im Frühjahr ausprobieren wollten. Es sollte eine Umrundung der Geislerspitzen werden.«

Waldner hatte das Gefühl, wichtige Informationen zu erhalten. »Eine Umrundung, sagst du?«, hakte er nach.

»Ja, die haben über Wege zur Selbstfindung durch Wandern, heilige Berge und so was gesprochen. Ist schon sehr mysteriös gewesen. Nur ein paar Brocken Englisch hab ich verstanden. Ich glaub, die wollten hier in unseren Bergen irgendwelche fernöstlichen Meditationssachen für gestresste Europäer machen, damit sie sich selber wieder bewusster wahrnehmen und so. Mir hat dieser Pircher nur gesagt, ich würde mich noch wundern, wie viele Menschen er hier in die Berge locken werde. Auch ich würde davon profitieren, wenn Bergtourismus jetzt global würde. Da hab ich ihm natürlich gedankt, aber als ich dann mitbekommen habe, wie sein Sohn die Rigaisalm zum Palast ausbaut, ist mir das Ganze suspekt geworden. Ich habe da Angst bekommen, er könnte unsere Südtiroler Berge völlig überfremden und nur noch seinen Profit sehen.«

Waldner hatte gebannt zugehört.

»Ist jemals der Name eines untergegangenen Königreichs in Tibet gefallen? Der Name Guge?«

Daran konnte sich Zinser nicht erinnern. »Aber«, fiel ihm bei dieser Frage ein, »ich weiß gar nicht, ob das Chinesen waren. Die haben nämlich immer über Tibet gesprochen, haben Armbänder und Flugblätter dabeigehabt, auf denen *Free Tibet* stand. Ich hatte das Gefühl, dass die auch viel politisiert haben. Auch die anderen Südtiroler, die mitgekommen waren, haben fast nur Englisch gesprochen und sich mit denen in Rage geredet. Als ich den Pircher beim Abschied darauf angesprochen habe, hat er sich geweigert, dazu etwas zu sagen. Also wenn du mich fragst«, dabei machte Zinser eine geheimnisvolle Handbewegung, »die haben da was ausgeheckt. Irgendwelche Demonstrationen in Indien gegen die chinesische Regierung.«

Widersprüchlich, sagte sich Waldner, einerseits wollte Pircher Chinesen nach Südtirol locken, was nur über die staatlichen Stellen in China zu organisieren war. Andererseits mischte er in der Tibetfrage mit, stellte sich also gegen die chinesische Staatsmacht. Offenbar spielte Pircher ein doppeltes Spiel, wie ja auch die Recherchen von Pozzi und Unterthurner ergeben hatten. Seine Tibetreise diente zum einen dem Verfassen eines Reiseführers über das untergegangene Königreich Guge, zum anderen versuchte er, illegal Familien von oppositionellen Tibetern durch seine Kontakte wieder zusammenzuführen. Überhaupt erschien ihm Pircher als eine Person mit zwei Gesichtern: zum einen der Geschäftsmann, der weltweit mit Tibetica handelte und dessen Sohn eine Almwirtschaft baute, die alle Südtiroler Dimensionen sprengte, zum anderen ein mystisch geprägter Anhänger asiatischer Religionen, der Meditation und heilige Berge zu seinen Leidenschaften zählte. Pircher musste, so vermutete Waldner in diesem Augenblick, bei seinem Doppelspiel irgendwann einen Fehler gemacht haben. Das Abhacken des Kopfes war ein Hinweis, wie tief gedemütigt jemand, eine Gruppe, vielleicht sogar das chinesische Regime war, dass es so einen demonstrativ grauenhaften Mord für nötig erachtete. Ganz für sich betrachtet begann diese Spur Konturen zu gewinnen. Doch Waldner fragte sich, ob sie überhaupt die richtige war. Man durfte die Ehefrau Pirchers deshalb doch nicht aus den Augen verlieren, sie hatte ein klares Mordmotiv. Und auch den Hinweisen über die Kontakte ins Pornomilieu waren sie bisher zu wenig nachgegangen. Am Dienstag, nach den Feiertagen, wollte er als Erstes seine Kollegen bitten, auch in all diese Richtungen weiterzuermitteln. Sein Instinkt sagte ihm, dass es nie gut war, sich vorschnell auf die Logik einer einzelnen Spur zu verlassen. Allzu leicht neigte man dazu, sich alle weiteren Erkenntnisse im Sinne dieser Spur »schönzudenken«.

»Dank dir, Peter, trinkst noch einen Obstler mit mir?«

Die beiden Männer stießen an. Martin schaute schon beunruhigt in die Gaststube: »Kommschd denn, Papa? Wir müssen weiter.«

Ruth Waldner winkte ihren beiden Männern hinterher, die auf die Geislerspitzen zugingen, um abseits des Hauptwanderwegs ein paar Klettergriffe auf den riesigen Felsblöcken zu üben, die von der Villnösser Kletterschule mit Übungsdrahtseilen versehen waren. Der oberste Teil des Sass-Rigais-Aufstiegs war ausgesetzt und mit ebensolchen Drahtseilen gesichert. Martin sollte üben, sich an diesen Seilen mit Karabinern einzuhaken, damit er später beim Aufstieg auf den Sass Rigais oben am Berg nicht aufgeregt war und wusste, was zu tun war.

Zwei Stunden lang gaben sie sich dem Klettern hin, dann zogen sich Wolken zusammen. Florian Waldner nahm das zum Anlass, zum Aufbruch zu mahnen; insgeheim hatte er ohnehin keine innere Ruhe mehr zum Klettern. Ihn trieb der Mordfall Pircher weiter, auf die Rigaisalm, ins Tal zum Furgglerhof, wo sie heute noch seinen Cousin Robert besuchen wollten.

An der Rigaisalm angekommen, las Waldner an der neuen Hütte das Schild: *Neueröffnung am Freitag, 28. März. Tischreservierungen nehmen entgegen: Anton und Verena Pircher.*

Aus den beigefügten Kontaktdaten ersah Waldner, dass die Pirchers in St. Peter wohnten. Also müsste doch sein Cousin Robert etwas über sie wissen, und das konnte die Ermittlungen vielleicht entscheidend voranbringen. Denn so plausibel auch die bisherigen Theorien waren, es fehlte ihnen das Zwingende, das Definitive, das einen hätte hoffen lassen, einige weitere kleine Hinweise würden zur Überführung der Täter genügen. Zumal der Verdacht in Richtung Täter aus dem asiatischen Raum bisher kaum zu konkreten Personen führte. Über die Chinesen, die in Schenna Logis genommen hatten, gab es bisher keine genaueren Erkenntnisse. Was, wenn sie am Tag des Mordes nach Schenna zurückgekehrt oder an einen anderen Ort in Südtirol gereist waren, wo sie unter einem Vorwand Josef Pircher trafen und ihn dann enthaupteten? Gegenüber Dr. Alfieri hatte er in diesem Punkt nicht mit offenen Karten gespielt, befürchtete er doch, dieser würde die Ermittlungen an die übergeordneten Instanzen weitergeben. Das vertrug sich nicht mit dem Ehrgeiz des Kommissars, der in seinen ersten beiden Fällen als Hauptverantwortlicher Erfolg haben wollte.

»Ja servus, Robert, grüß dich Gott, Tante Rosa.«

»Ja, Ruth, du bischd auch dabei, wie schön! Und Martin, mei, bischd du groß worden!«

Der Empfang fiel herzlich aus, und Martin verschwand mit seiner Cousine Valerie sofort im Stall. Wie ihre Väter es damals als Kinder schon getan hatten, würden sie stundenlang selbstvergessen im Heu turnen und mit den Katzen spielen. Robert hatte gerade die Stallarbeit beendet und schlug Florian Waldner vor, zum St.-Peter-Wirt zu gehen. Ruth wollte in dieser Zeit mit ihrer Schwägerin Rosa bei einer Tasse Kaffee Erinnerungen austauschen.

»Sag, was hast du für eine Meinung zum Mord auf der Rigaisalm?«, kam Waldner schon auf dem Weg zum Wirtshaus auf den Punkt.

Robert Gamper hatte ein direktes Wesen und noch nie mit seiner Meinung hinterm Berg gehalten. »Also, ich glaub, das hängt mit dem Umfeld zusammen, in dem sich der Pircher bewegt hat.« Er erzählte ähnlich wie Peter Zinser auf der Munkelalm von den Asiaten, die Pircher immer wieder ins Tal gebracht hatte, um ihnen die Bergwelt zu zeigen und Perspektiven für eine Verbindung von asiatischer Meditationspraxis und Südtiroler Landschaft aufzuzeigen.

»Weischd, irgendwie war der ein bisschen ein Spinner. Aber einer mit ganz vielen Ideen. Unsere Leute hier im Tal waren da gespalten in ihrer Meinung. Die einen haben den gut gefunden, weil er neuen Wind gebracht hat. Die haben gesagt, man müsse ja nur einmal Obacht geben, wie der Messner-Reinhold mit seinen *Mountain Museums* die Touristen nach Südtirol bringe. Da müsse man vielleicht eine Anknüpfung suchen. Auch wollten die die katholische Kirche einbinden. Das Villnösstal als religiöse Auftankstation und so was. Du weißt ja, dass wir kaum Skitourismus haben, wegen der Nationalparkgesetze. Und nur die Sommergäste – das reicht bei manchen nicht mehr zum Überleben. Darum haben sich nicht wenige über diesen Pircher und seinen Sohn gefreut, auch wenn der zunächst einmal nur an seine neue Rigaisalm gedacht hat und wie er die voll bringt. Auf lange Sicht hätten wir im Tal aber wahrscheinlich fast alle profitiert. Aber es hat auch einige Kritiker, ja sogar Feinde der Ideen von dem Pircher gegeben. – Der da zum Beispiel.«

Sie hatten gerade die Wirtsstube betreten, und Robert Gamper zeigte auf einen kräftigen Mann in ihrem Alter, der am Tresen stand.

Die beiden Cousins grüßten in die Runde und setzten sich dann an einen der Holztische. Die Männer am Tresen diskutierten laut und erregt, und einige waren wohl, wie die vielen leeren Schnapsgläser vor ihnen signalisierten, schon etwas angetrunken. Gamper klärte Waldner auf, wer der Mann war, der sich gegen die Pläne der Pirchers erklärt hatte: Rudi Moser, der Wirt der Almbachhütte. Waldner erinnerte sich schwach, ihn von seinen Sommerferienaufenthalten als Kind zu kennen. Auch fiel ihm die Begegnung mit Moser ein, die Sandra Zöggeler ihm geschildert hatte.

Mit gedämpfter Stimme raunte ihm sein Cousin zu: »Pass auf, Flo, die haben genau unser Thema. Und die haben getrunken. Gleich kannst deine Kollegen Carabinieri rufen. Wenn der Moser austickt, geht der mit Fäusten auf die anderen los.«

Waldner sah die Zornesröte in Mosers Gesicht. Der Mann hatte die Ärmel seines Holzfällerhemdes hochgekrempelt und schlug mit der Faust immer wieder auf den Tresen. Wie vom Cousin vorausgesagt, packte Moser bald darauf einen Tresennachbarn am Joppenkragen und brüllte ihm ins Gesicht, er werde ihm und dem noch lebenden Pircher und allen, die ihm seine Existenz zerstörten, die Sache heimzahlen. Waldner wollte zwar eigentlich privat hier sein, aber jetzt sah er keine andere Möglichkeit: Er erinnerte sich an den Schreck, den Sandra Zöggeler Moser mit dem Dienstausweis eingejagt hatte, und so stellte er sich zwischen die beiden Streitenden und hielt dem Almbachhüttenwirt den Dienstausweis unter die Nase. Er möge ihm unauffällig nach draußen folgen, bat er ihn.

»Ich? Ja, wieso ich? Was hab ich denn getan?«, stammelte Moser. Er stürzte seinen Obstler hinunter und ging dann hinter dem Kommissar her nach draußen.

»Sie haben zum zweiten Mal in Abwesenheit Anton Pircher bedroht.«

Der Kommissar hielt das Schweigen aus, das jetzt einsetzte. Moser war wie verwandelt. Stumm, in sich versunken, stand er vor ihm. Die Autorität der Staatsmacht, hier verkörpert durch den Kriminalbeamten, hatte ihre Wirkung getan, auch ohne Uniform und nur mittels eines Plastikausweises. War es die Angst vor dem Überführtwerden? Hatte Moser das Gefühl, man sei ihm auf die Spur gekommen?

»Wir können auch noch weiter schweigen«, setzte Waldner nach einer Weile wieder an, »oder aber Sie erklären mir, wo Sie am vergangenen Montag zwischen 16.00 und 22.00 Uhr waren.«

»Ich? Wo ich war? Bin ich jetzt etwa ein Tatverdächtiger?«

Verzweifelt schaute sich Moser um, ob jemand dem Gespräch lauschte. Wenn das herauskäme, dass man ihn der Tat verdächtige, könnte er seine Almbachhütte gleich zusperren, sagte er sich. Dann käme gar niemand mehr. Waren es ja ohnehin schon nur noch ganz wenige, die sich zu ihm verirrten.

»Ich habe Sie etwas ganz Konkretes gefragt«, hakte Waldner unbeirrt nach.

Es half alles nichts, er musste zur eigenen Entlastung etwas von seinem Wissen preisgeben.

»Auf meiner Hütte war ich natürlich. Und da bin ich meistens allein. Auch an diesem Abend. Hab den Hühnerstall neu hergerichtet. Können Sie sich ja anschauen, wenn Sie es nicht glauben.«

Waldner schwieg und wartete. Er spürte, dass noch etwas kommen würde.

»Ja, und einmal, da hab ich ein Auto zur Rigaisalm hinauffahren sehen. So gegen acht, halb neun. Es war schon dunkel. Wenn da ein Auto den Forstweg rauffährt, sieht man den Lichtkegel auch bei uns.«

»Automarke! Farbe! Kennzeichen!«, kam es von Waldner, der seinen Notizblock hervorholte.

»Ja, Sie sind gut, wie soll ich das denn wissen? Es war dunkel. Und der Forstweg führt in 100 Meter Entfernung an meiner Hütte vorbei.«

»Keine weiteren Aussagen zum Auto möglich?«

»Na ja«, besann sich Moser, »also das war schon was Größeres, dem Motorgeräusch nach zu schließen. Also ich schätz einmal, ein Geländewagen. Und auf jeden Fall Diesel. Das hör ich.«

Waldner verabschiedete sich von dem angetrunkenen Almbachwirt, nicht ohne ihm seine Autoschlüssel abzunehmen. Die könne er sich morgen beim St.-Peter-Wirt abholen. Wenn Moser kein ausgebuffter Lügner war, und so wirkte er in seiner Tumbheit nicht, dann hatte er zwar kein Alibi liefern können. Aber die Beobachtung des Wagens könnte ihn entlasten. Schließlich passte die Zeitangabe zu dem, was Dr. Vianello über den Transport des Kopfes zur Alm ermittelt hatte. Die vagen Angaben zum Auto selbst, Geländewagen, Diesel, brachten nicht viel. Auf den steilen Forstwegen fuhren sowieso hauptsächlich Geländewagen, und davon gab es Zigtausende in Südtirol. Trotz aller Aggressivität und Wut hatte Moser nicht wie ein Mörder auf ihn gewirkt, und selbst wenn er im Affekt handeln würde, wäre er sofort nach der Tat erschrocken wie beim Zücken eines Polizeidienstausweises und kaum in der Lage gewesen, den Kopf vom Körper zu trennen und ihn auf diese grausame Weise dem Sohn zu präsentieren.

Als Waldner in die Wirtsstube zurückkehrte, verstummten die Gespräche am Tresen. Mittlerweile hatten ihn einige Leute aus dem Dorf erkannt und wollten wissen, wie der Stand der Ermittlungen sei und ob Moser zu seinen Tatverdächtigen gehöre – so deutete der Kommissar jedenfalls die Blicke, die er auffing. Doch Waldner bestellte lediglich ein Bier und setzte sich zu seinem Cousin. Er tauschte Kindheitserinnerungen mit ihm aus, denn die Ohren am Tresen, so schien es ihm, waren binnen weniger Minuten enorm gewachsen.

Spät am Abend war es, als Ruth, Florian und Martin Waldner in ihr Haus nach Neustift zurückkehrten. Auf der Fahrt ins Tal war Martin kurz eingeschlafen, so sehr hatten ihn das Klettern auf den Felsblöcken und das Toben im Heu ermüdet.

8

Ostersonntag, 23. März
Am nächsten Morgen sprang Martin noch im Schlafanzug in den Garten. Die Großmutter hatte ihn zum Ostereiersuchen eingeladen. Sie war eine sehr religiöse Frau und mahnte den Enkel, nicht an den Osterhasen zu glauben, sondern an Gottes Sohn, der den Tod überwunden habe – das sei es ja, was an Ostern gefeiert werde. Die Ostereier, so bekannte sie, habe sie selbst versteckt, es sei ihr dennoch wichtig, da Eier ein Zeichen für neues Leben seien. Doch während sie ihm das erklärte, zeigte der Enkel stumm in den hinteren Teil des Gartens. Dort rannten zwei Hasen wild umher, um dann hinter den Büschen im Garten des Nachbarn zu verschwinden.

Um neun Uhr besuchten die drei Waldners die heilige Messe in Kloster Neustift. Florian Waldner hatte in den letzten Jahren den Kontakt zur Kirche verloren, auch bedingt durch seinen Dienst, der häufig einen Einsatz am Sonntag forderte. Oder aber er fand nur am Sonntagvormittag ein wenig Zeit, seine Unterlagen zu ordnen. Jetzt, beim Singen der vertrauten Lieder, beim Einstimmen in die liturgischen Gesänge, die er alle noch aus seiner Zeit als Ministrant kannte, überkam ihn ein Gefühl von Geborgenheit, wie er es selten erlebte. Mit Sophia war er, obwohl sie beide katholisch waren, nur selten gemeinsam zur Messe gegangen. Ob das ein Fehler war?

Aber die Ursachen dafür, dass sie sich auseinandergelebt hatten, waren andere. Die hatten wohl doch auch weniger damit zu tun, dass sie Italienerin und er Südtiroler war. Sollte wirklich die Scheidung kommen, würde Sophia nicht mehr kirchlich heiraten können. Wie würden das ihre Eltern verkraften? Natürlich würden sie ihm die Schuld geben…

Der Priester hatte die Wandlung des Leibes Christi angekündigt, da fiel es Waldner erst auf: Das war doch der Exorzist! Wie kam der nach Kloster Neustift? Vielleicht hatten sie ihn zur Aushilfe geholt.

Jetzt wurden die Gläubigen eingeladen, sich ein Zeichen des Friedens zu geben. Der polnische Priester ging auf die ersten Reihen zu, lächelte, er war ein anderer Mensch als der, der ihm und der Journalistin so finster gegenübergesessen hatte.

Nachdem die Einladung an die Gemeinde ausgesprochen war, das Mahl des Herrn zu feiern, ging Florian nach vorn und stellte sich in die Reihe derer, die von Don Stanislaw die Hostie empfingen. Nur kurz zuckte der Priester mit den Augenlidern, als er sah, wer ihm gegenüberstand, dann lächelte er den Kommissar freundlich an: »Der Leib Christi!«

Am Abend des Ostersonntags zog sich der Himmel zu. Florian und Martin Waldner hörten gemeinsam den Wetterbericht, der für den nächsten Tag relativ kalte Temperaturen und einzelne Niederschläge voraussagte. In größeren Höhen konnte das durchaus Schnee bedeuten.

»Das wird nix, mein Lieber, mit unserer Bergtour morgen. Müssen wir sie halt auf eins von den nächsten Wochenenden verschieben. Die Berge laufen uns ja nicht davon«, versuchte der Vater einer Enttäuschung des Sohnes vorzubeugen.

Der blickte ihn traurig an: »Aber was machen wir dann morgen, Papa?«

»Da habe ich natürlich einen Ersatz«, verkündete Florian Waldner froh, »wir besuchen ein ganz tolles Museum. Auf einer Burg. Dort erfährst du ganz viel von den Bergen und ihrer Kultur in einem ganz anderen Teil der Welt.«

»Welchen Teil der Welt meinst du, Papa?«

»Tibet!«, erfuhr der jetzt neugierig dreinschauende Sohn.

9

Ostermontag, 24. März
Florian Waldner stellte das Auto auf dem Parkplatz an der Vinschger Staatsstraße ab. Steil führte der Weg zum Schlosswirt, vorbei am Weingut Unterortl und am Biohof Oberortl.

Sie brauchten fast zwei Stunden, weil Martin eine Vielzahl von Fragen zum Weinbau und zur ökologischen Landwirtschaft hatte, die sein Vater nur zum Teil beantworten konnte. Vor allem als plötzlich ein Lama hinter einer Absperrung auftauchte, war er am Ende seines Lateins bei Martins Frage, warum Lamas eigentlich spuckten.

Endlich erreichten sie den Schlosswirt. Der Vater gönnte sich einen Riesling vom Weingut Unterortl und bestellte für sich ein Marendebrettl mit hausgemachten Salamis, Speck, Bündnerfleisch, Almkäse und Almbutter.

Der Sohnemann entschied sich für die Hauswurst vom hofeigenen Schwein mit Vinschger Sauerkraut und Knödel.

»Papa, wie hat der Reinhold Messner mit dem Bergsteigen begonnen?«

Florian Waldner erzählte von Messners erstem Dreitausender: »Rate mal, welcher Berg das war!«, forderte er seinen Sohn auf.

»Der Sass Rigais?«

»Richtig!«, strahlte er Martin an.

Er erzählte seinem Sohn, wie schon öfter, von Reinhold Messner und Hans Kammerlander, von den vielen schwierigen Besteigungen, die Südtirolern im Himalaya-Gebirge gelungen waren. Aber auch von den Unfällen schwieg er nicht, wie dem tragischen Tod von Messners Bruder Günther am Nanga Parbat.

»Das Wetter einzuberechnen, entscheidet beim Bergsteigen über Leben und Tod«, gab er seinem Sohn nicht ohne Hintergedanken zu verstehen. Martin nickte andächtig.

»Wie alt war der Reinhold, als er den Sass Rigais zum ersten Mal bestieg?«, fragte Martin nach einer Weile.

Erst wollte Florian Waldner die Wahrheit sagen, doch dann entschied er sich dafür, auszuweichen: »Weiß nicht so genau, etwas jünger als du.«

Auf Martins Stirn bildeten sich ein paar kleine Falten, Zeichen für angestrengtes Denken. Vor einiger Zeit hatte er mit seinem Vater eine Dokumentation zur Erstbesteigung des Mount Everest gesehen – und war fasziniert gewesen. Seitdem hatte er nur einen Berufswunsch: Bergsteiger.

»Papa, ist total cool, dass wir heute da hergefahren sind. Aber jetzt möcht ich zum Schloss gehen. Wenn unsere Führung noch nicht anfängt, schauen wir uns ein bisschen das Gelände an. Ich will später einmal Lamas züchten. Die bilde ich im Weitspucken aus. Und dann mache ich Lama-Weitspuckwettbewerbe und verlange dafür Eintritt. Mit dem Geld bezahle ich dann die Reisen zum Mount Everest.«

Gestärkt stiegen sie die Kehren zur Burg Juval empor, wo schon eine größere Gruppe auf die Führung wartete. Waldner war gespannt auf das, was der Schlossführer ihnen zum Thema des hier untergebrachten Museums zu sagen hatte, nämlich dem Verhältnis von Mensch, Berg und Religion, und auf die einzigartige Tibetica-Sammlung, die Reinhold Messner zusammengetragen hatte. Er erhoffte sich vor allem ein paar Denkanstöße, hatten doch alle diese Themen für Josef Pircher eine entscheidende Rolle gespielt.

Zuerst besichtigten sie einen Raum mit Tibetica und warfen einen Blick in den Expeditionskeller, der voller Zelte, Steigeisen und Bergschuhe war. Keine leichte Aufgabe, Martin dort wieder wegzubringen. Er war neugierig und gar nicht schüchtern, stellte dem Führer vor der großen Gruppe ungeniert Fragen, auch zur stillen Erheiterung der Erwachsenen. So wollte er wissen, ob denn Reinhold Messner auf seinem Gelände unterhalb der Burg neben Yaks auch Yetis züchte und ob er so einen Bart trage, damit die Yetis sich vor ihm fürchten sollten und ihn nicht angriffen.

Doch schon bald sollte das überlegene Lächeln der Erwachsenen ersterben.

Sie sahen sich die Hauskapelle an, bevor sie in den »Saal der tausend Freuden« gingen. Der Schlossführer erklärte ihnen die Geschichte des Schlosses und die Sanierungsmaßnahmen, die im 20. Jahrhundert der holländische Kolonialherr William Rowland getätigt hatte.

Sodann gab er die Räume links und rechts des großen Saals zur Besichtigung frei. Auf der einen Seite befand sich die Bibliothek, die zugleich Arbeitszimmer war und deren Regale bis unter die Decke reichten. Am anderen Ende ging es in einen großen, hellen Raum, an dessen Wänden viele Masken aus vier Kontinenten hingen. Ein junger

Franzose hatte den Schlossführer in der Bibliothek mit Fragen in Beschlag genommen, sodass die Besucher im Maskensaal unter sich waren. Manche von ihnen gaben durch Äußerungen kund, wie sehr sie beeindruckt waren, andere drängten in den »Saal der tausend Freuden« zurück und malten sich aus, wie herrlich ein Mahl am Kaminfeuer hoch über dem Vinschgau munden und wie ergreifend das sein musste.

»Da fehlt eine!«, rief Martin in diese Stimmung hinein. Er hatte es einfach so gerufen, ein paar Erwachsene lachten leise.

Florian Waldner, der noch im Saal der tausend Freuden war, durchquerte den Raum und flüsterte seinem Sohn zu: »Was ist los?«

Martin ging nicht auf das Flüstern ein, wieder kam es deutlich und bestimmt: »Da fehlt eine!«

»Wo?«, flüsterte Waldner, den jetzt schon einige Besucher strafend ansahen.

»Da oben!«, gab Martin unbeeindruckt von sich und zeigte mit dem Finger auf einen Befestigungshaken im Fensterbogen.

»Also nein«, zischte ein älteres Ehepaar, »was redet das Kind denn da nur?«

Auch der Schlossführer war jetzt aufmerksam geworden und beendete sein Gespräch mit dem Franzosen.

»Wo soll was fehlen, junger Mann?«, wandte er sich Martin zu.

»Da!« Martin zeigte auf die Maskenreihe im Fensterbogen. »Da oben fehlt eine.«

Ein verunsichertes Zucken ging über das Gesicht des Schlossführers, und in Sekundenschnelle wurde ihm klar, dass das Kind Recht hatte. Eine der tibetischen Masken fehlte.

»Bitte bleiben Sie alle hier im Raum. Es tut mir leid. Aber ich muss die Polizei rufen.«

Jetzt machte sich Unruhe breit. Der Grund für die Unterbrechung sprach sich schnell herum. Manche schauten Martin böse an, als habe er die Maske gestohlen. Sie verübelten ihm offenkundig, dass er die spannende Führung durch seine Beobachtung auf unbestimmte Zeit unterbrochen hatte. Nur eine Dame mit großen Ohrringen klopfte ihm unauffällig auf die Schulter und raunte ihm ein »Gut gemacht, kleiner Detektiv« zu.

»Es tut mir leid, liebe Gäste von Schloss Juval, die Polizei wird so schnell wie möglich kommen, aber es kann zwanzig Minuten dauern. Ich muss Sie bitten, hier im Maskensaal zu bleiben.«

»Unverschämt«, rief jemand, »ich lass mich hier nicht gefangen halten. Und ein Dieb bin ich auch nicht.« Andere folgten seinem Beispiel und begannen ihren Unmut lautstark kundzutun.

Der Gruppenführer war sichtlich überfordert mit der Situation, vor allem als zwei, drei Männer ankündigten, sie wollten ihr Eintrittsgeld zurück, sie wollten sofort, *sofort* brüllten sie, das Schloss verlassen.

Wieder musste ein Ausweis aus Plastik für geordnete Verhältnisse sorgen, auch wenn der Besitzer diese Auftritte nicht mochte.

»Waldner, Kriminalpolizei Bozen. Ich muss Sie bitten, hier im Saal auszuharren, bis die Carabinieri kommen. Ich schlage vor, unser Schlossführer erzählt uns bis dahin etwas über die anderen Räume, dann können wir diese nachher eigenständig durchwandern und wieder Zeit einholen, die wir sonst jetzt verlieren würden.«

So schnell wie der Ärger aufgekommen war, so schnell war er jetzt wieder verflogen. Alle fügten sich dem Vorschlag des Kommissars, manche sahen ihn als Versuch der Wiedergutmachung für das an, was sein Sohn mit seiner Beobachtung fabriziert hatte. Der aber blickte aus dem Fenster auf die Staatsstraße, von der nach einer Viertelstunde eine Polizeistreife in Richtung Schnalstal und Burg Juval einbog.

Die Carabinieri hörten sich an, was vorgefallen war, und baten höflich alle Besucherinnen und Besucher, die Taschen und Jacken zu öffnen. Die Suche blieb ohne Erfolg. Waldner nahm den Schlossführer zur Seite und fragte ihn, wie oft es auf Schloss Juval diese Führungen gebe und wann er Dienst habe.

»Ich mache das seit einer Woche alleine. Mein Kollege ist krank«, gab dieser zur Antwort.

»Da Sie das Fehlen der Maske heute nicht bemerkt haben, bitte verstehen Sie das nicht als Kritik, das kann jedem passieren, dass er das übersieht, aber da Sie das Fehlen der Maske heute nicht bemerkt haben, könnte es theoretisch sein, dass die Maske schon seit einer Woche fehlt. Sie sind ja ganz schön gefordert mit den vielen Führungen.«

Die Aussage war dem Schlossführer trotz des vorsichtigen Fragens von Waldner peinlich, und er nickte nur betroffen.

»Eine Bitte hätte ich«, unterbrach der Kommissar die eingetretene Stille, »gibt es ein Foto von der Maske?«

»Ja, das müsste zu finden sein. Aber erst morgen, heute komme ich nicht an die Unterlagen.«

Waldner wollte nicht drängen, schließlich ging es – jedenfalls aus Sicht des Schlossführers – nur um den Diebstahl einer Maske. Er würde es dem Mann, der die Hintergründe nicht ahnte, kaum vermitteln können, wenn die Kriminalpolizei in dieser Sache einen solchen zeitlichen Druck – sogar am Feiertag – ausübte.

10

Dienstag, 25. März
Auf 8.30 Uhr hatte Waldner eine Dienstberatung angesetzt. Die Stimmung auf den Fluren in der Quästur war gedämpft, wie immer nach Feiertagen, wenn einen der Arbeitsalltag einholte.

Um dem entgegenzuwirken, hatte der Hauptkommissar Doris Rautscher gebeten, frische Semmeln, Butter und Marmelade zu besorgen und einen starken Kaffee vorzubereiten. Dankbar nahmen die Kollegen dieses Angebot an.

Waldner hatte am Abend zuvor Fachliteratur zur Imkerei gelesen, die ihn für sein Vorgehen in den beiden Mordfällen inspirierte.

Heute würden alle Mitarbeiter mit konkreten Aufgaben ausfliegen, um, so hoffte er, mit reicher Ernte zurückzukehren. So wie der Imker die verdeckelten Waben schleudert und den Ertrag seiner und seiner Bienen Arbeit einfährt, war es sein Anliegen, am Abend die Spuren und Erkenntnisse neu zu sortieren und zu gewichten. Denn die bisherigen Ermittlungen waren zu wenig zielstrebig gewesen und drohten im Sande zu verlaufen. Ein paar wichtige Impulse hatte er durch die Begegnungen an den Ostertagen erfahren.

Er rückte das Flipchart so zurecht, dass alle darauf sehen konnten, und schrieb auf das große Blatt:

Mordfall Josef Pircher

Er schaute kurz in die Runde, ob irgendwelche dringlichen Meldungen kämen. Da das nicht der Fall war, notierte er als Nächstes:

1. Elisabeth Pircher

Waldner drehte sich zu Pozzi und Unterthurner hin: »Bitte besucht sie gleich heute noch mal. Fragt sie nach ihrem Alibi. Auch nach der Adresse des Sohnes in München. Vielleicht hat der mit dem Vater Kontakt gehabt und weiß mehr über dessen Aktivitäten in Sachen China und Tibet. Wir brauchen da Namen und Adressen von Mitstreitern. Es ist doch kaum vorstellbar, dass Pircher alleine, als einziger Südtiroler, agiert hat.«

Während sich die beiden Mitarbeiter der Sonderkommission Notizen machten, überlegte der Kommissar, wie er seinen Vortrag fortführen sollte. Niemand sollte ihm seine Unsicherheit anmerken.

»Ach ja, das mit der Kinderpornographie«, sprach er weiter, »und das mit den Reisen nach Bangkok. Das ist auch noch dürftig, was wir da haben. Versucht über die Fluggesellschaften oder wie auch immer herauszufinden, ob Pircher wirklich allein verreist ist. Und wo er in Bangkok gewohnt hat. Zur Not müssen wir über den Staatsanwalt Interpol einschalten. Aber erst einmal versuchen wir es so. Aber spannt auch die Polizeianwärter in die Recherchearbeit ein. Wir müssen jetzt entscheidende Schritte vorankommen. Die sollen auch noch mal die Nachbarn von Pircher in Bozen befragen, ob denen etwas aufgefallen ist.«

Waldner konnte eine gewisse Unruhe nicht verbergen. Jeder Tag ohne Aufklärung der Mordfälle würde auch gegen ihn arbeiten, und dann käme der Staatsanwalt und entzöge ihm womöglich den Fall Pircher, um ihn an die übergeordneten Behörden weiterzugeben.

Er gönnte sich einen Schluck Kaffee und ging dann wieder zur Tafel, um zu schreiben:

2. *Tibeter, Chinesen: Ritualmord*

Er berichtete von dem Diebstahl der tibetischen Maske auf Schloss Juval.

»Kann sein, dass das Zufall ist und mit unserem Fall nichts zu tun hat. Aber es ist nicht ausgeschlossen, dass die Maske am Tag des Pircher-Mordes oder kurz davor gestohlen wurde und wir damit eine Brücke zum Täter finden. Im Laufe des Vormittags müsste eine Abbildung der Maske per Mail von Schloss Juval eintreffen. Die Recherche zu dieser Maske und zum Diebstahl, die würde ich gerne unserer Erfolgsermittlerin antragen.« Dabei schaute er lächelnd zu Sandra Zöggeler. »Also, versuch einmal rauszufinden, ob es mit der Maske eine besondere kulturgeschichtliche Bewandtnis hat, ob sie bei E-Bay aufgetaucht ist und so weiter, einverstanden?«

Sandra nickte und machte sich ebenfalls einige Notizen.

»Gut, was wir auf dem ersten Flipchart vor ein paar Tagen als dritte Spur hatten und was mit dem Stichwort ›Kinderpornographie‹ zu benennen wäre, das haben wir unter Punkt eins bereits abgehandelt. Stattdessen setzen wir als dritte Spur jetzt Folgendes ein.« Er nahm wieder den Filzstift und schrieb:

3. Rudi Moser, Wirt der Almbachhütte

Der Kommissar berichtete von seinem Erlebnis mit Moser, von dem Auto, dessen Lichter der Wirt gesehen haben wollte und dessen Fahrt auf dem Forstweg zu der Zeit stattgefunden habe, die ihnen vom Labor als Tatzeitpunkt benannt worden war. »Diesel, Geländewagen, das hilft uns nicht viel weiter. Aber wir behalten das im Hinterkopf. Um den Moser brauchen wir uns erst einmal nicht kümmern.«

Die Tür öffnete sich und Doris Rautscher schaute herein. »Entschuldigung, Chef, aber da ist ein Anton Pircher am Telefon, der will Sie unbedingt sprechen.«

Waldner unterbrach die Sitzung und ging in sein Dienstzimmer am anderen Ende des Flurs. Nur zwei Minuten später war er wieder im Besprechungszimmer. Gespannt blickten ihn die Kollegen an, doch er winkte ab.

»Der wollte nur wissen, wann die Leiche seines Vaters für die Beerdigung freigegeben wird. Dem eilt das, weil er am Freitag die neue Rigaisalm eröffnen will und der Vater natürlich vorher unter die Erde soll. Sonst käme es zu einem Gerede, das seinem Geschäft schaden würde. Herrschaft, denken denn die Menschen nur noch ans Geld? Der Vater nicht mal zwei Wochen tot, und er kann nicht schnell genug seine Hütte eröffnen!«

Er schüttelte ärgerlich den Kopf, besann sich dann aber und schaute Runggaldier vielsagend an: »Aber vielleicht ist das gar nicht so schlecht, wenn die Beerdigung meinetwegen am Donnerstag stattfinden kann. Denn manchmal entlarven sich Personen bei so einem Anlass. Und wenn am Freitagabend die Eröffnung ist, dann bin ich mir sicher«, er sprach jetzt ganz langsam und sah alle der Reihe nach an, »dann bin ich mir sicher, dass wir die entscheidende Spur auf den Täter finden. Wenn es nicht schon vorher passiert.«

Mit diesen Worten löste er die Versammlung auf und bat Runggaldier in sein Zimmer. So wie die Sonderkommission mit Aufgaben versorgt war, so musste er jetzt mit Runggaldier das weitere Vorgehen im Fall der ermordeten Psychologin absprechen. Am liebsten hätte er auch Lorenzo Köstner dabeigehabt, aber der war zur Zeit nur schwer zu greifen, am ehesten wohl in einer Südtiroler Fußgängerzone, den *Wachtturm* demonstrativ den Passanten entgegenhaltend und dazu milde lächelnd.

Er legte wieder ein weißes Blatt zwischen sich und den Kollegen auf den Schreibtisch und schrieb:

1. Die Zeugen Jehovas

»Hierzu müssen wir warten, bis Köstner sich meldet«, stellte er fest und notierte weiter:

2. Exorzismus-Umfeld

»Ostersonntag bin ich diesem Priester Adamowicz bei einer Messe in Kloster Neustift begegnet«, sagte er nachdenklich zu Peter Runggaldier. »Der hat zwei Gesichter. Irgendwie wirkte er so friedlich, als könnte er keiner Fliege etwas zuleide tun. Andererseits gibt es einen Leserbrief.«

Waldner reichte Runggaldier eine Kopie des Schreibens, das er heute beim Betreten des Büros an oberster Stelle in seinem Aktenordner vorgefunden hatte.

Das Original, so hatte er von Doris Rautscher erfahren, hatte eine Frau namens Claudia Corradini um 7.30 Uhr ins Büro gebracht, in einem Plastikbeutel und mit dem Hinweis, das solle wohl ins Labor zur Untersuchung auf DNA-Spuren. Dort sei das Original jetzt.

Während Runggaldier den Brief las, wurde Waldner erst bewusst, dass Claudia Corradini für eine Journalistin sehr früh hier gewesen war.

Warum war sie schon um halb acht auf den Beinen? Ob sie ein Kind in den Kindergarten gebracht hatte? Einen Ehering, das hatte er auf der Fahrt nach Meran registriert, trug sie nicht.

»Hm, das hört sich auch ein bisschen nach Sekte an, Flo.«

»Ja«, pflichtete Waldner bei, »das ist anscheinend eine eingeschworene Gruppe, dieses Bündnis Adamowicz. Das Schreiben reagiert, ohne dass es explizit angesprochen wird, auf den Leserbrief der Psychologin. Wir müssten herausbekommen, wer hinter diesem Bündnis Adamowicz steht. Wir brauchen Namen, Adressen, damit wir die Leute befragen und Erkundigungen einziehen können, ob die polizeilich schon einmal aufgefallen sind. Gewaltdelikte, Erpressung und so weiter. Könntest du das übernehmen?«

»Ich werde mein Bestes tun«, erklärte Runggaldier, »und ich werde auch einmal recherchieren, welche anderen Fälle von Exorzismus es in Südtirol gibt außer dem der Marie Puner. Offenbar haben nicht alle so geendet wie in diesem einen Falle, wo das Leiden zugenommen und der Bruder sie zu einer Psychologin gebracht hat. Manchmal war es anscheinend genau umgekehrt: Der Brief von diesem Bündnis Adamowicz deutet an, dass Verwandte und Bekannte manche Menschen mit psychischen Defekten erst zum Exorzisten gebracht haben, nachdem *zuvor* die psychologische und medizinische Hilfe erfolglos geblieben ist. So wie du das erzählst, hat der Priester ja zum Teil handfeste Methoden. Könnte es nicht sein, dass er eine psychisch labile Person, wir nennen sie mal Person X, mit seinen Theorien vom Teufel aufgehetzt hat? Aufgehetzt gegen die, die vom Teufel besessen ist und die, statt zu heilen, das Leid nur vermehrt? Konkret also die Psychologin Dr. Pacella? Ich könnte mir vorstellen, dass Person X vom Priester gehört hat: Schuld an deinem Leid ist diese Frau in Bozen, bei der du warst und die vom Dämon besessen ist. Du musst dich von ihr abwenden und dich mir anvertrauen. Ja, und dann ging es der Person X vielleicht irgendwann wirklich besser, und sie war voller Abscheu gegen die Psychologin und wollte ihr das sagen. Es kam zum Streit, und dann hat sie die Dottoressa erschlagen.«

Die beiden Kriminalbeamten grübelten.

»Jetzt geht, glaub ich, ein bisschen deine Fantasie mit dir durch, mein lieber Peter«, erwiderte Waldner, »der Adamowicz ist immerhin auch ganz normaler katholischer Priester und nicht Sektenguru oder Hauptberufsexorzist. Vielleicht liegt das an dem Eindruck aus der Ostermesse, aber ich glaube, das mit dem Exorzismus ist für den nur ein Nebengebiet, eine, wenn man so will, Spinnerei, die allerdings nicht ganz ungefährlich ist.«

Es war Runggaldier anzusehen, dass er an dieser Einschätzung zweifelte. Doch Waldner hatte sich schon wieder das Blatt zurechtgelegt und schrieb:

3. Sebastian Mayr

Er schob Runggaldier das Papier hin und führte aus:

»Du meinst also so einen wie Sebastian Mayr. Der war psychisch labil seit dem Unfall mit dem Tod des Mädchens, den er verursacht hat. Auf irgendeinem Wege wäre er zu Adamowicz gelangt, der hätte ihm den Teufel ausgetrieben und zugleich die Psychologin, bei der Mayr in Behandlung war, für sein Leiden mitverantwortlich gemacht. Dann wäre er, nach gelungener Behandlung durch den Priester, zu ihr in die Praxis gekommen, und zwar am Tattag. Er hätte ihr nichts vom Priester gesagt. Sie hätte ihn auch ganz normal weiter therapiert, ihren Bericht geschrieben, ja und dann wäre Sebastian Mayr noch einmal unter einem Vorwand in die Praxis gekommen, hätte ihr jetzt schwere Vorwürfe gemacht, es wäre zum Streit und zu einer Affekthandlung gekommen. Über das Wochenende wäre dann in ihm das schlechte Gewissen erwacht, schon wieder den Tod eines Menschen verursacht zu haben. Als er das dann am Montag schwarz auf weiß in der Zeitung las, hielt er die Angst vor dem Entdecktwerden und die Schuldgefühle nicht mehr aus und nahm den Strick. Ja, das hat einiges Plausibles. Wenn wir zum Beispiel an den Abschiedsbrief denken, in dem er schreibt, seine Schuld sei immer größer geworden und er könne damit nicht mehr leben. Aber das Ganze enthält doch zu viel Ungereimtes. Vor allem haben wir keinerlei Anhaltspunkte, dass Sebastian Mayr bei diesem Priester war. Und warum fehlt das Protokoll 184 von Marie Puner?«

Runggaldier gab so schnell nicht auf. Einen Fall gegen die Einschätzung des Vorgesetzten zu lösen, war das

Höchste, was einem subalternen Beamten im Beruf passieren konnte. Und sein Chef war nicht der Typ, der Gegenargumente mit Hilfe der ihm durch die Hierarchie verliehenen Macht wegwischte.

So erwiderte Runggaldier den zweifelnden Blick Waldners mit dem Angebot: »Wenn du einverstanden bist, schau ich, dass ich herausbekomme, ob Adamowicz den Sebastian Mayr gekannt hat. Es muss im Übrigen ja nicht der Sebastian Mayr gewesen sein. Vielleicht war es auch jemand aus diesem Bündnis, der dankbar war für die Errettung eines Verwandten. Dem hatte der Adamowicz den Teufel ausgetrieben, und aus Dankbarkeit hat er dann die Kritikerin des Priesters, also die Psychologin zur Rede gestellt, und dabei ist es zu dem Streit mit tödlichen Folgen gekommen. Natürlich versuche ich, dass ich ein paar Namen und Adressen zu diesem Bündnis Adamowicz herausbekomme. Und vielleicht erfahre ich auch, ob die Psychologin direkt mit Leuten aus diesem Bündnis in Verbindung stand und ihnen das gesagt hat, was in ihrem Leserbrief auch angesprochen wird. Denn den Leserbrief haben sie ja wohl nicht gekannt, der wurde ja nicht veröffentlicht.«

Waldner nickte zustimmend, bevor er schrieb:

4. Der Professore

»Na, Peter, was hältst du denn eigentlich von dem seiner Story mit der unbekannten Geliebten? Glaubst du nach wie vor, der hat gelogen?«

Runggaldier reagierte nicht, er war mit seinen Gedanken noch bei Sebastian Mayr und dem Exorzisten. Erst als Waldner seine Frage wiederholt hatte, besann er sich:

»Ich glaube, du hast recht. Wer so eine Story spontan erzählt, der hat sie kaum erfunden. Aber wir sollten ihn trotzdem im Auge behalten und gegebenenfalls sein Alibi überprüfen, falls alle anderen Spuren ins Leere laufen.«

Waldner war damit einverstanden, und sie wollten gerade auseinandergehen, als es an der Tür klopfte. Herein kam ein Kollege, der normalerweise ein eher ruhiges Naturell hatte, jetzt aber ungewöhnlich aufgekratzt wirkte: Lorenzo Köstner. Man spürte, dass er etwas Wichtiges vorzutragen hatte.

»Hallo, liebe Kollegen, ich bin in Eile. Das hätte keiner von den Zeugen Jehovas sehen dürfen, dass ich in die Quästur gehe. Und die haben ihre Augen überall, habe ich manchmal das Gefühl. Aber egal jetzt, ich glaube, ich habe etwas Entscheidendes mitbekommen. Also, es war so: Gestern Abend war ich im Königreichssaal zum sogenannten Versammlungsbuchstudium. Was das ist, interessiert uns im Moment nicht weiter. Die Angelegenheit hat eine Stunde gedauert, und es waren wieder die etwa 50 Leute wie die letzten Male. Nach Ende der Versammlung hat sich das Ganze ziemlich schnell aufgelöst. Ich habe von draußen durch das Fenster beobachtet, wie Eduard und Paul Mayr in den Nebenraum hinter der Bibliothek gegangen sind, gefolgt von Anna Teisendorfer. Die Eingangstür war noch offen, und ich habe mich wieder in den Saal geschlichen. Durch die geschlossene Tür habe ich gedämpfte Stimmen gehört, die sehr erregt geklungen haben. Leider habe ich nur Satzfetzen mitbekommen, aber die hatten es in sich. Die Anna Teisendorfer, die sonst immer brav ihre Reinigungsarbeiten verrichtet und sich in den Versammlungen sowieso nicht meldet, auch weil Frauen hier ohnehin wenig oder gar nichts zu sagen haben, diese Anna Teisendorfer war aggressiv und hat die beiden Jehova-Chefs angegriffen. Stellt euch das einmal vor! Ich hab mir bis dahin immer gedacht, die hätten alles im Griff. Von wegen! Aber gut. Ich habe einmal deutlich den Satz gehört: ›Warum habe ich da nur mitgemacht!‹ Von dem alten Mayr kamen drohende Worte wie: ›Sie müssen das für sich behalten, sonst geht das auch für Sie schlimm aus. Sie müssen Jehovas Zeugen schützen vor den Angriffen weltlicher Gewalt und Gesetze.‹ Ja, und dann habe ich noch verstanden, wie die Anna so etwas gesagt hat wie: ›Ich bin missbraucht worden, nur weil ich den Schlüssel hatte.‹ Wie ich mitbekommen habe, ist diese Anna Teisendorfer noch nicht so lange bei den Zeugen Jehovas. Die könnte uns entscheidend weiterhelfen.«

Köstner machte eine Pause. Gebannt waren die Kollegen seinen Worten gefolgt. Da sie nichts sagten, fuhr er fort:

»Also, ich habe mir einen Plan überlegt, wie wir die Anna Teisendorfer zum Reden bringen. Wenn ich die direkt frage, merkt sie wahrscheinlich, dass ich das Gespräch mitbekommen habe und dass ich dadurch ein Mitwisser bin. Auch dämmert es ihr dann vielleicht, warum ich wirklich bei den Jehovas mitmache. Und dann ist die Vertrauensbasis zerstört, und wir können es vergessen. Und Vertrauen hat die in mich. Die hilft mir bei allen Fragen, was diesen Verein betrifft. Wenn ich es richtig einschätze, ist das sogar mehr als Vertrauen. Die schaut mir immer sehr intensiv in die Augen. Und manchmal zittert sie richtig, wenn ich mit ihr spreche. Aber sie darf darüber nicht reden, und ich darf sie auch nicht anmachen, da wir dann bei den Mayrs und einigen anderen antreten und erklären müssten, was da los ist. Ihr versteht das schon richtig...«

Er sah, wie Waldner und Runggaldier schmunzelten und sich das laute Lachen kaum verkneifen konnten.

»Ihr seid manchmal richtig kindisch. Aber gut«, besann sich Köstner wieder auf den Ernst der Situation, »ich habe jetzt keine Zeit mehr, da ich in zwanzig Minuten meinen Predigtdienst in der Fußgängerzone beginnen muss. Dieses Mal bin ich mit Anna Teisendorfer gemeinsam eingeteilt. Und wenn euch da auch wieder das Grinsen kommt: Für unsere Ermittlungen kann das nur von Vorteil sein. Ich habe da nämlich folgenden Plan.«

In kurzen Stichworten erläuterte er, wie er sich das vorstellte mit Anna Teisendorfer. Waldner stimmte dem Plan zu, auch wenn er für Tricks nur eingeschränkt zu haben war. Doch ihm war klar, dass die Ermittlungen seit einer Woche nicht entscheidend vorangekommen waren und dass bald ein Erfolg in wenigstens einem der beiden Mordfälle zu vermelden sein musste. Sonst würde der öffentliche Druck wachsen, trotz neuerdings guter Beziehungen zur Presse würde ihm das nichts mehr helfen, der Staatsanwalt würde den Fall weiterreichen, ja, und er, Waldner, würde sich schwer tun, eine solche Niederlage am Anfang seiner Laufbahn als Erster Kriminalhauptkommissar zu verarbeiten. Manche Fälle waren nur mit Risiko zu lösen, und zumindest im Fall der ermordeten Psychologin hatte er keine andere Wahl.

Die blonde Frau mit den hohen Backenknochen und den schulterlangen blonden, etwas spröden Haaren passte gut zu dem drahtigen Mann mit der schwarzen Stoppelfrisur, dem Dreitagebart und dem sonnengebräunten Teint. Hätten die beiden nicht ein Heft mit dem Titel *Der Wachtturm* hochgehalten und versunken in die Ferne geschaut, während direkt an ihnen vorbei die Menschen dicht an dicht durch die Goethestraße zum Obstplatz eilten oder schlenderten – je nachdem, ob Einheimische oder Touristen – man hätte sie für ein Paar halten können, das füreinander geschaffen war. So aber standen sie nun schon eine Stunde vollkommen unverrückt und wie in Blei gegossen an dem belebten Platz, wo die Leonardo-da-Vinci-Straße auf die Goethestraße trifft. Nur zwei Mal wurden sie kurz angesprochen in ihrer Starrheit, einmal von einem Schüler, der wissen wollte, wie viel Uhr es ist, das andere Mal von einer alten Frau, die fragte, wo eine öffentliche Toilette sei. Nein, ansonsten nahm niemand von den beiden zur leeren Botschaft erstarrten Menschen Kenntnis. Das änderte sich schlagartig, als zwei Streifenpolizisten gemeinsam mit einem Kriminalbeamten vor ihnen stehen blieben und sie nach ihren Namen befragten. Unsicher, ob das statthaft sei im Spiegel der Gebote Jehovas, sahen die beiden Wachtturm-Halter stumm zu Boden. Der Ton des Kriminalbeamten nahm an Gereiztheit zu, je länger die beiden sich weigerten, wenigstens ihren Namen zu nennen. Noch hielt sich der Menschenauflauf in Grenzen. Doch als der zivil gekleidete Beamte mit seiner Aufforderung, ihm unauffällig in die Quästur zu folgen, wiederholt erfolglos blieb, gingen die beiden Streifenpolizisten dazu über, die beiden Wachtturm-Halter am Arm zu packen und durch die Goethestraße abzuführen. Und nun blieben ganze Trauben von Passanten stehen und machten sich ihre Gedanken, in welchen Konflikt das Paar mit der Staatsgewalt geraten sein mochte. Eine dieser Passantinnen zückte ein Aufnahmegerät und hielt es dem Kriminalbeamten entgegen mit der Frage, ob die italienische Polizei den Auftrag erhalten habe, gegen religiöse Minderheiten vorzugehen. Als keine Antwort erfolgte, legte die Journalistin nach: Ob die Festnahme in Verbindung mit dem Mord an der Psychologin Dr. Pacella stehe.

Mit diesem Satz gelang es ihr, den Kriminalbeamten aus der Reserve zu locken. Denn der wollte weitere Fragen verhindern, die die Ermittlungen noch mehr in die Öffentlichkeit brächten.

»Hören Sie«, beschied er ihr kalt, »hören Sie, das ist keine Festnahme, sondern lediglich eine Befragung. In welcher Angelegenheit, dazu gibt es hier nichts zu sagen.«

»Befragung?«, hielt die Journalistin dagegen und zeigte auf die Polizisten, die die beiden Zeugen Jehovas fest am Arm gepackt hatten. »Sieht so eine Befragung aus?«

Der Kriminalbeamte drängte jetzt weiter, die Journalistin blieb ihm auf den Fersen.

»Hören Sie«, herrschte er sie an, als sie die Kapuzinergasse durchquert hatten und sich dem Fahrzeug der Streifenpolizei näherten, »Sie sind dabei, die Ermittlungen der Polizei zu gefährden. Nehmen Sie den Fotoapparat weg, sonst müssen wir Sie auch festnehmen.«

»Ah, auch festnehmen, das heißt also, es ist doch eine Festnahme. Aber wenn Sie mich mitnehmen wollen, gerne, dann kann ich unseren Leserinnen und Lesern noch mehr über diesen Fall berichten.«

Der Kriminalbeamte war mit seinem Latein am Ende.

»Warten Sie einen Augenblick«, bat er jetzt in ruhigerem Ton die Journalistin, während die beiden Wachtturm-

Leute in den Streifenwagen einstiegen, »ich muss kurz telefonieren.« Er ging etwas zur Seite, so dass ihn die Journalistin nur schwer und die beiden Wachtturm-Halter im Auto gar nicht verstehen konnten.

»Ja, Peter hier. Du, Flo, das mit dem Festnehmen hat nur bedingt geklappt. Haben ziemlich viele Leute mitbekommen. Vor allem eine Journalistin, die mir seitdem aufs Fell rückt. Die steht jetzt hier nicht weit von mir.« Er sah zu ihr hin und drehte sich noch mehr ab, damit sie die folgenden Worte nicht mehr verstehen konnte.

»Also, wenn wir die nicht integrieren, befürchte ich, wird die uns morgen den Fall kaputtschreiben, ehe er gelöst ist. Ich sehe nur eine Möglichkeit: Ich bring sie jetzt mit, und wir geben ihr dosiert Informationen. Im Gegenzug verpflichtet sie sich, die Lösung des Falles nicht durch zu frühe Indiskretionen zu erschweren. Aber solche Entscheidungen stehen nicht in meiner Macht, Flo, da musst du schon sagen, was ich tun soll.«

Er verstummte, bis ihm sein Gesprächspartner am Telefon eine Frage stellte, die er gleich weiterreichte:

»Ihren Namen bitte. Der Hauptkommissar möchte ihn wissen.«

»Claudia«, kam es mit einem charmanten Lächeln.

»Und der Nachname? Ich kann doch dem Hauptkommissar nicht nur ihren Vornamen nennen.«

»Allora, bene, Claudia Corradini.«

Wieder trat Stille ein. Doch still war es auch am anderen Telefon. Erst nach einer Weile kam der Satz:

»Kann mitkommen.«

Der Kriminalbeamte wiederholte den Satz zur Journalistin hin, und sie stieg in den blauen Fiat, der dem Streifenwagen bis zur Quästur am Giovanni-Palatucci-Platz folgte.

Anna Teisendorfer wirkte sehr nervös, als sie das Zimmer betrat, in dem sie verhört werden sollten. Für einen Augenblick war sie mit Köstner alleine.
»Ganz ruhig bleiben, die können uns nichts«, raunte er ihr beschwichtigend zu.
Waldner und Runggaldier betraten das Zimmer. Sowohl sie wie auch Köstner versuchten, gegenseitigen Blicken möglichst auszuweichen, damit nicht ein plötzlicher Lachreiz die ganze Situation gefährden konnte.
»Frau Teisendorfer«, hob Waldner mit weicher Stimme an, drückte die Taste des Aufnahmegerätes und schob sich mit seinem Stuhl nah an den Tisch, auf dessen anderer Seite Anna Teisendorfer und Lorenzo Köstner mit gesenkten Köpfen saßen, »Sie haben in der Praxis von Frau Dr. Pacella als Sekretärin gearbeitet. Zugleich sind Sie bei den Zeugen Jehovas tätig. In welcher Funktion sind Sie dort eingebunden?«
Der Kommissar wollte mit leichten Fragen den Einstieg ins Gespräch ermöglichen. Und tatsächlich antwortete Anna Teisendorfer, leise:
»Ich hatte ja nur eine halbe Stelle bei Frau Dr. Pacella. Das reicht nicht zum Leben, auch wenn man alleinstehend ist.«
Sie hob kurz den Kopf in Richtung Köstner und fuhr dann fort: »Die Zeugen Jehovas haben mich vor ein paar Wochen zu Hause besucht. Sie haben mich zu einer ihrer Versammlungen eingeladen. Und dort sind wir ins Gespräch gekommen, und sie haben mir eine halbe Stelle

angeboten. Für Reinigung des Königreichssaals und gelegentliche Sekretariatsarbeiten.«

Beim letzten Satz hatte sie kurz den Kopf gehoben, starrte aber dann wieder auf den Boden. Köstner berührte ihr Bein mit dem seinen. Das sollte sie ermutigen.

»Also gut«, fuhr Waldner fort, »Sie haben dort einen Job. Aber die Zeugen Jehovas sind ja auch eine, ähm, ja, sagen wir einmal, religiöse Gemeinschaft. Sind Sie denn auch von den Inhalten und den Methoden überzeugt, für die die Zeugen Jehovas stehen?«

Jetzt schaltete sich Köstner ein: »Das sind Fragen, die Sie nichts angehen. Sie haben keinerlei Recht, solche Fragen zu stellen.«

Mist, dachte Waldner, jetzt treibt der das Spiel auf die Spitze. Er musste sich zusammenreißen und herrschte dann Köstner an: »Ich habe nicht Sie gefragt, sondern Frau Teisendorfer. Wenn sie die Frage nicht beantworten will, beantwortet sie sie nicht. Aber dann ist das ihre Sache.«

Wieder mieden es die Kriminalbeamten, sich in die Augen zu sehen.

»Ich weiß nicht, ob ich das glaube, was die Zeugen Jehovas vertreten. Ich bin ja noch nicht so lange dabei. Ich wollte mir das in der nächsten Zeit überlegen. Aber ich bin da jetzt schon so weit drin, dass ich kaum noch eine Wahl habe. Ich meine, bei denen rauskommen ist ja gar nicht so einfach.«

Anna Teisendorfers »bei denen« nahm Waldner als Distanzierung zur Kenntnis und fühlte sich ermutigt, konkreter zu werden:

»Demnach haben Sie größere Probleme mit den Methoden der Zeugen Jehovas. Wir haben Anhaltspunkte, dass die Zeugen Jehovas mit ausscheidewilligen Mitgliedern oder mit Kritikern hart umgehen. Ist ihnen dazu etwas aufgefallen?«

Anna Teisendorfer machte keinerlei Anstalten, zu antworten. Sie nahm ein Taschentuch, wischte sich damit über die Stirn und knüllte es nervös in der Hand zusammen. Waldner merkte, dass er jetzt keinen Fehler beim Befragen machen durfte. Mit sanfter Stimme sagte er:

»Sie dürfen darüber nicht reden, oder?«

Kein leises Ja, nicht mal ein leichtes Nicken der Zustimmung kam von Anna Teisendorfer.

Nun war der Augenblick für Runggaldier gekommen, sich mit lauter Stimme in das Gespräch einzuschalten, um Tacheles zu reden:

»Frau Teisendorfer, wir haben konkrete Anhaltspunkte, dass Sie die Herren Eduard und Paul Mayr am Tag der Ermordung von Frau Dr. Pacella nachmittags in die Praxisräume eingelassen haben. Was haben Sie dazu zu sagen?«

Auch jetzt zeigte die Befragte keine Regung, außer dass sie das Taschentuch noch fester zusammendrückte. Die Stimmung war angespannt, doch Runggaldier wusste, dass er die Stille aushalten musste. Zehn Sekunden vergingen, zwanzig, dann sagte er scharf:

»Sie waren mit dabei, als Eduard und Paul Mayr Frau Dr. Pacella erschlagen haben. Die Motive waren Rachegefühle, die die Ältesten der Zeugen Jehovas gegenüber der Dottoressa zum Beispiel für die Abwerbung von Julia Dorfmeister oder für die Immunisierung Sebastian Mayrs hegten. Sie haben Sie als Reinigungskraft und Sekretärin eingestellt, um Sie benutzen zu können. Und Sie haben mitgespielt! Geben Sie es zu, wir werden es Ihnen sonst mit anderen Mitteln beweisen. Und besser als Leugnen ist es, mit den Ermittlungsbehörden zu kooperieren. Das wirkt sich strafmildernd aus!«

Ein leises Weinen war jetzt zu hören, doch Anna Teisendorfer sagte weiterhin nichts. Wieder verstrichen die Sekunden.

Dann drückte Waldner das Aufnahmegerät aus, nickte Runggaldier zu und sagte zu Teisendorfer und Köstner: »Leugnen hilft Ihnen nichts. Wir gehen jetzt ins Labor. Die haben DNA-Spuren entdeckt, die wir problemlos mit denen der Herren Mayr und mit Ihren, Frau Teisendorfer, abgleichen können.«

Die beiden Kriminalbeamten verließen den Raum. Um ihr Gewissen zu beruhigen, gingen sie tatsächlich zum Büro der Spurenermittler, obwohl es reiner Zufall gewesen wäre, hätten sie Dr. Vianello dort angetroffen. Nur selten besprach er sich an diesem Ort mit den Kollegen, war er doch im Bozener Sanitätsbetrieb für die gesamte Pathologie auch außerhalb der kriminalpolizeilichen Ermittlungen zuständig. Waldner und Runggaldier wollten schon wieder gehen, als ihnen ein Mitarbeiter des Labors zurief, er habe einen Brief von Dr. Vianello an Kriminalhauptkommissar Waldner. Der Mitarbeiter holte den Brief, und Waldner las Vianellos Befund. Demnach waren die DNA-Spuren, die der Speichel am Briefumschlag des Bündnisses Adamowicz enthielt, nicht identisch mit den Spuren, die die Haarreste unter den Fingernägeln der Dottoressa zeigten.

»Sagen Sie einmal«, flüsterte Köstner zu Anna Teisendorfer hin, »wissen Sie, was das hier alles soll? Ich hab keine Ahnung, warum die uns so befragen.«

Er gab sich einen Ruck, drehte sich zu der jungen Frau hin, die immer noch leise weinte, und legte den Arm um sie. Jetzt nichts weiter fragen, sagte er sich, einfach die Stille aushalten.

»Ich bin doch da gar nicht mit hineingegangen«, kam es nach einer Weile unter Tränen, und Köstner hoffte inständigst, die beiden Kollegen möchten jetzt nicht hereinplatzen, »ich hatte doch auch keine andere Wahl. Die beiden Mayrs haben mir gesagt, sie wollten mit ihr nur einmal reden. Ihr sagen, dass sie sich nicht so in die inneren Angelegenheiten der Zeugen einmischen solle. Dabei haben sie mich so bedrängt, dass ich das Gefühl gehabt habe: Wenn ich das ablehne, machen die mich fertig. So wie sie es mit dieser Julia gemacht haben. Ich habe da einmal ein Verhör mitbekommen, so muss man das nennen, ein Verhör, das sie mit ihr geführt haben. Die haben ihr gedroht, sie würden ihr die Beziehung zu ihren Eltern für immer zerstören, wenn sie sich nicht ihren Weisungen fügt. Sie haben ihr weismachen wollen, dieser Gustav Kantioler werde sie ins Verderben ziehen, er gehöre nicht zu den Zeugen. Ach, es war schrecklich, wie sie dieses Mädchen gequält haben.« Anna Teisendorfer wischte sich mit dem Taschentuch die Augen. Sie war dabei, sich freizureden.

Köstner ging empathisch auf sie ein: »Sie haben Angst gehabt, dass die beiden Mayrs und die anderen Ältesten auch bei Ihnen ähnliche Psychomethoden anwenden würden?«

»Ja«, stimmte Anna zu, die sich etwas gefasst hatte, »ich hab ja auch wirklich geglaubt, die wollen mit Frau Dr. Pacella nur reden. Klingeln an der Praxis wollten sie nicht, weil sie geglaubt haben, sie würde sie nicht reinlassen. Das hätte mich stutzig machen müssen. Denn wenn sie nicht mit ihnen reden wollte, würde sie doch die Frage stellen, wie die zwei einfach so in die Praxis gekommen sind. Die wollten zwar sagen, die Tür sei offen gestanden, aber das war ja gar nicht glaubhaft. Und dann hätte die Dottoressa kombiniert, wer einen Schlüssel von der Praxis hat, und wäre sehr schnell auf mich gekommen. Dann wäre ich meinen Job bei ihr los gewesen. Aber ich habe ja nicht wissen können, dass die beiden Mayrs sogar dazu bereit sind, dass sie sie umbringen.«

Das Weinen nahm zu, sie war jetzt kurz vor einem Zusammenbruch.

»Anna, sind Sie denn mit in der Praxis gewesen, als die Tat passiert ist?«

»Ach geh«, Anna winkte ab, »die haben mir doch befohlen, ich soll sofort, wenn ich aufgeschlossen habe und wenn sie in die Praxis hineingegangen sind, mit dem Schlüssel wieder weggehen. Das würde sonst auffallen, wenn ich im Treppenhaus rumstehe. Die Bewohner des Hauses könnten mich sehen und sich wundern. Ich bin dann einfach gegangen und habe nicht weiter über den Vorfall nachgedacht. Erst nach einer Stunde hat sich mein Gewissen gerührt. Ich wollte zur Dottoressa und ihr alles beichten. Vielleicht würde sie mir verzeihen, und ich könnte die Stelle trotzdem behalten. Ich bin also nochmals in die Praxis. Und da ist sie dann vor dem Bücherregal gelegen. Es war furchtbar.«

Anna Teisendorfer hatte jetzt ihren Kopf an Köstners Schulter gelehnt. Sie war aufgewühlt und suchte Halt. Sein Gewissen begann ihn zu plagen: Hatte er nicht die psychische Notlage eines Menschen gerade für polizeiliche

Ermittlungen missbraucht? Doch sie ermittelten in einem Mordfall. Psychoterror und Unterdrückungssystem der beiden Mayrs waren auf andere Weise kaum auszuhebeln.

Jedenfalls war es jetzt wichtig, Anna Teisendorfer zu schützen. Er überlegte, ob er sich ihr gegenüber enttarnen sollte, doch da betraten Waldner und Runggaldier wieder das Zimmer.

»Die Laborbefunde sind noch nicht so weit, Frau Teisendorfer. Sie können gehen. Halten Sie sich für weitere Fragen zur Verfügung.«

Mit diesen Worten drehte sich Waldner um und verließ mit Runggaldier den Raum. Köstner würde den Ausgang finden.

Draußen wartete eine Frau mit langer schwarzer Mähne. Waldner bat Runggaldier, ihn kurz mit ihr allein zu lassen. Der staunte etwas, ging aber weiter, während Waldner Claudia Corradini gegenüber andeutete, was es mit den Festnahmen in der Fußgängerzone für eine Bewandtnis hatte.

Andeutungen waren es, so erteilte er sich selbst Absolution, mehr nicht.

Die beiden zockelten etwas ziellos die Garibaldistraße entlang. »Anna, mir fällt ein, was ich bei einem Gespräch am Rande einer Versammlung gehört habe. Da hat einer behauptet, er war am Tag des Mordes im Haus der Psychologin zum Predigtdienst. Er habe bei ihr geklingelt, aber niemand habe geöffnet. Irgendwie sei ihm ganz anders geworden, als er gehört habe, zu diesem Zeitpunkt habe die Psychologin tot in der Praxis gelegen. Vielleicht sei der Täter ja noch in der Praxis gewesen.«

»Ach, ja, das war der Sepp Ainhauser. Der war mit Francesco Frattini an besagtem Freitag in diesem Stadtteil Bozens zum Predigtdienst. Die haben ja keine Ahnung, dass ihre eigenen Ältesten den Mord begangen haben. Das, was ich Ihnen jetzt gesagt habe, darf aber niemand erfahren. Niemand. Wenn das die Mayrs mitbekommen, bringen sie mich auch um.«

Köstner fühlte sich unwohl in seiner Haut. Sollte er sich jetzt outen? Oder war es verfrüht? Er entschied sich zu warten. Erst sollten die beiden Mayrs verhört und festgenommen werden. Dann wäre das Risiko für Anna Teisendorfer gebannt. Denn wie würde sie jetzt reagieren, wenn sie erführe, dass sie ihr Geheimnis einem Kriminalbeamten anvertraut hatte? Vielleicht würde sie gleich zu den Mayrs hinrennen, ihnen alles zu erklären versuchen, aus Panik. Nein, es war besser, er behielt es noch eine Weile für sich.

»Was machen wir nun?« Er schaute in Annas verweinte Augen.

Sie zuckte nur mit den Schultern.

»Na komm, ich heiße übrigens Lorenzo. Darf man bei diesem Verein nicht Du zueinander sagen? Wir gehen jetzt ein Eis essen.«

Anna schien jetzt alles egal zu sein. Sie trottete hinter ihm her in eine Gelateria am Waltherplatz und bestellte sich einen Erdbeerbecher, die große Portion.

Zur Sicherheit hatte Waldner mehrere Streifenwagen angefordert. Köstner hatte ihm die entscheidenden Informationen aus dem Gespräch mit Anna Teisendorfer eine Stunde später am Telefon mitgeteilt. Er wiederum hatte Staatsanwalt Dr. Alfieri informiert, und dieser hatte daraufhin bei dem Richter, der die Vorerhebungen leitete, erfolgreich die Haftbefehle beantragt. Einzelheiten, wie es zu den entscheidenden Aussagen gekommen war, hatte Waldner freilich nicht weitergegeben.

Die Polizisten positionierten sich im Treppenhaus hinter Waldner. Waldner drückte die Klingel von Eduard Mayr. Exakt das gleiche Schauspiel vollzog sich einige hundert Meter weiter in der Wohnung von Paul Mayr, nur dass dort Runggaldier die Klingel drückte. Sie hatten vereinbart, der junge Mayr sollte zeitgleich festgenommen und in die Wohnung seines Vaters gebracht werden, damit sie dort, unter Ausnutzung des Überraschungseffektes, gemeinsam von Dr. Alfieri verhört werden konnten.

Der alte Mayr lief dunkelrot an, als Waldner mit den Polizisten in die Wohnung drang, ihm den Haftbefehl zeigte und ihn aufforderte, sich auf das Sofa im Wohnzimmer zu setzen und zu warten. Wenige Minuten später traf Dr. Alfieri ein.

»Was soll das?«, schrie Mayr senior, als der Staatsanwalt eintrat. »Ist es wieder einmal so weit, dass wir Zeugen Jehovas verfolgt werden? Wie bei den Nazis? Was ist mit der Religionsfreiheit?«

»Ganz ruhig bleiben«, erwiderte Dr. Alfieri, »warum wir hier sind, hat mit Ihrer Religion, wenn überhaupt, nur am Rande zu tun. Warten Sie es ab.«

Waldner verließ das Wohnzimmer. Er warf einen Blick ins Schlafzimmer, wo Mayrs Ehefrau kreidebleich auf dem Bett saß. Neben ihr lag ein großer Reisekoffer, den sie gerade zu packen schien. Er kehrte ins Wohnzimmer zurück.

»Sie wollen verreisen? Fluchtgedanken?«

Die Antwort kam gereizt: »Ja, stellen Sie sich vor, ich fliege am Freitagnachmittag nach New York. Sie haben ja keine Ahnung.«

»Nein, habe ich wirklich nicht«, gab Waldner zu, »was wollen Sie denn dort?«

»Dort ist die Zentrale, die *Watchtower Bible and Tract Society* in Brooklyn. Aber wozu soll ich Ihnen das erzählen?«

Dr. Alfieri griff ein, da er fürchtete, die Situation könnte eskalieren. Waldner war ihm zu aggressiv.

»Das ist mehr Privatinteresse des Kommissars, und Sie können die Einzelheiten gerne für sich behalten. Aber das mit der Reise wird wahrscheinlich nichts. Sie und Ihr Sohn sind dringend verdächtig, die Psychologin Dr. Gabriela Pacella ermordet zu haben.«

In diesem Augenblick traf Runggaldier mit Paul Mayr ein. Zwei Polizisten blieben im Wohnzimmer, die anderen sicherten das Treppenhaus und den Wohnungsflur.

Während Dr. Alfieri mit dem Verhör begann, nahm Runggaldier Waldner zur Seite.

»Ich habe bei Mayr junior flüchtig den Ordner mit diesen Predigtdienstberichten durchgeblättert. Da ist für den Tattag ein Bericht von einem Sepp Ainhauser und einem Francesco Frattini drin, die im Haus der Dottoressa waren. Da stand so Ähnliches drin wie in den meisten anderen Berichten. Gespräche, die sie an der Haustür geführt haben. Bei Dr. Pacella habe niemand geöffnet.«

Auch wenn Waldner sich von diesen Berichten mehr erhofft hatte, ließ er sich dadurch nicht verunsichern. Er hörte zu, wie Dr. Alfieri den beiden Mayrs das vortrug, was er, Waldner, von Anna Teisendorfer über Köstner erfahren hatte. Allerdings hatte ihn Köstner inständigst gebeten, in der »offiziellen Version« solle es ein Bewohner des Hauses in der Sernesistraße, der Briefträger oder sonst wer gewesen sein, der die beiden Mayrs beim Betreten und beim Verlassen der Praxis am Freitagnachmittag beobachtet hatte.

Die beiden Mayrs bestritten zunächst, am Freitag in der Praxis gewesen zu sein. Wie sie denn da wohl reingekommen wären, fragten sie, die Psychologin hätte sie ja wohl kaum eingelassen. Dr. Alfieri konterte ruhig, sie hätten ja ohne Weiteres einen Vorwand finden können, außerdem habe die Psychologin wohl kaum gewusst, wie sie aussahen. Sie hätten sich ja unter anderem Namen Zutritt verschaffen können. Ein Psychologe sei fast so etwas wie ein Seelsorger, der rund um die Uhr für seelische Notfälle zur Verfügung stehen müsse.

Es dauerte eine geschlagene Stunde. Dann gaben die Mayrs das Leugnen auf.

Für einen Augenblick fühlte Waldner ein Gefühl von Triumph, als Mayr senior gestand: »Ja, meine Güte, wir waren bei ihr in der Praxis.«

Doch das erhebende Gefühl war schon drei Sekunden später verflogen, als der Satz folgte: »Sie war aber schon tot, als wir ihr Zimmer betraten.«

Waldners erster Gedanke war, Mayr sei geschickt und versuche nun auf diese Weise davonzukommen. Aber zugleich wuchs in ihm, während Dr. Alfieri das Gespräch fortführte, das Gefühl, der alte Mayr habe nicht gelogen, wenn er behauptete, die Psychologin sei schon tot gewesen, als sie die Praxis betraten. Zu sicher kamen jetzt Mayrs Antworten auf alle Detailfragen, zu wenig musste er nachdenken. Waldner versuchte das mulmige Gefühl zu verbergen, indem er den eingetroffenen Leuten der Spurensicherung anordnete, DNA-fähiges Material in beiden Mayr-Wohnungen einzusammeln. Auf dem Eilweg sollte es im Labor mit dem Material abgeglichen werden, das an der Leiche der Psychologin gefunden worden war.

Sollte dieser Abgleich negativ ausfallen, stünden sie allerdings wieder mit fast leeren Händen da. Die Spur mit den Zeugen Jehovas, immerhin die Hauptspur, war dann ausgereizt. Beim Bündnis Adamowicz hatte der DNA-Abgleich bereits ein negatives Ergebnis gezeitigt. Allerdings musste der Mörder nicht identisch sein mit dem Absender des Leserbriefes, handelte es sich doch um ein Bündnis, also um mehrere Personen. Aber diese Spur war nur sehr vage erkennbar.

Blieb noch der Ehemann, dessen Alibi zwar wacklig war, dem aber ein Mordmotiv fehlte. Wo also sollten sie ansetzen, wenn sich bewahrheitete, dass die Mayrs zwar mittels des Schlüssels von Anna Teisendorfer in die Praxis eingedrungen waren, dort aber die Leiche bereits vorfanden?

Der Kommissar kehrte zu den beiden Mayrs zurück, die Dr. Alfieri die genauen Uhrzeiten zu benennen versuchten, zu denen sie sich in der Praxis der Psychologin aufgehalten hatten.

Waldner wartete eine kleine Pause im Gespräch ab, um Dr. Alfieri etwas ins Ohr zu flüstern.

»Eine Frage noch«, fuhr der Staatsanwalt dann fort, »haben Sie sich an dem Ordner mit den Gesprächsprotokollen von Frau Dr. Pacella bedient?«

Die beiden Mayrs schüttelten den Kopf.

»Wirklich nicht? Sie haben nicht einmal kurz nachgesehen, was da über Sebastian Mayr oder Julia Dorfmeister drinstand?«

Wieder nur Kopfschütteln.

»Sie haben auch nicht eins der Protokolle mitgehen lassen? Kennen Sie eine Frau Marie Puner aus Schenna?«

Es war zum Verzweifeln für Dr. Alfieri und den Kommissar: Ihnen gegenüber saßen zwei jetzt ständig den Kopf schüttelnde Männer, die ihnen als ihre Hauptverdächtigen verloren zu gehen schienen. Freilich, Dr. Alfieri könnte sie noch weiter befragen, ob sie etwas anderes angerührt hätten in der Wohnung, ob sie jemanden im Treppenhaus gesehen hätten und so weiter. Aber Waldner und auch dem Staatsanwalt war die Lust dazu vergangen. Selbst wenn er Anna Teisendorfer als Zeugin offen preisgäbe, überlegte Waldner, würde das an den Aussagen der beiden Mayrs nichts ändern, und sie kämen davon, sofern sie nicht per DNA überführt würden. Er begab sich ins Freie, um mit dem Staatsanwalt Rücksprache zu halten.

»Dr. Alfieri, es tut mir leid, aber wir können den Haftbefehl kaum aufrechterhalten.«

Dr. Alfieri gab unwirsch zu bedenken, man könne Haftbefehle nicht wie Fahrkarten nach Rom einfach so mir nichts, dir nichts ausstellen. Das mit der Festnahme der beiden Mayrs sei ja wohl nicht gut vorbereitet gewesen. Und jetzt solle alles wieder zurückgedreht werden? Jetzt, wo die Unschuld der beiden plötzlich genauso wahrscheinlich sei wie vor wenigen Stunden ihre Schuld? Zumindest bis zum Abgleich der DNA-Spuren sollten sie die beiden bewachen lassen und ihnen gegenüber den Mordverdacht aufrecht erhalten, auch wegen Verdunkelungsgefahr bei einer Reise in Richtung USA. Die Mayrs könnten sich nicht beschweren, seien sie doch illegal in eine Praxis eingedrungen. Das sei Hausfriedensbruch. Und trotzdem sei die Festnahme unprofessionell und voreilig gewesen. Irgendetwas von Sprunghaftigkeit und Unerfahrenheit grummelte er, forderte Waldner dann auf, das Verhör noch gründlicher weiterzubetreiben, und ging.

Das war jetzt wie eine Ohrfeige, ärgerte sich Waldner über sich selbst. Zum Glück hatte ihn der Staatsanwalt nicht auch noch nach dem Mordfall Pircher gefragt. Denn es war schon 14.00 Uhr, und er hatte noch keinerlei Nachrichten über die Fortschritte in diesem Fall erhalten. Er ging noch einmal in die Wohnung hinauf und teilte den beiden Mayrs mit, der Haftbefehl sei vorläufig ausgesetzt, sie dürften aber Bozen bis auf Weiteres nicht verlassen und hätten sich zur Verfügung zu halten.

»Und was ist mit der New-York-Reise? Wer zahlt mir Schadensersatz für die Tickets, die verfallen?«

Jetzt war es Waldner, der mit den Schultern zuckte und ratlos den Kopf schüttelte.

»Die Leiche von Josef Pircher ist für die Beerdigung freigegeben. Am Donnerstag findet sie in Bozen statt.«

Mit diesen Worten empfing ihn Doris Rautscher im Büro. Er bat sie, ihn mit Pozzi oder Unterthurner und mit Sandra Zöggeler zu verbinden.

Als Erstes kam die Verbindung mit Pozzi zustande. Er habe, so führte der Kollege aus, ein spannendes Gespräch mit Pirchers Sohn in München gehabt. Der habe gute Einblicke in die Tibet-Aktivitäten seines Vaters gegeben. Der habe eine Art Mission darin gesehen, sich als Südtiroler für die Unabhängigkeit Tibets einzusetzen. Einer seiner Gründe sei die hohe Kultur der Tibeter gewesen, wie sie sich zum Beispiel an den archäologischen Funden zeige, die auf das untergegangene, aber bedeutsame Königreich Guge hinwiesen. Sein Vater, so der junge Pircher, habe geplant, nicht einfach einen Reiseführer zu diesem Königreich zu schreiben, sondern eine Art kulturgeschichtliches Dokument, das für ein autonomes Tibet sprach – ähnlich wie die kulturellen Traditionen Südtirols während der Kämpfe für den Autonomiestatus ein wichtiges Argument gewesen seien.

»Mit solchen Vorhaben hätte er sich bei der chinesischen Regierung und deren untergeordneten Instanzen keine Freunde geschaffen. Angesichts der Professionalität und Brutalität, mit der die chinesischen Geheimdienste auf alles reagieren, was das Ansehen der chinesischen Regierung gefährdet, war das ein sehr gefährliches Unterfangen!«, spann Pozzi leicht aufgeregt den Faden weiter. »Und noch dazu hat Pircher aus seinen Vorhaben ganz bestimmt kein Geheimnis gemacht. Stell dir vor, der hat seine Gäste, die durchwegs Exiltibeter und keine Chinesen waren, ins Villnösstal eingeladen und dort mit ihnen Strategien überlegt, wie der öffentliche Druck auf China auch von Südtirol aus zu verstärken sei.«

Das deckt sich mit dem, was Peter Zinser von der Munkelalm gesagt hat, fiel es Waldner ein. Nur dass jetzt die Gewichte von Pirchers Aktivitäten doch stärker auf der politischen Schiene zu liegen schienen und weniger die Ankurbelung des Tourismus im Visier hatten. Sein Ziel war es offenbar, im Verein mit Exiltibetern eine weltweite Solidarität für die Autonomie der Tibeter herbeizuführen und die Zerstörung der tibetischen Klöster und damit der tibetischen Identität durch die chinesische Regierung zu stoppen. Das New Yorker Flugblatt in Pirchers Wohnung, das Schiffsticket der Circle Line und die zeitliche und örtliche Parallele mit Tibetdemonstrationen in den USA deuteten an, dass Josef Pircher weit über Südtirol hinaus für die Sache Tibets engagiert war.

»Ach ja«, ergänzte Pozzi, »der Sohn hat auch noch erzählt, der Vater habe ihm von einer Gruppe Exiltibeter berichtet, die erst vor zwei Wochen bei ihm war. Sie hätten sich auf die Rigaisalm zurückgezogen, um unbeobachtet zu sein. Von dort aus hätten sie die Geislerspitzen umrundet, auch um die vielen Bezüge zwischen Tibet und Südtirol nachzuerleben. Ehrlich gesagt habe ich das nicht richtig verstanden. Irgendwie sollen Geislerspitzen und Kailash mit dem Heiligen in Verbindung stehen. Das Gipfelkreuz auf dem Sass Rigais sei ein Symbol für den christlichen Glauben, wie es der Kailash als heiliger Berg für den Buddhismus und andere Religionen sei. Sag einmal, war nicht dieses Königreich Guge mit den kopflosen Leichnamen auch in der Nähe von diesem Kailash?«

»Ja, stimmt.«

Waldners Resignation, die ihm der bisherige Tag angesichts des Rückschlags im Mordfall der Psychologin beschert hatte, wich allmählich.

»Und übrigens hat der alte Pircher seinem Sohn auch ein Foto von der Gruppe geschickt, die im letzten Herbst da gewesen ist. Und er hat gesagt, da seien auch noch ein paar Südtiroler dabei gewesen. Das Foto will er übermorgen mitbringen.«

»Übermorgen? Mitbringen?« Waldner stutzte.

»Ja, übermorgen ist doch die Beerdigung. Der Sohn reist morgen am Abend mit Familie aus München an und übernachtet bei seiner Mutter in Bozen. Vielleicht können wir einen der Südtiroler auf dem Foto identifizieren und haben dann eine direkte Spur zu den Tibetern und dem ganzen Umfeld.«

Waldner dankte Pozzi. Das Telefon läutete unmittelbar darauf wieder. Sandra Zöggeler hatte mittlerweile das Foto der alten tibetischen Maske aus Schloss Juval erhalten. Bei E-Bay war eine ähnliche Maske aufgetaucht, angeboten in den USA. Aber es war eben nur eine ähnliche, nicht die gleiche. Die stehe allerdings zwei Tage vor Auktionsschluss schon bei 6 000 US-Dollar. Also seien das hoch gehandelte Sammlerobjekte, die auch nicht häufig auf dem Markt auftauchten. Sie wollte weiter dranbleiben und einschlägige Tibetica-Händler in Italien, Deutschland und Österreich befragen, ob ihnen eine solche Maske angeboten wurde.

Es war 18.00 Uhr. Der Tag war ereignisreich, aber nicht erfolgreich gewesen. Waldner packte seine Tasche und fuhr nach Brixen ins Elternhaus. Kaum hatte er dort seine Jacke ausgezogen, drängte es ihn in den Garten, zum Bienenhaus. Er warf einen Blick auf die noch ruhigen Stöcke und ließ sich dann in den Gartenstuhl auf der kleinen, überdachten Terrasse fallen. Es war der Zeitpunkt gekommen, die bisherigen Spuren und Erkenntnisse neu zu sortieren und zu gewichten. Eine Zeitschrift, die auf dem Tisch zuoberst lag, weckte sein Interesse: Ein Fachjournal des Imkerverbandes mit einem auf der Titelseite angezeigten Artikel über die Völkerverständigung der Bienen. Demnach war es den Tieren nicht nur möglich, mit dem Schwänzeltanz den Artgenossen ziemlich exakt mitzuteilen, wo es besonders nektarreiche Blüten gab. Nein, Bienen waren sogar fähig, Fremdsprachen zu erlernen: Forscher hatten asiatische und europäische Honigbienen in ein und denselben Stock gesetzt. Der Schwänzeltanz der beiden Bienenarten war unterschiedlich lang und unterschied sich auch in seinen Abläufen. Binnen weniger Wochen nun lernten die asiatischen den Tanz der europäischen Honigbienen und konnten ihn korrekt in ihre Abläufe umsetzen.

Fasziniert legte Florian Waldner das Journal zur Seite. Bienen sind sehr akribische Tiere, eminent fleißig und effizient, sagte er sich. Ich muss mir sie bei meinen Ermittlungen zum Vorbild nehmen.

Er nahm sich ein weißes Blatt und einen blauen Fineliner, für ihn immer die beste Methode, um ein Problem anzugehen. Noch einmal notierte er sich die verschiedenen Spuren, markierte vorgenommene und noch ausstehende Ermittlungen. Die Zeugen Jehovas setzte er als Spur zurück, andere gewichtete er stärker. Ich muss versuchen, überlegte er, mir die Sprache des Täters, der Täter anzueignen und nicht immer aus der Perspektive des Ermittlers zu denken.

Seine Gedanken blieben nach einer geraumen Zeit des Überlegens immer wieder an einer Situation hängen: Am Freitagnachmittag, als Sebastian Mayr die Praxis der Psychologin verlassen und bevor die beiden Zeugen Jehovas sie betreten hatten und die Leiche vorfanden. Wie nur war der Täter in die Praxis gelangt? Die Tür besaß eine Schließanlage, bei der das einfache Nachanfertigen eines Schlüssels bei einem Schlüsseldienst nicht möglich war. Vielmehr war der Schlüssel unter Angabe einer Codenummer bei der Herstellerfirma anzufordern. Also konnte niemand den Schlüssel von Anna Teisendorfer einfach entwendet, für kurze Zeit behalten, nachgemacht und wieder zurückgebracht haben. Die Raumpflegerin, die ebenfalls einen Schlüssel hatte und die auch die Leiche gefunden hatte, war unverdächtig – das hatte die Befragung ergeben. Der Ehemann von Dr. Pacella schien ein Alibi zu haben, auch wenn es ein sonderbares war. Hier könnten weitere Ermittlungen Klarheit verschaffen.

Theoretisch konnte Sebastian Mayr beim Verlassen der Praxis den Täter vor der Tür getroffen und ihn in den Vorraum der Praxis eingelassen haben – in dem Glauben, der Unbekannte sei ein nachfolgender Patient mit einem Termin bei der Psychologin. Sollte er dann am Montag in der Zeitung von der Ermordung der Psychologin gelesen haben und von dem rätselhaften Zugang zur Praxis, wäre seine Verzweiflung erklärbar, die zum Suizid führte: Er musste damit fertig werden, wiederum am Tod eines Menschen schuld zu sein, ohne dass das im Geringsten in seiner Absicht stand.

Doch nicht schon wieder wollte sich Waldner vorschnell auf eine Spur festlegen und andere darüber vernachlässigen. Er sah zu den Bienenstöcken hinüber und dachte über die Erfolgsrezepte dieser Tiere nach. Das waren einmal ihr Fleiß, dann die Fähigkeit zu kommunizieren und schließlich noch das Weiterleiten von Erfahrungen und die absolute Präzision bis ins kleinste Detail. Der Kommissar schälte sich einen Jonagold aus dem Vinschgau, teilte den Apfel in mundgerechte Schnitze. Er wollte den ersten Schnitz in den Mund schieben, da blieb er wie erstarrt sitzen. Magisch wirkte es auf ihn: Er wusste in diesem Augenblick, dass er bei den bisherigen Ermittlungen einen kleinen Fehler begangen hatte. Genau genommen war der Fehler sogar nur klitzeklein. Aber es war eine jener Vergesslichkeiten, die kaum auffallen – ebenso wenig wie ein Puzzlestein, der durch sein Nichtentdecktwerden alle weiteren Schritte zur Beendigung des Puzzles blockiert.

Beschwingt verließ er die Terrasse und begab sich ins Innere des Hauses. Dort warf er sein Notebook an und recherchierte im Internet nach einer günstigen Bahnverbindung für drei Personen im Mai. Denn er hatte jetzt auch ganz privat eine Idee.

11

Mittwoch, 26. März
Schon um 6.45 Uhr – der Hauptkommissar war gerade auf der Fahrt nach Bozen – klingelte Waldners Telefon.

»Hallo, Flo, wie ist das denn gelaufen mit den Mayrs?«

Oh, den armen Lorenzo Köstner habe ich ja gestern ganz vergessen, fiel es Waldner ein. Er erzählte ihm von der misslungenen Verhaftungsaktion, von der einzigen Hoffnung auf den DNA-Abgleich.

»Muss ich denn noch zu den Zeugen Jehovas hingehen?«, fragte Köstner mit einem hoffnungsvollen Unterton.

Waldner gingen noch einmal seine Überlegungen vom gestrigen Abend auf der Terrasse durch den Kopf. Jetzt nur keinen Fehler machen, sagte er sich, nicht zu früh Spuren aufgeben.

»Ich wäre dir dankbar, Lorenzo, wenn du noch bis Freitag durchhalten könntest.«

Wie zu erwarten, war Köstner darüber nicht froh. Aber er fragte nicht nach, wozu er denn jetzt noch verdeckt ermitteln müsse, sondern fügte sich der Bitte seines Vorgesetzten. Diesem war die Situation ein wenig peinlich.

»Weißt du, Lorenzo«, versuchte er etwas Verständnis zu wecken, »wenn du dich jetzt enttarnst, dann werden die Mayrs vollkommen auf Gegenkurs zu uns steuern. Die werden uns öffentlich angreifen, mit welchen Methoden wir religiöse Gemeinschaften ausspionieren und bedrohen.

Irgend so ein Sermon kommt bestimmt, und wir erfahren rein gar nichts mehr. Jetzt aber, wo sie immerhin noch unter Mordverdacht stehen, sind sie eher zu Aussagen bereit. Und zumindest *eine* Aussage werde ich mit Sicherheit noch von ihnen benötigen.«

»Na gut, Freitag dann vielleicht, Flo. Ich kann auch gegenüber dieser Anna Teisendorfer das nicht mehr lange durchziehen. Die muss mich für das letzte Schwein halten, wenn sie erfährt, wer ich wirklich bin.«

Waldner bot an, Köstner könne Anna Teisendorfer gegenüber die Verantwortung für das Verhör in der Quästur auf ihn schieben und sich auf die Loyalitätspflicht gegenüber dem Vorgesetzten berufen.

Köstner schien wenig überzeugt und beendete das Gespräch recht wortkarg.

Doris Rautscher erschrak ein wenig, als ihr Chef aus seinem Zimmer kam. Sie war, wie jeden Tag, um Punkt sieben Uhr früh an ihrem Schreibtisch im Vorzimmer eingetroffen und war es gewohnt, die Erste im Büro zu sein. Sie bot Waldner an, sofort Kaffee zu kochen, doch dieser stoppte ihren Elan.

»Frau Rautscher, ich brauche ganz dringend einen Einzelverbindungsnachweis von folgender Telefonnummer.« Er hielt ihr einen Zettel mit einer Nummer hin.

Der Kommissar wusste: Auf seine Sekretärin war bei solchen Wünschen Verlass. Mit Charme oder Entschiedenheit oder mit beidem zugleich setzte sie sich bei Firmen und Institutionen durch. Sie verfügte dank ihrer langjährigen Tätigkeit in dieser Position und dank ihres pfiffigen Wesens über eine Vielzahl guter, ja sehr guter Kontakte zum Vorzimmerpersonal der Vorstandsvorsitzenden großer Konzerne, zu den Büroleiterinnen der Gerichtspräsidenten oder der hohen Politiker, zu den Hoteldirektoren und den Tourismuschefs. Auf diese Weise hatte sie schon oft Quartiere für Polizeikollegen günstig bis kostenlos vermittelt, Informationen zu Gerichtsverfahren vorfristig eruiert, Flugbuchungen Verdächtiger erfahren oder Verzeichnisse ein- und ausgegangener Telefonate, die Tatbeteiligte geführt hatten, in die Hand bekommen. Die Telefonanlage, die Waldner ihr gleich zu Beginn seiner Tätigkeit auf ihren Wunsch hin – die alte war weitab von den neuesten technischen Möglichkeiten – hatte installieren lassen, erinnerte in solchen Situationen an das Kontrollzentrum der NASA in Houston. Rautscher vermochte es, zwei Telefonate gleichzeitig zu führen und vier eingehende in irgendwelche Warteschleifen umzuleiten, die sie baldmöglichst abarbeitete, nicht ohne Fax- und Maileingang zu überwachen und notfalls auch diese Anfragen beiläufig zu erledigen. Er sparte nicht mit Lob für ihre Ermittlungsarbeit und erhielt dadurch ihre Motivation aufrecht. Für ihn war sie weniger Sekretärin als wirkliche Mitermittlerin, die an seinen Erfolgen wesentlichen Anteil hatte.

So ließ er jetzt Doris Rautscher alleine und bot ihr an, eventuelle Besucher gleich zu ihm in sein Zimmer durchzuwinken, damit sie in aller Ruhe die Recherchearbeit erledigen konnte.

KEINE FORTSCHRITTE IN DEN MORDERMITTLUNGEN

Was Claudia Corradini schrieb, war leider die Wahrheit, jedenfalls für Außenstehende. Sie hielt sich, so stellte

Waldner bei der Lektüre ihres Artikels erleichtert fest, mit Kritik am gestrigen Vorgehen der Polizei gegenüber den Zeugen Jehovas zurück und deutete nur an, die Ermittler würden sich jetzt stärker auf das berufliche und private Umfeld der Psychologin konzentrieren.

Keine leichte Aufgabe, Journalistin zu sein, gestand sich Waldner ein, vor allem, wenn die Informationen so dürftig sind. Die Leserschaft wollte doch nicht nur Allgemeinplätze hören. Außerdem gab es ja auch eine Unsicherheit, wenn nicht Angst, bei der Bozener Bevölkerung, solange der Täter frei herumlief!

Da Waldner nicht wusste, wie er die Zeit des ungeduldigen Wartens auf die Ergebnisse von Doris Rautschers Recherche überbrücken sollte, aber auch aus anderen, schwer definierbaren Gründen, griff er zu seinem privaten Handy und tippte eine SMS: *Grazie per la buona collaborazione.*

Die nächsten beiden Stunden verbrachte er mit dem Ordnen seines Schreibtisches. Auch telefonierte er mit Pozzi und Sandra Zöggeler, ohne dass sich neue Gesichtspunkte in den beiden Mordfällen ergaben.

Um 10.32 Uhr klopfte es an seiner Tür, und Doris Rautscher überreichte ihm ein soeben eingegangenes Fax mit einer handschriftlichen Liste der Einzelverbindungen, die von der auf Waldners Zettel notierten Nummer in den letzten vier Wochen ein- und ausgegangen waren.

Die Nummer war die Privatnummer der Dottoressa Pacella. Bisher hatte er, und das war die kleine, aber entscheidende Vergesslichkeit, nur die Festnetznummer in der Praxis und die Mobilnummer der Psychologin überprüft und war dort ja nur bedingt fündig geworden: Die Telefonate mit Anna Teisendorfer, Günther Puner, Gustav Kantioler, mit den Eltern des zehnjährigen Mädchens, den Sanitätsbetrieben in Bozen und Meran, der Heizungsfirma, das alles hatte kein auffälliges Bild ergeben beziehungsweise nur Angaben bestätigt, die ihm ohnehin bekannt waren.

Bei der Liste jetzt, die zudem von einer anderen Telefongesellschaft kam als bei den geschäftlichen und mobilen Verbindungen, die sie bisher überprüft hatten, lagen die Dinge anders. Hinter jeder Nummer standen die Uhrzeit des Beginns und die Länge des Telefonats. Keine Frage, die Handschrift allein schon verriet: Diese Angaben waren nicht auf dem offiziellen Weg zu ihm gelangt – den es aus Datenschutzgründen gar nicht oder nur in bestimmten, sehr schwer begründbaren Ausnahmefällen gab.

Er studierte die Liste aufmerksam. Ganz langsam, aber stetig stieg sein Ermittlungsfieber an. Er wählte einige der Nummern auf der Liste, bei anderen ermittelte er selbst die Nummerinhaber über das digitalisierte Telefonbuch im Internet.

Gegen 13.30 Uhr verließ er das Haus und fuhr über die Freiheitsstraße und die Vittorio-Veneto-Straße hinaus zum Bozener Sanitätsbetrieb. Er verlangte dringend ein persönliches Gespräch mit Dr. Vianello. Einige Minuten musste er warten, dann besprach er sich mit dem Pathologen und ging mit ihm ins Labor. Es war 14.45 Uhr, als er wieder sein Auto bestieg und per Telefon erneut um ein dringendes persönliches Gespräch bat, dieses Mal mit Staatsanwalt Dr. Alfieri, den er sogleich aufsuchte.

»Dr. Alfieri«, begann er seine Ausführungen im hellen, großen Besprechungszimmer des Staatsanwalts, »wir haben den Mörder von Frau Dr. Gabriela Pacella.«

Mit einer Geste bat ihn der Staatsanwalt, auf der blauen Ledergarnitur Platz zu nehmen, die um einen flachen gläsernen Tisch gruppiert war. Dr. Alfieri drückte die Taste der Telefonanlage und bat die Sekretärin, zwei Espressi und zwei Gläser Wasser zu bringen.

»So viel Zeit haben wir noch«, gab er Waldner zu verstehen, der sich einmal mehr über die innere Ruhe des Juristen wunderte. Dr. Alfieri nahm ihm gegenüber Platz, nachdem er zuvor noch einen Blick auf den Monitor seines Computers geworfen und den Vorgang gesichert hatte, den er gerade bearbeitete.

Erst nachdem die Sekretärin die Getränke gebracht und die schwere Ledertür zum Vorzimmer wieder geschlossen hatte, gab Dr. Alfieri Waldner mit einem freundlichen Wink zu verstehen, dass er mit seinen Ausführungen beginnen könne.

»Dieses Mal, verehrter Dr. Alfieri, kann ich den sichersten Beweis für den Täter liefern, den es gibt.«

Er schaute in die Augen des Staatsanwalts, der sie leicht zusammenkniff, aber ansonsten keine Regung zeigte.

»Ich komme gerade von Dr. Vianello. Er hat die DNA-Probe vom Tatort, die er unter den Fingernägeln des Opfers entnommen hat, mit der DNA-Probe verglichen, um die ich ihn gebeten habe. Die Probe ist identisch. Das heißt: Der von mir ins Auge gefasste Täter ist der richtige!«

Waldner machte eine Pause und prüfte, ob der Staatsanwalt jetzt wohl einen Anflug von Ungeduld zeigen würde. Doch der blickte unverwandt auf den Kommissar, beugte sich kurz vor, um einen Schluck Espresso zu trinken, und lehnte sich sodann wieder entspannt in seinen Ledersessel zurück.

»Wir werden den Täter nicht mehr verhören können. Er ist nämlich bereits tot.«

Wieder machte Waldner eine Pause, dieses Mal allerdings auch, weil er sich überlegen musste, wie er nun weiter argumentieren sollte. Von Doris Rautschers Recherche, die Einzelverbindungsnachweise betreffend, durfte der Staatsanwalt auf keinen Fall etwas erfahren.

»Nun«, fuhr er fort, nachdem auch er einen Schluck Espresso zu sich genommen hatte, »ich habe gestern Abend noch einmal alle bisherigen Spuren und Erkenntnisse zusammengefasst, neu sortiert und gewichtet. Mich hat ein Gedanke einfach nicht losgelassen: Seit einem Dreivierteljahr bin ich als Erster Kriminalhauptkommissar bei der Quästur tätig, und es gab kein einziges Gewaltverbrechen. Jetzt aber innerhalb von drei Tagen gleich zwei Morde.«

Der Kommissar glaubte in diesem Moment ein leichtes Nicken beim Staatsanwalt zu erkennen. Waldner griff zum Wasserglas, trank übertrieben genüsslich davon und fuhr fort:

»Welcher Schluss ist daraus zu ziehen? Ein erster Schluss ist: Die beiden Fälle haben etwas miteinander zu tun. Nun, wenn dem so ist, dann bedingt das zwei mögliche Folgeschlüsse. Folgeschluss 1 a ist: Beide Opfer sind vom selben Täter ermordet worden. Diese Möglichkeit habe ich von allen Seiten her beleuchtet. Beim besten Willen kann ich keine Gemeinsamkeiten bei den beiden Opfern erkennen, die auf denselben Täter rückschließen ließen.«

Wieder trat atemlose Stille zwischen den beiden Männern ein. Dr. Alfieri strich sich lediglich seinen gepflegten, nach oben gedrehten Schnurrbart und schaute jetzt ganz leicht an Waldners Augen vorbei auf dessen Stirn.

»Nun, bleibt also noch der Folgeschluss 1 b, der sich aus der Überlegung ergibt, die beiden Fälle müssten miteinander zusammenhängen.«

Das unmerkliche Nicken Dr. Alfieris war nun gänzlich verschwunden, stattdessen wechselte er die Sitzposition. Er beugte sich nach vorne und stützte die Arme auf seine Oberschenkel. Sein Blick war noch etwas weiter nach oben gewandert und hing jetzt an Waldners vollem Haar.

»Ja, also der Folgeschluss 1 b lautet: Das Opfer in Fall zwei ist zugleich der Täter in Fall eins.« Waldner schloss seine Ausführungen demonstativ ab, indem er sich jetzt seinerseits nach vorne beugte und seine Espressotasse austrank.

Stille, endlose Stille trat ein. Die beiden Männer mieden den Augenkontakt: Dr. Alfieri, weil er konzentriert nachdachte, und Waldner, weil er unsicher war, ob er bei seiner Darstellung nicht doch einen Fehler gemacht und das Misstrauen des Staatsanwalts geweckt hatte.

»Dr. Vianello bitte«, hörte er nach einer Weile Dr. Alfieri, der sich wieder hinter seinen Schreibtisch begeben hatte, in die Telefonanlage sprechen.

»Dottore, ich grüße Sie«, nahm Alfieri, selbst Dottore, das Gespräch mit dem Pathologen auf, »wie groß ist die Sicherheit der DNA-Übereinstimmung? Sie wissen schon: Die DNA des Josef Pircher und die, die sich aus den Haarresten unter den Fingernägeln der Dottoressa ergeben haben?«

Aus dem anderen Hörer war auch ohne eingeschaltete Lautsprechtaste Dr. Vianellos Stimme zu hören. Allerdings nicht deutlich genug, dass Waldner dessen Worte verstehen konnte. Das war aber auch nicht nötig: Der Staatsanwalt beendete das Gespräch mit Dr. Vianello. Dann murmelte er vor sich hin: »So gut wie 100 Prozent. So gut wie 100 Prozent. So gut wie 100 Prozent.«

Zu Waldner gewandt, sagte er jetzt laut und klar: »Glückwunsch, Commissario, wie Sie das sozusagen am Schreibtisch eruiert haben, ist nicht von schlechten Eltern. So ganz ohne irgendeine Hilfe, eine Überprüfung, einen Kontakt. Wirklich bewundernswert.«

Ironie, ist das Ironie?, fragte sich Waldner, ließ sich seine Verunsicherung aber nicht anmerken. Wie auch sollte der Staatsanwalt die kleine Recherche bei der Telefongesellschaft jemals herausfinden? Davon wusste nur Doris Rautscher, und die war ebenso verschwiegen wie ihre Gewährsleute.

»Aber, Commissario«, setzte Dr. Alfieri seine Überlegungen fort, »was für ein Motiv sollte denn der Herr Pircher für diesen Mord gehabt haben? Und wie ist er in die Praxis gekommen?«

Wieso »sollte«, sinnierte Waldner, zweifelt der Staatsanwalt etwa immer noch an der Täterschaft Pirchers? Ohne darauf einzugehen, richtete er eine Bitte an sein Gegenüber:

»Dr. Alfieri, auf diese Fragen habe ich noch keine Antwort, allenfalls ein paar Spekulationen. Aber mit der Täterschaft Pirchers haben wir einen seit über einer Woche gesuchten Puzzlestein gefunden, der nun die nächsten Schritte erleichtert.«

»Wirklich erleichtert, Commissario? Ich hoffe es, denn bedenken Sie einmal: Sie erzählen mir seit einer Woche, die Hauptspur führe nach China, in die Tibetbewegung, zum Schmuggel von Tibetica und so weiter. Was das mit dem Mord an Dr. Pacella zu tun hat, erschließt sich mir in keiner Weise. Wir haben, und ich betone, *wir* haben uns schon einmal zu früh auf eine Spur festgelegt. Ich darf Sie an die Haftbefehle gegen Vater und Sohn Mayr erinnern. Machen wir, *wir*, jetzt nicht wieder diesen Fehler? Ist das mit der chinesischen Spur nicht ein Holzweg, und die Motive für die Tötung Pirchers liegen ganz woanders? Bitte gehen Sie auch in diesem Mordfall alle bisherigen Spuren und Erkenntnisse noch einmal ebenso gründlich durch wie bei der Sache Dr. Pacella. Vielleicht finden Sie den Mörder ja auch durch bloßes Nachdenken am Schreibtisch!«

Der Staatsanwalt zwinkerte ihm jetzt zu und erhob sich von seinem Schreibtischstuhl. Auch Waldner sah sich veranlasst, aufzustehen und sich zu verabschieden.

»Eine Bitte noch, Dr. Alfieri, aber daran haben Sie sicherlich auch schon selbst gedacht. Kann das Wissen über die Täterschaft Pirchers unter uns dreien, also unter Dr. Vianello, Ihnen und mir bleiben? Wenn wir jetzt die Aufklärung des Falles an die Öffentlichkeit geben und wenn das morgen in der Zeitung steht, dann wird Pirchers Mörder gewarnt. Er wird sich denken können, dass es bis zu seiner Enttarnung nicht mehr lange dauert, und vielleicht die Flucht ergreifen.«

»Mörder, Commissario, Sie sprechen immer in der männlichen Form. Haben Sie also doch schon einen Verdacht? Oder kann es nicht eine Mörderin sein?«

»Nein, ich habe noch keinen Verdacht, natürlich kann es auch eine Täterin sein. Zum Beispiel die Exfrau von Pircher«, räumte Waldner ein.

»Und haben Sie auch kein Problem damit, dass, wenn morgen Pircher beerdigt wird, der Pfarrer ihn als guten

Menschen schildert und alle Verwandten um ihn aufrichtig trauern, obwohl wir wissen, dass er ein Mörder war? Dass wir das den Trauernden vorenthalten?«

»Sie haben recht«, gab Waldner zu, »aber auf der anderen Seite wird nirgends so viel gelogen wie bei Beerdigungen. Der Pfarrer würde vermutlich auch dann Gutes über Pircher sagen, wenn bekannt wäre, was er getan hat. Und außerdem wird niemand erfahren, seit wann wir den Täter kennen. Dann haben wir es eben morgen Mittag erst herausgefunden.«

Mit einem Stirnrunzeln drückte Dr. Alfieri Waldners Hand und begab sich hinter seinen Computer.

Waldner ging die Treppen im Gebäude der Staatsanwaltschaft hinunter. Dr. Alfieri konnte nicht ahnen, dass die Auswertung der Anrufer auf der privaten Nummer der Dottoressa Pacella noch weitere Rückschlüsse zuließ. Rückschlüsse, die sich nach Waldners Ansicht in vielen Teilen gut in das Schema einpassten, das er sich am gestrigen Abend auf der Terrasse neben dem Bienenhaus zusammengestellt hatte und das im günstigsten Falle auch auf die Spur des zweiten Mörders führen würde.

Fest stand, dass Josef Pircher am Abend vor dem Mord einen Anruf von Dr. Pacella erhalten hatte. Einen Anruf, in dem sie ihn aufgefordert haben musste, am nächsten Tag zu ihr in die Praxis zu kommen. Dieser Aufforderung hatte er Folge geleistet, mit tödlichen Konsequenzen für die Psychologin. Ein Mordmotiv würde sich sicherlich auch bald ergeben.

Der Kommissar bewegte sich in Richtung des Cafés in der Museumsstraße, in dem er sich vor einigen Tagen mit Claudia Corradini verabredet hatte. Er bestellte, aus einer Feierstimmung heraus, ein Stück Käsesahne und vertiefte sich in die Zeitung. Fast hätte er die Zeit nicht mehr wahrgenommen, so fesselte ihn der Sportteil. Nur noch die AS Roma in den Viertelfinals der Champions League, wahrlich kein Ruhmesblatt für den italienischen Fußball! Er hatte seine Umgebung völlig vergessen, so sehr war er in die Berichte und Tabellen des *Corriere dello Sport* vertieft.

Erst als ein angenehm herber Duft von Parfüm in seine Nase stieg und ein Schatten über seine Zeitung fiel, bemerkte er die Anwesenheit einer weiblichen Person. Langsam richtete er den Blick nach oben.

»Hallo, Commissario«, kam es fröhlich von dort, und ehe er es sich versah, saß Claudia Corradini neben ihm.

Ihre Zeitung habe auch einen guten Sportteil, fing sie unverfänglich an, steuerte aber dann zielstrebig auf die Frage nach neuen Erkenntnissen in den beiden Mordfällen zu.

Ich will sie nicht anlügen, nahm sich Waldner vor. Aber die Wahrheit kann ich ihr auch nicht sagen, wo ich gerade eben den Staatsanwalt um Vertraulichkeit gebeten habe. Und das aus guten Gründen! Einer Journalistin vertrauen, das ist einer der größten Fehler, die man machen kann. Journalisten leben davon, eine Nachricht als Erste zu bringen. Aber wenn ich ihr nicht die Wahrheit sage, kann ich dann nicht wahrhaftig bleiben?

»Claudia«, setzte er an und fing sich dafür ein strahlendes Lächeln ein.

»Claudia, wir haben wahrscheinlich einen der beiden Mordfälle gelöst. Aber aus ermittlungstaktischen Gründen darf ich niemandem etwas erzählen. Niemandem, okay?«

Er schaute sie fast ein wenig bettelnd an. Zu seiner Überraschung hakte sein Gegenüber nicht weiter nach, hatte nur eine Bitte:

»Commissario, ich schätze, morgen wird das öffentlich. Rufen Sie mich an, sobald das der Fall ist?«

Waldner versprach es ihr, dann unterhielten sie sich über Kinder. Denn auch Claudia Corradini konnte da mitreden: Sie hatte eine siebenjährige Tochter. Ob es dazu einen Vater gab und ob der mit Frau und Tochter zusammenlebte, das herauszufinden gelang dem Kommissar nicht, trotz, wie er glaubte, geschickter Fragen. Die Journalistin wich ihm immer wieder aus. Frauen zu verstehen ist schwieriger als Kriminalfälle zu lösen, ging es ihm durch den Kopf, als sie sich verabschiedet hatten.

12

Donnerstag, 27. März
Die Sonne hatte bereits eine für die Jahreszeit erstaunliche Wärme erreicht. Eine Menschentraube scharte sich um die Kirche von Prenn, die hoch über dem Passeiertal thronte. Es waren diejenigen, die keinen Platz mehr im Inneren gefunden hatten. Etwas abseits standen die beiden Kriminalbeamten Waldner und Runggaldier. Mit Hilfe ihrer Sonnenbrillen versuchten sie direkten Blickkontakt mit den Einheimischen zu vermeiden. Nur kein Aufsehen erregen! So wollten sie möglichst ganz unerkannt bleiben.

Um kurz vor 11.00 Uhr traf der Leichenwagen des Bozener Bestattungsunternehmens ein. Vier Mitarbeiter trugen den Sarg in die Kirche, wo sogleich der Priester seines Amtes waltete und reichlich Weihwasser auf das eichene Behältnis mit den sterblichen Überresten Josef Pirchers sprengte. Nur durch einen Spalt in der Menschenmenge konnten die beiden Kriminalbeamten den Ablauf der Totenmesse verfolgen. Die liturgischen Gesänge, die der Priester anstimmte, hallten ins Freie und über das ganze Tal hinweg, gerade so, als wollten die Prenner ihre aufgewühlten Herzen mit der Kraft der Tradition zur Ruhe bringen. Ein derartiges Aufsehen hatte noch nie einer der ihren erregt: Der schreckliche Tod des erst 64-jährigen Josef Pircher, der hier in Prenn seine Kindheit und Jugend verbracht hatte, war für alle unbegreiflich. Nicht nur dass er Opfer eines Gewaltverbrechens war, nein, noch zusätzlich war sein Leichnam geschändet worden in einer Weise, wie sie im Passeiertal seit Menschengedenken nicht vorgekommen war. Da wirkten die sanften Lieder zum Lobe der Mutter Gottes wie Balsam auf die verwundeten und aufgeschreckten Seelen, zumindest für den Augenblick.

Wenn die wüssten, sagte sich Waldner, dass ihr Pircher-Sepp ein Mörder war! Aber das wussten zu diesem Zeitpunkt nur drei Personen. Und vielleicht noch der Mörder Pirchers. Selbst seinen Kollegen Runggaldier hatte Waldner nicht eingeweiht. Er hatte es bei ein paar vagen Andeutungen während der Fahrt auf der serpentinenreichen Straße hinauf nach Prenn belassen.

Nach einer knappen Stunde öffnete sich die Menschentraube am Eingang der Kirche. Die vier Träger brachten den Sarg zum Grab auf dem engen Friedhof direkt an der Kirche.

Aufmerksam beobachteten Waldner und Runggaldier die Trauernden. Es überraschte sie, Elisabeth Pircher, die geschiedene Frau des Verstorbenen, mit den Tränen kämpfen zu sehen. Das entsprach gar nicht dem Bild, das Pozzi und Unterthurner vermittelt hatten. Hass sei da eher eine Untertreibung, was sie für ihren Exmann empfinde, erinnerte sich Waldner an einen Satz Unterthurners. War es die allgemeine Ohnmacht gegenüber dem Tod, war es die Erinnerung an ihre Liebe, die sie für Josef Pircher ja einmal empfunden haben musste? Vielleicht aber auch die große Anteilnahme des kleinen Bergdorfs und ihrer Bekannten und Freunde? Jedenfalls musste Elisabeth Pircher von einem etwa 30-jährigen Mann im Lodenmantel gestützt und getröstet werden – ohne Zweifel der Sohn aus München.

Elisabeth Pircher ist eine unserer Mordverdächtigen, ging es Waldner durch den Kopf. Sollte sie in der Lage sein, sich so zu verstellen und jetzt tiefe Trauer vorzutäuschen, während sie selbst aus Hass den Exmann grausam getötet hatte?

Der Priester hatte jetzt ein Kreuz über dem offenen Grab geschlagen und den Segen gesprochen, nachdem die Träger das, was an Josef Pircher sterblich war, in die letzte irdische Ruhestätte hinabgelassen hatten. Nach Abschluss der kirchlichen Zeremonie begaben sich die Trauergäste einzeln an das Grab. Die Enge auf dem Friedhof, das ständige Ausweichen und Aneinandervorbeidrängeln erinnerten an die Umrundung der Kaaba in Mekka durch die Muslime.

Die Kriminalbeamten waren bemüht, unauffällig zu beobachten, ob es irgendwelche besonderen Verhaltensweisen oder ihnen aus den Ermittlungen bekannte Personen am Grab gab.

Als ein älterer Herr mit Südtiroler Tracht einen Kranz niederlegte, auf dessen Schleife *Zum ehrenden Gedenken. Tourismusverein Schenna* stand, stieß Waldner Runggaldier an und flüsterte ihm ins Ohr: »Den sprech ich nachher an. Kümmer du dich um den Sohn und das Foto.«

Runggaldier nickte zustimmend.

Eine halbe Stunde später trafen sie sich an der Mittelstation der Seilbahn, die von Saltaus zur Hirzerhütte führt. Auf dem Parkplatz dort hatten sie ihr ziviles Auto abgestellt. Ein Teil der Trauernden begab sich in eine der Gaststätten im Ort zum Leichenschmaus, die anderen strömten zu ihren Autos, während über ihnen eine Kabine der Seilbahn voll neugierig auf den Ort blickender Touristen nach oben schwebte.

»Wahnsinn!« Mehr brachte Waldner fürs Erste nicht heraus. Seine Erregung war ihm unschwer anzumerken. Runggaldier hatte ihm soeben das Foto gereicht, das ihm der Sohn von Josef Pircher aus München mitgebracht hatte. Darauf zu sehen war eine Gruppe von neun Asiaten und sechs Europäern, in der Mitte mit einem etwas aufgesetzten Lächeln Josef Pircher. Bei den Europäern musste es sich um die Südtiroler handeln, von denen Peter Zinser auf der Munkelalm erzählt hatte. Jeden der Europäer musterte Waldner ganz genau.

Dann blieb sein Blick wie elektrisiert an einem Gesicht hängen, das er zwar erst einmal gesehen, das sich ihm aber tief eingeprägt hatte: Günther Puner.

Die Gedanken rasten durch seinen Kopf. Als Runggaldier wissen wollte, was los sei, bat er ihn mit einem Handzeichen um Stille und entfernte sich ein Stück, um ungestört nachdenken zu können. Der Abgesandte des Tourismusvereins in Schenna hatte ihm auf Nachfrage berichtet, man sei mit Josef Pircher in guten Gesprächen gewesen. Er habe für Schenna, den Ort mit den meisten Sommertouristen in Südtirol, eine Perspektive aufgezeigt, die helfen könne, die Tendenz zur Überalterung der Gäste zu durchbrechen und auch für die nachfolgenden Generationen den Tourismus als wesentliches Standbein der Wirtschaft des Ortes abzusichern. Mit seinen bereits zwei Mal vorgetragenen Konzepten, mittels asiatischer Meditationstechniken gestressten Europäern eine Möglichkeit zum Ausspannen zu verschaffen und gleichzeitig finanziell arrivierten Asiaten aus Megastädten Südtirol mit seiner

Ruhe, der sauberen Luft, der unverbauten Natur und dem jahrhundertealten Brauchtum als ausgezeichnete Destination anzubieten, habe er im Tourismusverein in Schenna großen Anklang gefunden. Ja, man sei sogar bereit gewesen, sich in die von Pircher angedachte landesweite Initiative pro Tibet einzubringen und Exiltibetern zumindest für eine gewisse Zeit eine Ersatzheimat zu bieten – seien doch für diese die Berge und ihre heiligen Bezüge eine wichtige Reminiszenz an die verlorene Heimat.

Schon bei diesen Ausführungen des Mannes vom Schennaer Tourismusverein war Waldner der Gedanke an Günther Puner gekommen. Als er den Namen schließlich nannte, schaute der Schennaer erst zu Boden, gab dann aber dem Kommissar fast flüsternd zu verstehen: »Der Puner-Günther war die letzten Tage wütend auf uns alle, und auch auf den Pircher-Sepp. Warum? Na, weil gerade die ersten asiatischen Gäste gekommen sind, eine Gruppe von sechs Personen. Die hätten viele Kontakte zu anderen Reisegruppen und würden berichten, wie es in Südtirol war. Dass wir die ausgerechnet bei der Thaler-Rosemarie eingebucht hätten, sei eine Dummheit sondergleichen, hat der Sepp getobt. Zum einen brauche er ja wohl nichts zur Rosemarie sagen. Und zum anderen habe er, der Puner-Günther, den Pircher-Sepp nach Schenna vermittelt und damit eine Art Erstanspruch auf die Gäste aus Asien. Aber, Herr Kommissar, ganz ehrlich: Die sechs Asiaten sind mit einem Leihwagen in Schenna rumgefahren und haben ganz von sich aus das Quartier bei der Thaler-Rosemarie ausgewählt. Wir hatten darauf keinen Einfluss. Abgesehen davon: Wo kämen wir hin, wenn wir den Puner-Günther einfach so bevorzugen würden?«

Waldner hatte den guten Mann daraufhin beruhigt, er könne sein Verhalten gut nachvollziehen, und war dann zum vereinbarten Treffpunkt an der Mittelstation gegangen. Das Foto, das ihm Runggaldier gab, bestätigte nun das, was sich aus dem Gespräch mit dem Mann vom Tourismusverein ergeben hatte. Aber es eröffnete auch neue Perspektiven, was die Beziehung zwischen Puner und Pircher betraf. Die beiden waren also gemeinsam an den Asiaten dran gewesen und hatten sie schon im letzten Herbst durch Südtirol geführt!

»Wahnsinn!«, stieß er jetzt nochmals hervor, als er Runggaldier herangewunken hatte und sie beide das Auto bestiegen. Auch bei der Fahrt ins Tal und zurück nach Bozen bat er seinen Kollegen um Ruhe, weil er weiter nachdenken müsse.

Keine Frage, bestätigte er sich selbst, dass Puner etwas mit dem Mord an Josef Pircher zu tun hat, ist mehr als wahrscheinlich. Aber ist er vielleicht selbst der Mörder? Das Erlebnis mit den beiden Mayrs, der Schock über die verfrühte und letztlich unangebrachte Festnahme der beiden, saß tief bei Waldner. Nicht noch einmal wollte er so übereilt handeln und einen Verdächtigen zum Täter erklären. Hatte denn Günther Puner ein Mordmotiv? Dass die ersten asiatischen Gäste, die auf Pirchers Betreiben nach Schenna gekommen waren, nicht in seinen Ferienwohnungen, sondern bei Rosemarie Thaler untergebracht waren, so wie es der Herr vom Tourismusverein erzählt hatte, war nur ein Motiv für eine kurze Verärgerung, aber nicht für einen Mord, schon gar nicht für einen so brutalen. Schon stärker wog das Argument, Puner habe Pircher umgebracht, weil dieser wiederum die für Marie Puner so entscheidende Psychologin getötet hatte. Aber das setzte voraus, dass Puner von Pirchers Tat wusste. Und wenn das zuträfe, warum dann diese bestialische Art der Schändung der Leiche?

»Bleib einmal stehen«, kam es schwach vom Beifahrersitz. Kaum hatte Waldner abgebremst, riss Runggaldier die Tür auf und stürzte an die Leitplanke. Würgegeräusche waren zu hören, er musste sich übergeben. Die Serpentinen waren ihm auf den Magen geschlagen, auch weil Waldner so tief in Gedanken war, dass er abwechselnd mit Tempoverschleppungen und unkontrolliertem Gasgeben und Bremsen den Berg hinuntergefahren war, sodass der Fahrstil selbst einem Südtiroler, der Bergstraßen gewohnt war, auf den Magen schlagen musste.

»Sorry«, gab der zurückgekehrte und erblasste Runggaldier von sich.

Waldner nahm die Schuld auf sein Konto und fuhr die letzten Schleifen bis hinunter ins Tal konzentrierter. Auf der Fahrt über Meran nach Bozen weihte er Runggaldier in die bisherigen Erkenntnisse ein, auch dass Pircher der Mörder von Dr. Pacella war. Umso mehr war Runggaldier überrascht, als sie in Bozen in der Armando-Diaz-Straße am Haus Nummer 47 hielten. Zielstrebig ging Waldner auf die Haustür zu und drückte den Knopf mit dem blassen Schriftzug »E. Mayr«.

Wieder das gleiche Spiel. Niemand meldete sich bis zum dritten Klingeln. Dann wieder das Warten, bis der Türöffner bedient wurde. Oben ein finster blickender Eduard Mayr.

»Herr Mayr, wir haben nur eine einzige Frage, die wir vorgestern vergessen haben.«

»Dann können wir das auch hier erledigen.« Der Chef der Zeugen Jehovas machte keinerlei Anstalten, sie einzulassen.

»Na gut, wenn Sie meinen«, gab Waldner bei und verzichtete darauf, Mayr mit einer Vorladung auf die Quästur zu drohen. Viel zu wichtig war ihm jetzt das zielstrebige Abarbeiten der nächsten Schritte. Er verspürte, wie ihn eine Erfolgssträhne beflügelte. Da war ihm alles kleinliche Getue zuwider.

»Als Sie die Praxis von Dr. Pacella unbefugt betreten haben, am Freitag, dem 14. März gegen 14.00 Uhr, haben Sie da jemanden im Treppenhaus gesehen? Oder an der Eingangstür zum Haus in der Sernesistraße 12?«

Mayr blickte an den beiden Kriminalbeamten vorbei ins Leere. Nicht einmal nachzudenken schien er. Doch Waldner ließ sich nicht provozieren und hielt die eintretende Stille aus. Erst nach einer langen Minute schob er nach: »Es ist für uns sehr wichtig, dass Sie uns das klar und deutlich beantworten.«

Er griff in seine Sakkotasche und holte das Bild mit Josef Pircher, Günther Puner und den Asiaten hervor.

»Erkennen Sie darauf jemanden, den Sie vielleicht gesehen haben?«

Er hielt Mayr das Foto hin, der immerhin einen Blick darauf warf.

»Was soll das?«, herrschte er Waldner an, »natürlich erkenne ich da jemanden.«

»Darf ich Sie bitten, mir zu sagen, wen?« Waldner hatte alle ihm zu Gebote stehende Freundlichkeit in diesen Satz gelegt. Doch Mayr blieb unversöhnlich schroff und schwieg wieder.

»Hören Sie, Herr Mayr«, hob Waldner wieder ruhig an, »wir stehen kurz vor dem Ziel unserer Ermittlungen in gleich zwei Mordfällen. Wenn Sie sich jetzt kooperativ zeigen, dann haben Sie gute Chancen«, jetzt verlangsamte er seine Rede, »gute Chancen, morgen doch noch nach New York zu Ihrer Zentrale zu reisen.«

Kurz zuckten Mayrs Gesichtsmuskeln, dann zeigte er mit dem Finger auf ein Gesicht auf dem Foto: »Der da, der war im Treppenhaus und ist in die Praxis, als wir sie gerade verlassen hatten und die Tür zuziehen wollten. Wir dachten, das sei ein Patient oder ein Mitarbeiter. So, und jetzt lassen Sie mich in Ruhe. Wenn ich bis morgen, 12.00 Uhr, nichts mehr von Ihnen höre, fahre ich nach München zum Flughafen, von wo aus mein Flugzeug nach New York geht.«

Mit Nachdruck knallte er die Tür vor ihren Augen zu. Waldner war das egal, er hatte die Information, die er für sein Puzzle brauchte. Er drehte sich zum Gehen um, überlegte es sich dann anders, ballte die Faust und klopfte energisch gegen die Tür, bis Mayr, jetzt mit Mörderblick, öffnete.

»Noch was, Herr Mayr. Ich habe mir überlegt, ob ich mich bei Ihnen vielleicht entschuldige. Wegen der Festnahme und des etwas rauen Tons, den ich Ihnen bisweilen entgegengebracht habe. Ich werde das machen, wenn Sie etwas anderes tun: Wenn Sie nämlich Julia Dorfmeister für alle Zeit in Ruhe lassen und wenn Sie ihre Eltern nicht gegen sie aufstacheln.«

Wortlos ließ der Angesprochene die Tür wieder ins Schloss fallen, mit der gleichen Wucht wie kurz zuvor.

Vom Auto aus rief Waldner bei der Spurensicherung an und bat zu überprüfen, ob Josef Pirchers Fingerabdrücke am Ordner in Dr. Pacellas Praxis zu finden seien, der die Gesprächsprotokolle enthielt. Die Kollegen versprachen ihm eine schnellstmögliche Rückmeldung.

»Hey, Flo, bist wie unter Strom«, rief Runggaldier dem Kollegen zu, als sie wieder auf der Straße angelangt waren.

»Ja, stimmt«, pflichtete Waldner bei, »das sind die entscheidenden Stunden zur Lösung der beiden Mordfälle. Wir dürfen jetzt keine Fehler machen. Komm, ich muss zum Staatsanwalt. Bleib du bitte im Wagen und warte auf den Anruf der Kollegen von der Spurensicherung.«

Der eigentliche Grund, warum Waldner Runggaldier nicht bei Dr. Alfieri dabeihaben wollte, war die ausgehandelte Diskretion, den Täter Josef Pircher betreffend. Er hatte weder Zeit noch Lust, dem Staatsanwalt umständlich zu erklären, warum er Runggaldier die neue Erkenntnis nicht länger vorenthalten hatte. Ohnehin war es kompliziert genug, all die neuen Ermittlungsergebnisse der letzten Stunden so zusammenzufassen, dass sie für Dr. Alfieri ein stimmiges Bild ergaben.

Doch Waldner stand wirklich unter Strom, was ihn stark machte, auch im Argumentieren gegenüber dem Staatsanwalt. So erreichte er sein eigentliches Ziel: das umgehende Beschaffen eines Hausdurchsuchungsbefehls für Haus und Anwesen von Günther Puner. Ausdrücklich wollte er keinen Haftbefehl.

»Ich möchte nicht wieder voreilig einen Haftbefehl über Sie und den Richter der Vorerhebungen erwirken, Dr. Alfieri«, gab sich Waldner scheinbar einsichtig. Doch das war nur der eine Teil der Wahrheit: Ohne Haftbefehl konnte er selbst die Befragungen durchführen und musste sie nicht dem Staatsanwalt überlassen.

»Pass auf, Peter«, sprach er Runggaldier eindringlich an, »wir müssen uns jetzt trennen. Ich werde Sandra Zöggeler bitten, mit mir nach Schenna zu Günther Puner zu fahren. Dort werden wir mit den Kollegen von den Carabinieri gemeinsam eine Hausdurchsuchung durchführen. Dr. Alfieri wird dabei sein, wenn ich die Befragungen vornehme. Ich bitte dich, hier in Bozen zu bleiben und dich mit zwei Streifenpolizisten einsatzbereit zu halten. Kann sein, dass du nichts von mir hörst und auch nichts zu tun bekommst. Es kann aber auch anders kommen.«

Runggaldier nickte zustimmend. Sie waren am Giovanni-Palatucci-Platz angekommen und eilten die Treppe der Quästur hinauf.

Während Runggaldier Sandra Zöggeler mit den nötigsten Informationen versah, war es Waldner ein Bedürfnis, auf schnellem Wege ein kurzes Gespräch beim Quästor zu bekommen. Der Bürovorsteher, hilfsbereit und freundlich wie immer, ermöglichte ihm fünf Minuten zwischen zwei Terminen.

Im Zimmer des Quästors atmete Waldner tief durch. Sein Gegenüber spürte, dass der Kommissar in einer wichtigen Phase der Ermittlungen war. Er bot ihm zunächst ein Glas Wasser an.

Waldner hatte zu dem Quästor ein Vertrauensverhältnis entwickelt, das ihn ermutigt hatte, nach der Pleite bei der Verhaftung der Mayrs bei ihm Rat zu suchen. Auch jetzt verbarg er nichts vor ihm, gab durchaus seine Bedenken kund, die er wegen der Hausdurchsuchung bei Günther Puner hatte. Im Grunde war es ähnlich wie bei der Verhaftung Mayr: Wieder setzte er fast alles auf eine Karte. Nur dass dieses Mal die Karte besser abgesichert war.

»Ciao, Commissario Waldner, Sie machen das schon richtig«, gab der Quästor ihm mit auf den Weg. Genau diese Ermutigung hatte Waldner benötigt.

Auf dem Flur wartete Sandra Zöggeler auf ihn.

»Es geht los«, rief er ihr beschwingt zu, und sie stürmten die Treppe hinunter in den Innenhof der Quästur, um mit dem Alfa in Richtung Schenna loszubrausen.

Während der Fahrt meldete sich Runggaldier. Die Spurensicherung habe ergeben, dass die Fingerabdrücke Josef Pirchers auf dem Aktenordner mit den Protokollen zu finden waren, in dem sich auch das verschwundene Protokoll 184 befand. Aber es seien auch noch andere Fingerabdrücke auf dem Ordner.

Wieder verwandelte sich ein Teil Theorie in Gewissheit.

»Ach, Peter, noch eine Bitte, kannst du noch mal die Computerspezialisten bitten, in Josef Pirchers Maileingang zu gehen und zu schauen, ob er am Sonntag, dem 16., oder am Montag, dem 17. März 2008, irgendwelche Tibetica-Angebote bekommen hat. Damals haben sich Pozzi und Unterthurner das angeschaut. Wir konnten damals nicht wissen, dass die beiden Mordfälle miteinander zusammenhängen. Vielleicht ergibt sich jetzt ein neuer Bezug!«

»Geht in Ordnung, Flo!«

Im Kreisverkehr an der Auffahrt nach Schenna erwarteten sie mehrere Wagen der Carabinieri mit insgesamt zehn Polizisten, außerdem die beiden Mitarbeiter der Spurensicherung, die bei der Polizia di Stato in Meran tätig waren. Viele fragende Blicke der Anwohner verfolgten die Wagenkolonne, die mit hoher Geschwindigkeit durch Schenna und hinauf zum Anwesen Puner fuhr. Der völlig überrumpelte Günther Puner hatte nicht einmal die Möglichkeit, einen Einwand zu formulieren, so schnell begannen die Carabinieri die Hausdurchsuchung. Erst als er die entsprechende Anordnung durchgelesen hatte, stammelte er ein »Was soll das?«. Waldner ordnete anstatt einer Antwort nur barsch an, er solle gemeinsam mit seiner Mutter in die Küche gehen und dort bis auf Weiteres warten. Marie Puner sei, so erklärte die Mutter, noch im Hotel beim Arbeiten, würde aber in einer halben Stunde nach Hause kommen. Sandra Zöggeler bewachte Mutter und Sohn in der Küche. Waldner beobachtete die Durchsuchung der Wohnung und gab Hinweise, was eventuell zu finden sein könnte. Seine Nervosität wuchs von Minute zu Minute, erst recht, als jetzt auch Dr. Alfieri eingetroffen war und im Wohnzimmer ohne rechte Aufgabe auf einem Stuhl saß und wartete.

Ich muss Beweismittel finden, hämmerte es in Waldners Kopf, ich muss, ich muss, ich muss.

Aus einem Fenster des obersten Stockwerks sah er nach einer guten halben Stunde, wie eine etwas korpulente blonde Frau in Tiroler Tracht den Hang heraufkam. Erst ging sie auf das Haus zu, dann sah sie die vielen Polizeiautos und schwenkte in Richtung Stall ab. Ein Carabiniere hielt sie davon ab und schickte sie in Richtung Wohnhaus.

Das ist Marie Puner, sagte sich Waldner. Marie Puner, in den Stall wollte sie. Was hatte Günther Puner von seiner Schwester erzählt? Ganz leise nahm er die Worte von damals wieder mit seinem inneren Gehör wahr:

»Wenn eine Kuh gekälbert hat, da hat sie das Neugeborene oft gestreichelt, als ob sie es selbst geboren hätte, und hat ihm Zärtlichkeiten ins Ohr geflüstert.«

Waldner stürmte die Treppe hinunter, in den Stall. Neugierig blickten einige Rinder zu ihm auf, um sich dann wieder in ihr Schmatzen und Kauen zu vertiefen. Am Ende des Stalls war ein Geviert aus Holz, in dem fünf Kälber untergebracht waren.

Waldner sah sich um. Irgendwo musste es doch ein Verzeichnis geben, in welchem Tag und Ort der Geburt, tierärztliche Untersuchungen und so weiter notiert waren! Da, in einer dunklen Ecke des Stalls entdeckte er ein unscheinbares Stehpult. Man konnte die Schreibplatte hochklappen und gelangte so an den Inhalt des Pultes. Keine leichte Aufgabe, lagen doch auf dem Pult allerlei Ketten, Schläuche und anderes Gerät. Als er endlich die Platte angehoben hatte, entdeckte er zunächst ein in graues Leinen gebundenes Buch. Es enthielt, mit Handschrift eingetragen, die Angaben zu allen Kälbern und Rindern, die in den letzten fünf Jahren in diesem Stall geboren, die gekauft oder die zum Schlachten abtransportiert worden waren. Unter dem Buch befand sich ein Boden, der durch eine Öffnung am oberen Rand anzuheben war. Erst verkantete sich der Boden. Doch was er dann freigab, brachte Waldners Puls zum Rasen.

»Sandra, kannst du mir bitte einen der Spurensicherer schicken«, bat er über Handy seine Kollegin. Kurz darauf kam einer der Männer von der Meraner Dienststelle mit seinem Koffer und sicherte die Fingerabdrücke an allem, was sich unter dem Pultboden befand. Insgesamt vier Gegenstände waren es, die Waldner ausführlich untersuchte und durchforstete, bevor er sie in einer Tasche verstaute und mit ins Haus nahm. Er bat Dr. Alfieri um Nachsicht für das Warten, versicherte ihm aber zugleich, es habe sich gelohnt.

»Bitte, Familie Puner, kommen Sie ins Wohnzimmer«, rief Waldner in die Küche. Als alle im Wohnzimmer saßen, die Familie nebeneinander in der Polstergarnitur, der Staatsanwalt unauffällig im Hintergrund – Sandra Zöggeler stand neben ihm –, sah Waldner als Erstes Günther Puner in die Augen, der seinen Blick sofort senkte und nervös mit den Händen spielte. Marie Puner sah stumm auf die Bleikristallvase, die ohne Inhalt in der Mitte des Tisches stand. Die alte Punerin schüttelte unablässig den Kopf und brabbelte still etwas in sich hinein. Waldner legte die Tasche, die ihm der Kollege von der Spurensicherung gegeben hatte, zwischen seine Füße, räusperte sich und fing dann konzentriert zu reden an:

»Herr Puner, es ist die Zeit gekommen, dass wir unser Gespräch vom letzten Mal fortsetzen.«

»Wo isch eigentlich Ihre Kollegin von damals, diese französische Sängerin?«, ging schon nach wenigen Augenblicken die alte Punerin dazwischen. Waldner schoss das Blut in den Kopf, obwohl keiner der Anwesenden den Einwurf der Bäuerin deuten konnte.

»Das tut nichts zur Sache. Bitte unterbrechen Sie mich jetzt nicht mehr«, bügelte er den Einwurf ab. Dr. Alfieri runzelte wieder einmal die Stirn, doch Waldner fuhr unbeeindruckt fort:

»Damals, Herr Puner, haben Sie uns erzählt, was es mit Ihrer Schwester und mit den Teufelsaustreibungen für eine Bewandtnis hatte. Wörtlich haben Sie gesagt, der Tod der

Frau Dr. Pacella sei für Ihre Familie eine Tragödie. Gemeint war natürlich in erster Linie Ihre Schwester Marie.«

Waldner warf Marie einen Blick zu, die aber starrte weiter teilnahmslos auf die Bleikristallvase.

»Damals, Herr Puner, haben Sie uns auch etwas von einem Durchbruch erzählt, den Frau Dr. Pacella erzielt habe. Ein Durchbruch im Hinblick auf die Blockade Ihrer Schwester. Bis dahin entspricht alles der Wahrheit.«

Günther Puner hob kurz den Kopf. Aus seinen Augen leuchtete ein Funken Hoffnung, der jedoch bei den weiteren Ausführungen des Kommissars sofort zerstob.

»Jetzt beginnen aber die falschen und die unterlassenen Aussagen von Ihnen, Herr Puner«, fuhr Waldner mit großer Bestimmtheit fort. »Sie haben uns die Telefonate geschildert, die Sie am Tag vor der Ermordung und am Tattag selbst mit der Dottoressa geführt haben. Verschwiegen haben Sie aber ein Telefonat am Donnerstagabend, das sie von ihrem privaten Anschluss aus mit Ihnen geführt hat. Es muss sich bis Mitternacht hingezogen haben. Außerdem haben Sie über den Inhalt des Gesprächs am Freitagmittag nicht die Wahrheit gesagt.«

Jetzt hörte Waldner ein raschelndes Geräusch aus Dr. Alfieris Richtung und ergänzte daher beflissen: »Das können wir Ihnen noch nicht beweisen, aber es gibt viele Indizien dafür.«

Dem Kommissar war klar, dass er jetzt die ersten Beweise vorlegen musste, weil er sich sonst, aus Sicht des Staatsanwalts, zu sehr im Spekulieren verlieren würde. Dr. Alfieri wusste ja nichts von den Einzelverbindungsnachweisen, wie sie sich Waldner auf inoffizielle Weise besorgt hatte.

Der Kommissar griff in seine Tasche und brachte als Erstes einen grünen Terminkalender zum Vorschein. Er fragte Puner, ob er diesen Kalender kenne, was dieser nur mit Schweigen beantwortete.

»Natürlich kennen Sie diesen Kalender, Herr Puner! Das ist der Terminkalender von Frau Dr. Pacella. Dieser Terminkalender enthält für den Tag vor der Ermordung und für den Tattag selbst wichtige Angaben. Am wichtigsten ist zunächst der Vermerk am Freitag, um 13.00 Uhr. Dort steht der Name Pircher.«

Waldner hatte den Namen laut und scharf ausgesprochen und dabei bemerkt, wie Marie und ihr Bruder gleichermaßen zusammengezuckt waren.

»Pircher, ja, Josef Pircher, der war für Freitag um 13.00 Uhr von der Dottoressa höchstpersönlich in die Praxis bestellt worden. Was sie von ihm wollte, dazu kommen wir später. Fakt ist jedenfalls, dass sie diesen Josef Pircher unterschätzt hat. Sie hat nicht damit gerechnet, dass er sie umbringen würde. Oder hat sie Sie, Herr Puner, um Hilfe gebeten bei diesem Gespräch, weil sie eine Gewalttat befürchtete? War das der Inhalt des Gesprächs am Freitagmittag gegen 12.30 Uhr, das sie mit Ihnen geführt hat? Sie haben behauptet, in dem Gespräch sei es um eine Terminverschiebung für die kommende Woche gegangen. Das glaube ich Ihnen nicht! Aber lassen wir das mal beiseite. Sind Sie nach diesem Telefonat durch etwas aufgehalten worden und deswegen zu spät gekommen, um bei ihr zu sein, wenn Pircher zu ihr kommt? Oder haben Sie die Dottoressa mit Absicht mit ihrem Mörder allein gelassen?«

»Nein«, schrie jetzt Günther Puner auf, »nein, nein, nein. Sie hat mich angerufen und mir gesagt, sie wolle sich mit ihm nur unterhalten und ihn zu einer Art Entschuldigung bewegen.«

Jetzt wussten nur Günther Puner und Waldner, welche Entschuldigung in diesem Zusammenhang gemeint war. Der Kommissar sah die Notwendigkeit, das Gespräch in eine Bahn zu lenken, die für alle nachvollziehbar war.

»Lassen Sie mich noch einmal ganz anders beginnen«, nahm er einen neuen Anlauf, »ich habe hier ein Foto.«

Er zeigte Puner das Foto mit den Asiaten, gab es aber nicht aus der Hand.

»Sie, Herr Puner, sind auf diesem Foto gemeinsam mit Josef Pircher zu sehen. Sie kannten Josef Pircher unter anderem auch, weil er im Tourismusverein in Schenna Vorträge hielt. Sie sind Mitglied in diesem Verein. Damals hat er Sie für seine touristischen Pläne begeistert. Ja, Sie haben sogar im Herbst letzten Jahres und erst vor einigen Tagen wieder eine Gruppe von Asiaten mit ihm gemeinsam begleitet. Das Foto ist bei der Tour im letzten Herbst entstanden.«

Waldner hielt inne und fixierte Puner so lange, bis es aus diesem herausbrach:

»Ja und, ist das strafbar, wenn man sich für seine Heimat engagiert? Wir haben keine festen Beamtengehälter wie die Herren von der Polizei. Wir müssen uns immer was Neues einfallen lassen, damit die Gäste weiterhin nach Südtirol kommen.«

Die wütenden Worte Puners erwiderte Waldner emotionslos:

»Natürlich ist das nicht strafbar. Aber ich habe den Verdacht, es gab heftige Kontroversen zwischen Ihnen und Pircher über die Zukunft dieser Projekte.«

»Gab es nicht«, fiel Puner ein und nahm nicht wahr, dass der Kommissar ihn bewusst provoziert hatte, um ihn zu den Aussagen zu bringen, die er jetzt machte: »Das mit der Umrundung der Geislerspitzen, das habe ich ein wenig übertrieben gefunden. Die haben doch nicht die heiligen Bezüge wie der Kailash. Das hat beim ersten Hören gewirkt wie an den Haaren herbeigezogen. Doch der Pircher war davon überzeugt. Er ist ja selbst mit uns um die Geislerspitzen gewandert und hat die Tibeter gebeten, dass sie meditative Einheiten abhalten. Die waren da auch ganz vertieft. Einer hat mir gesagt, es sei egal, welche Religion welche Berge für sich beanspruche. Wenn die Christen Kreuze auf die Gipfel der Alpen brächten, dann sei das genauso in Ordnung, wie wenn die Hindus oder Buddhisten den Berg Kailash aus heiligem Respekt nur umrundeten und niemals bestiegen. Hauptsache, es komme zum Ausdruck, dass Berge etwas mit einer höheren Macht zu tun haben und dass wir an oder auf den Bergen dieser höheren Macht nahe sind. Spiritualität könne diese Nähe zu den Göttern oder zu dem einen Gott fördern. Genau das wollte Pircher in einem seiner Konzepte umsetzen, auch für die vielen Europäer, die die Beziehung zur Wurzel ihres Lebens verloren hätten und denen Spiritualität fremd sei, obwohl sie genau danach suchten.«

Der Kommissar hatte Puner mit Absicht nicht unterbrochen, auch wenn er sich Sorgen machte, ob Dr. Alfieri seine Gesprächsführung noch als zielführend ansah.

»Aber Kontroversen zwischen Ihnen und Pircher gab es trotzdem!«, behauptete Waldner jetzt erneut.

»Was wollen Sie denn?«, brauste Puner wieder auf. »Ich habe mich bloß über den Pircher aufgeregt, wie der abends auf der Alm viel Obstler gesoffen und mit der neuen Hütte seines Sohns geprahlt hat. Noch widerlicher hab ich das gefunden, wie er von den asiatischen Frauen geschwärmt hat, was er da alles so in Bangkok schon mit kleinen, zierlichen Asiatinnen…«

Günther Puner brach unvermittelt seine Rede ab, wie wenn er aus Trance erwachen würde und erst jetzt wahrnähme, wer alles am Tisch saß.

»Ja, das war in der Tat einer der großen Schwachpunkte Pirchers, den Sie gerade benannt haben«, bestätigte der Kommissar. »Aber lassen Sie mich fortfahren. Sie, Herr Puner, haben an dem Tag, an dem Frau Dr. Pacella ermordet wurde, gegen 14.00 Uhr die Praxis aufgesucht. Als Sie die Praxis betreten wollten, sind Ihnen zwei Männer entgegengekommen, die Sie vermutlich nicht kannten. Diese Männer kamen aus der Praxis, und Sie haben die zufallende Tür aufgehalten und sind in die Praxis hinein. Dort fanden Sie – die tote Dottoressa. Das ist alles mit Zeugen beweisbar. Sagen Sie mir: Woher waren Sie sich sicher, dass die beiden Männer nicht die Mörder der Dottoressa waren?«

Günther Puner schluckte schwer.

Aber da der Kommissar ihn völlig von dem Verdacht freisprach, die Dottoressa selbst getötet zu haben, antwortete er einsilbig:

»Weil die beiden Männer mir das noch zugerufen haben. ›Hilfe! Eine Tote‹, haben Sie mir entgegengezischt.«

»Ach«, staunte Waldner, »das haben Sie denen so einfach geglaubt? Wissen Sie, wer die beiden Männer waren? Das waren die Anführer der Zeugen Jehovas in Bozen, erbitterte Gegner der Dottoressa. Noch mal: Das haben Sie denen so einfach geglaubt? Sie haben sich doch im Ordner der Dottoressa die Protokolle der letzten Tage durchgelesen! Weil Sie ein ganz bestimmtes Protokoll gesucht haben, nämlich das zum Gespräch mit Ihrer Schwester am Tag zuvor. Aber das war schon weg. Ihre Fingerabdrücke sind aber auf dem Ordner, und wir können Ihnen beweisen, dass Sie geschnüffelt haben. Tun Sie nicht so, Herr Puner, Sie wissen doch ganz genau, was mit Julia Dorfmeister passiert war.«

Wieder pokerte Waldner. Das mit den Fingerabdrücken war theoretisch möglich, musste aber noch bewiesen werden. Dass Puner etwas über Julia Dorfmeister wusste, war eine noch gewagtere These. Aber, wie die nächsten Worte Puners zeigten, Waldner lag richtig:

»Ja, mit dieser Julia, das habe ich überflogen. Aber nur, weil ich das Protokoll vom letzten Gespräch der Psychologin mit meiner Schwester in der Tat haben wollte. Da sie tot war, wäre uns das zugestanden. Aber das Protokoll war weg.«

Waldner griff wieder in seine Tüte und hielt einige Blätter in die Höhe:

»Hier ist das Protokoll 184, von Ihnen selbst im Stehpult im Stall versteckt. Bevor wir klären, wie Sie an das Protokoll gekommen sind, bitte ich Ihre Mutter und Ihre Schwester, im eigenen Interesse, das Zimmer zu verlassen.«

Waldner nickte Sandra Zöggeler zu, die mit den beiden Frauen nach draußen ging. Zugleich flüsterte er ihr zu, sie möge veranlassen, dass die Carabinieri die Hausdurchsuchung abbrechen und alle Fluchtwege verstellen sollten. Als er Günther Puner ansah, bemerkte er, wie diesem alle Farbe aus dem Gesicht gewichen war. Dr. Alfieri saß nach wie vor so gut wie regungslos in der Ecke.

»So, also, jetzt zu diesem Protokoll 184«, setzte Waldner das Gespräch fort, »da im Raum auch der Herr Staatsanwalt ist, referiere ich die wichtigsten Inhalte. Denn im Unterschied zu uns beiden, Herr Puner, kennt Dr. Alfieri den Inhalt noch nicht. Also, das Protokoll beschreibt das, was Frau Dr. Pacella als Durchbruch in den therapeutischen Gesprächen mit Marie Puner bezeichnet hat. Die jahrzehntelange Blockade Ihrer Schwester hängt mit einem Erlebnis zusammen, das ihr im Alter von zehn Jahren widerfahren ist. Damals war Marie wie jedes Jahr in den Sommerferien bei ihren Großeltern auf deren Hof in Saltaus. Eines Tages sprach sie beim Spielen im Freien ein junger Mann an, der beim Brandnerbauern half, die Ernte auf den Hochalmen einzufahren. Der Bursche war damals 20 Jahre alt. Marie, ein liebevolles Kind mit einem natürlichen Vertrauen, ließ sich von dem Burschen überreden, an einem Nachmittag eine Bergwanderung zu machen. Der Bursche war den Großeltern bekannt und machte ihnen vor, er werde das Mädchen mit auf die Stieralm nehmen, wo auch noch andere Kinder seien und im Heu spielten. Er werde sie dann am späten Abend wieder nach Hause bringen. Sie sollten sich keine Sorgen machen, es könne spät werden, man habe eine Nachtwanderung mit Laternen vor. Der Bursche hatte aber das, was Dr. Pacella in ihrem Protokoll ›pädophile Sexualpräferenz‹ nennt. Er überredete Marie, mit ihm in einen Heustadel unterhalb der Stieralm zu steigen. Dort hat er das wehrlose Mädchen sexuell missbraucht. Die Einzelheiten sind im Protokoll detailliert verzeichnet. Das Mädchen hat sich anfangs gewehrt, doch war es der körperlichen Gewalt des Burschen nicht gewachsen. Aber die Pein sollte noch nicht zu

Ende sein. Als der Bursche Marie wieder ins Tal bringen wollte, nachdem er ihr zuvor gedroht hatte, sie umzubringen, wenn sie auch nur ein Wörtchen von dem Geschehenen weitersagte, kamen drei bedrohliche Männer in diese Hütte und schickten sich an, im unteren Teil zu übernachten. Marie hat Sterbensängste ausgestanden, erst recht, als in der Nacht einer der drei Männer aufstand und auf die beiden Schlafenden schoss. Der Schütze hat sich dann auf und davon gemacht. Anschließend ist der Bursche mit Marie vom Heuboden herabgestiegen. Als er dann ein Streichholz anzündete und Marie für einen Augenblick in ein Paar vor Schreck geöffnete Augen eines der Beschossenen sah und als sie bemerkte, wie dessen ganzes Gesicht von Blut beschmiert und auch das Hemd rot durchtränkt war, da hat ihr das den zweiten Schock an diesem Abend versetzt. Nie wieder hat sie sich davon erholt. Erst als sie mit Dr. Pacella therapeutische Gespräche führte. Die Psychologin schaffte tatsächlich den Durchbruch. Doch am nächsten Tag sollte sie tot sein. Bleibt noch, den Namen des Burschen zu nennen.«

Waldner zögerte einen Augenblick und sah Dr. Alfieri an. Dann sprach er es ganz sachlich aus:

»Josef Pircher, geboren 1944 in Prenn im Passeier, aufgewachsen und wohnhaft dort bis zu seinem 21. Lebensjahr. Prenn über Saltaus.«

Waldner drehte den Kopf in Richtung Dr. Alfieri und sprach jetzt mehr zu ihm als zu Puner:

»Die Ereignisse auf der Hütte über Saltaus im Jahre 1964 sind allen älteren Südtirolern ins Gedächtnis eingebrannt, ich glaube, das kann man doch so sagen? Der Kerbler-Christian aus Hall in Nordtirol hat sich vom italienischen Geheimdienst anheuern lassen und sich gegenüber zwei Aktivisten für die Autonomie Südtirols als Mitstreiter ausgegeben. Das waren der Amplatz-Luis und der Klotz-Georg. Die italienische Regierung hatte offenbar Hinweise auf eine Radikalisierung. Amplatz und Klotz, das waren für sie die Rädelsführer geplanter Anschläge, die nicht mehr nur Strommasten, sondern auch Menschenleben zum Ziel hatten. Um das zu verhindern, sollte der Kerbler Klotz und Amplatz umbringen. Aber er hat nur halbe Arbeit geleistet: Den Klotz-Georg hat er zwar mit zwei Kugeln getroffen, doch vielleicht hat der sich tot gestellt. Jedenfalls hat er gewartet, bis der Kerbler weg war, und sich dann durch den Wald am Naserhof vorbei Richtung Jaufenpass und Nordtirol geschleppt. Ein Arzt, so erzählen die Einheimischen im Passeiertal, hat ihn damals so behandelt, dass er den Weg irgendwie geschafft hat. In Ruetztal in Österreich hat er dann bis zu seinem Tod 1976 zurückgezogen als Holzfäller gelebt.«

Stumm nickte der Staatsanwalt und betrachtete nachdenklich seine Fingernägel. Der Kommissar seufzte leicht, drehte sich dann wieder Günther Puner zu, der sich nervös auf die Lippen biss. Waldner wartete eine Weile, dann fixierte er ihn mit einem konzentrierten Blick und sprach zu ihm:

»Herr Puner, an jenem Donnerstag vor der Ermordung von Frau Dr. Pacella hat die Psychologin am Abend lange mit Ihnen telefoniert. Sie hat Sie aufgeklärt über alles, was das Durchbruchsgespräch mit ihrer Schwester ergeben hat. Als sie Ihnen den Namen Josef Pircher genannt hat, muss es für Sie, Herr Puner, ein schwerer Schlag gewesen sein: Jener Pircher, mit dem Sie seit Monaten über touristische Visionen gesprochen haben, über asiatische Meditationspraktiken und spirituelle Angebote, jener Pircher aber auch, der nach entsprechendem Alkoholgenuss von asiatischen Kindfrauen schwärmte, jener Pircher war der Zerstörer Ihrer Schwester. Ich kann mir die Gespräche mit der Dottoressa gut vorstellen: Während die Psychologin, wie die letzte Notiz im Protokoll mit der Nummer 184 beweist, Josef Pircher zu einem schriftlichen Schuldbekenntnis und im besten Falle zu einer Art freiwilligen Selbstbestrafung bringen wollte – das Sexualdelikt an Ihrer Schwester war schon lange verjährt –, waren Sie gleich auf Rache aus und wollten Pircher ermorden.«

Wieder eine Provokation Waldners, wieder sprang Puner an:

»Nein, falsch, ich wollte es dem Geschick der Dottoressa überlassen, Pircher zu einer Selbstbestrafung zu bringen. Als ich dann aber die Tote in ihrer Praxis sah und merkte, dass das Protokoll 184 mit den Aussagen meiner Schwester fehlte, war mir klar, dass eben nicht diese Zeugen Jehovas die Täter sein konnten, sondern dass nur Pircher in Frage kam.«

Waldner gab einen zustimmenden Laut von sich, dann holte er wieder etwas aus seiner Tüte:

»Hier, Herr Puner, habe ich einen Schlüsselbund. Ich werde Ihnen erklären, welche Schlüssel das sind. Der erste ist der Schlüssel von Josef Pirchers Auto. Ein Volvo. Mit diesem Auto ist Pircher am Montag nach der Ermordung der Psychologin, damit also an seinem eigenen Todestag, zu Ihnen nach Schenna gekommen. Wo der Volvo heute ist, wissen wir nicht, noch nicht. Ich vermute, Sie haben ihn, um Normalität vorzutäuschen, nach Bozen zurückgefahren und in der Nähe von Pirchers Geschäft abgestellt. Aber der Volvo ist nicht wichtig. Dagegen dieser Schlüssel hier«, er hielt ihn Puner entgegen, der aber nur kurz aufblickte, »dieser schon. Das ist nämlich der Schlüssel von der alten Rigaisalm im Villnösstal. Die ist Ihnen von den Touren mit Pircher bestens bekannt. Auch dass dort sein Sohn in diesen Tagen eine neue große Alm eröffnet, wissen Sie. Nun, diesen Schlüssel haben Sie gebraucht, als Sie Pirchers Kopf wegschaffen wollten. Sie haben sich die alte Rigaisalm ganz gezielt ausgesucht, um die Ermittler in die Irre zu führen, nicht ohne Erfolg. Mit der martialischen Tötungsweise, mit diesem Enthaupten wollten Sie uns auf die Fährte des alten tibetischen Königreichs Guge setzen und auch alle die Aktivitäten Pirchers ins Spiel bringen, die mit der Tibetfrage zusammenhängen. Fast wäre es Ihnen gelungen, dass wir eine Beteiligung des chinesischen Geheimdienstes für möglich gehalten und den Fall nach Rom abgegeben hätten. Aber eben nur fast. Sie haben einen entscheidenden Fehler gemacht.«

Waldner legte eine Pause ein. Puners Mund stand offen, seine Gesichtsmuskeln zuckten immer wieder.

»Warum sollte denn der Pircher zu mir nach Schenna gekommen sein? Das ist doch alles bloße Theorie!«, warf er Waldner entgegen, allerdings mit leicht brüchiger Stimme.

»Danke, dass Sie das ansprechen. Das ist nämlich genau der entscheidende Fehler, den Sie gemacht haben«, gab Waldner jetzt mit einem fast erfreuten Unterton zu verstehen: »Den grünen Terminkalender, das Protokoll 184 und den Schlüsselbund, das alles haben Sie bei Pircher im Auto gefunden. Aber nicht gefunden haben Sie dort dieses.«

Ein letztes Mal langte Waldner in die Tüte. Was er jetzt herauszog, war eine tibetische Maske. Erst hielt er sie Dr. Alfieri, dann Günther Puner entgegen:

»Diese Maske haben Sie am Palmsonntag auf Schloss Juval gestohlen. Am Palmsonntag eröffnet das Museum die Saison, und der Führer war aufgrund der Erkrankung eines Kollegen überfordert mit dem Ansturm. Ihnen war bekannt, dass Pircher in Fachkreisen als sehr bedeutsamer Tibetica-Händler und -Sammler galt. Nachdem für Sie klar war, dass Pircher nicht nur Ihre Schwester psychisch zerstört hatte, sondern auch der Dottoressa als ihrer Retterin das Leben genommen hatte, gab es für Sie nur noch eine Konsequenz: Pircher musste sterben!«

Laut schrie jetzt Puner dazwischen: »Ich habe den nicht umgebracht!« Er sprang auf, aber die hereinstürmenden Carabinieri hatten ihn schnell im Polizeigriff. Mit einem Wink gab Waldner zu verstehen, sie sollten ihn loslassen. Er forderte Puner auf, sich zu setzen.

»Das hat auch noch niemand behauptet«, fuhr der Kommissar fort. »Alles der Reihe nach. Sie haben Recht: Sie mussten schon ein triftiges Argument finden, um Pircher kurzfristig an einem Montagmittag nach Schenna zu locken. Einen Moment bitte.«

Waldner hatte eine Kurzmitteilung auf seinem Handy erhalten. Er las sie laut vor:

»Angebot einer tibetischen Maske mit Foto derselben an Josef Pircher am Sonntag, den 16. März, 20.45 Uhr von der Mail-Adresse guenther.punerschenna@gmx.it.« Das »Gruß, Peter« behielt er für sich. Wenn wir die beiden Fälle nicht getrennt behandelt hätten, wären wir schon früher auf diese Spur gestoßen, sagte er sich. Pozzi und Unterthurner hatten den Namen Günther Puner nie gehört, deswegen konnten sie bei ihrer Untersuchung der Mails von Pircher diesen Bezug nicht herstellen. Aber das war jetzt egal, er war kurz vor dem Ziel, nur noch *eine* große Hürde lag vor ihm.

»Also, Herr Puner, da brauchen wir jetzt nicht mehr zu diskutieren. Hervorheben aber möchte ich, warum Sie Josef Pircher unbedingt hier nach Schenna lenken wollten. Hier waren Sie ungestört. Die Geräusche im Stall, die die Rinder und, wenn gerade Stallzeit ist, auch die Melkmaschine erzeugen, dazu der relativ große Abstand zu den nächsten Häusern, das alles waren gute Voraussetzungen für einen Mord, den niemand bemerken durfte.«

Puner rutschte wieder äußerst unruhig hin und her, aber die Carabinieri standen einsatzbereit im Türbogen.

»Nun, der Mord ist im Kuhstall passiert. Unser Pathologe hat schon gleich die Würgemale erkannt. Nach der Ermordung ist die Leiche dann vermutlich mit einem Schubkarren in den Heustadel nebenan verfrachtet worden. Unsere Spezialisten werden dort heute noch die nötigen Spuren finden. Ich habe mir den Heustadel vorhin angeschaut. Dort stehen mehrere Äxte rum und Holzblöcke. Auf einem von diesen wurde Josef Pircher enthauptet. Warum Sie ihn enthauptet haben, wissen wir ja jetzt: um die Spur auf die Chinesen zu lenken, auf die kopflosen Leichen im Königreich Guge. So würden wir, das war Ihre Rechnung, den Mord als ein Warnsignal an alle Tibeter deuten, die ihre kulturellen Traditionen als Argument für einen Autonomiestatus ihres Landes nach Südtiroler Vorbild ins Feld führen. Fast genial, und wenn es nicht um ein Verbrechen ginge, wäre ich bereit, Ihnen für diese Idee zu gratulieren. Im Übrigen habe ich hinter dem Heustadel auch den Jeep entdeckt, mit dem Sie die Leiche Pirchers zur alten Rigaisalm beziehungsweise ins Grödnertal gebracht haben. Ein Dieselauto. Sie sind gesehen worden, auch dafür gibt's Zeugen. Im Jeep werden wir reichlich Spuren finden.«

Waldner lächelte versonnen, kehrte aber gleich wieder zum Ernst der Lage zurück:

»Tja, bleibt jetzt noch eine Frage, noch eine Hürde in unseren Ermittlungen: Wer hat Josef Pircher umgebracht?«

Aus der Ecke von Dr. Alfieri war ein pfiffähnliches Geräusch zu hören. Günther Puner starrte Waldner mit großen Augen an.

»Ja, was schauen Sie so, Herr Puner? Sie wissen doch genauso gut wie ich, dass Sie nicht der Mörder sind. Ich meine, eigentlich sind Sie es ja doch. Und die Gerichte werden entscheiden, ob Sie glimpflicher davonkommen als der, der die Tat ausgeführt hat. Anstiftung zum Mord wiegt manchmal schwerer als der Mord selbst, zumal wenn es sich bei dem Angestifteten um eine unreife Person handelt.«

Bei den letzten Worten hatte sich Dr. Alfieri erhoben. Er bat Waldner flüsternd um eine kurze Auszeit. Die Carabinieri bewachten Günther Puner, während Kommissar und Staatsanwalt ins Freie gingen.

»Commissario, wenn Sie die Schwester als Mörderin im Verdacht haben, sollten wir sie dann nicht dazuholen? Auch wegen der Bewachung. Wir wissen nicht, was sie gerade im Moment macht. Ich sehe da auch Suizidgefahr.«

Waldner beruhigte den Staatsanwalt. Erstens sei Sandra Zöggeler immer noch bei Marie Puner, und zweitens sei Marie Puner nicht die Mörderin von Josef Pircher.

»Nicht?« Alfieri war jetzt sichtlich erstaunt.

»Nein, Dottore, bitte gehen wir wieder rein, wir sind fast am Ziel. Das heißt, Moment, ich muss noch mal kurz telefonieren.«

Waldner drehte sich zur Seite und rief Runggaldier an, er möge mit der Streifenpolizei in die Vercellistraße fahren. Für das dort anstehende Verhör gab er seinem Kollegen einige Fragen mit und erläuterte ihm den Sachstand in Schenna.

Als der Kommissar und der Staatsanwalt wieder im Wohnzimmer saßen, konzentrierte sich Waldner von Neuem. Wieder durfte Dr. Alfieri nichts von den Einzelverbindungsnachweisen erfahren, die er sich über Doris Rautscher besorgt hatte. Er musste es also erneut mit einer Provokation versuchen. Da aber Günther Puner schwer angeschlagen war und jetzt etwas für ihn teilweise Entlastendes zu sagen war, ging der Kommissar direkt in die Vollen:

»Sie haben einen jungen Menschen zu einem Mord verleitet unter Vortäuschung falscher Tatsachen. Geben Sie es zu!«

»Ja«, stammelte Puner nach einer Weile, »ja, aber er hat ihn umgebracht, nicht ich. Er war es!«

»Das wird Ihnen, wie gesagt, nur wenig helfen. Aber wollen Sie die Geschichte vervollständigen, oder soll ich es tun? Ehrlich gesagt ist mein Mund schon trocken vom vielen Reden. Sagen Sie es, und ich korrigiere, wenn Sie was Falsches sagen.«

Puner wirkte jetzt vollkommen apathisch. Ohne Betonungen kam es aus seinem Mund: »Ja, ich habe den Burschen angerufen und habe ihm gesagt, dass dieses Monster komme. Das Monster, das die Frau umgebracht habe, die sowohl für seine Freundin als auch für meine Schwester so wichtig war. Daraufhin ist der Bursche gekommen. Ich habe ihm hier noch mal klar gemacht, dass dieser Pircher an allem Elend schuld sei, auch an dem seiner Freundin. Und dann hat dieser Junge den Pircher von hinten erwürgt, als ich mit ihm gesprochen habe.«

Waldner bat um Entschuldigung und ging erneut nach draußen. Das Telefonat mit Runggaldier dauerte nur kurz, dann kehrte er zurück.

»Sie haben gerade gelogen, Herr Puner. Sie haben den Burschen gerufen, weil Sie so ganz alleine mit Pircher Angst vor ihm hatten. Der ist immerhin ein durchtrainierter Bergsteiger. Was, wenn der Sie überwältigt hätte? Also wollten Sie auf jeden Fall einen Zweiten dabeihaben. Aber niemals hätten Sie es fertiggebracht, dass Sie den Freund der Julia Dorfmeister hierher locken und zum Mord verleiten, wenn es um Josef Pircher gegangen wäre. Den hat der ja gar nicht gekannt. Nein, Sie haben Gustav Kantioler gegenüber behauptet, Eduard Mayr, der Anführer der Zeugen Jehovas, habe den Mord an der Psychologin begangen. Wie ich soeben von meinen Kollegen in Bozen erfahren habe, hat die Dottoressa am Donnerstagabend lange mit Gustav Kantioler telefoniert.« Der Kommissar warf einen kurzen, nur leicht verunsicherten Blick zu Dr. Alfieri. »Er hat von ihr erfahren, er und seine Freundin hätten nur eine Möglichkeit, wenn sie vor der Sekte Ruhe haben wollten: nämlich wegzuziehen. Genau diese schwerwiegende Aussage der Dottoressa ist Ihnen bekannt geworden, als Sie ebenfalls am Donnerstagabend lange mit ihr telefoniert haben. Vielleicht haben Sie sie gefragt, warum so lange besetzt war, oder wie auch immer. Jedenfalls haben Sie daran angeknüpft, als Sie Gustav Kantioler überredet haben, nach Schenna zu kommen. Sie haben den Burschen belogen! Sie haben behauptet, Sie erwarteten den Besuch von Eduard Mayr, dem Anführer der Zeugen Jehovas und Mörder der Dottoressa. In Ihrem Kuhstall haben Sie ihm dann klargemacht, dass es noch eine andere Möglichkeit für ihn und seine Freundin gibt, endlich Ruhe vor der Sekte zu finden. Nämlich indem er, Gustav Kantioler, mit Ihnen gemeinsam Eduard Mayr aus dem Weg schafft. Nur dass der Ermordete dann gar nicht Eduard Mayr, sondern Josef Pircher war. Ein für Sie günstiger Umstand war es, dass Gustav Kantioler Eduard Mayr nie gesehen hatte. Ach, und noch was. Mein Kollege in Kantiolers Wohnung hat es mir gerade bestätigt: Von Ihrer Leichenschänderei hat der junge Mann nichts mitbekommen. Sie haben ihm gesagt, er solle sich nach der Tat nur schnell davonmachen. Die Entsorgung der Leiche, das sei Ihr Part.«

Dr. Alfieri verließ jetzt das Wohnzimmer, um, wie er Waldner mitteilte, beim Richter der Vorerhebungen die Haftbefehle für Günther Puner und Gustav Kantioler zu beantragen. Die Carabinieri forderte er auf, Günther Puner in Untersuchungshaft zu nehmen. Telefonisch bat er das auch, in Bezug auf Gustav Kantioler, Peter Runggaldier und die Streifenpolizisten in Bozen, die sich in der Vercellistraße zwei verzweifelten jungen Menschen gegenübersahen.

Waldner verabschiedete sich von den Carabinieri. Im Auto griff er als Erstes zum Telefon. Er hatte ein Versprechen einzulösen.

»Pronto?«, meldete sich warm eine weibliche Stimme.

13

Freitag, 28. März
MEISTERLICH!
Fast kamen Waldner am nächsten Morgen die Tränen, als er in seinem Dienstzimmer die Zeitung aufschlug. »CC« lobte im Artikel auf der Titelseite die vorzügliche Ermittlungsarbeit der Polizei, die auf mehreren Ebenen und über ganz Südtirol verteilt zielgerichtet und effektiv gearbeitet habe. Den Commissario Florian Waldner erwähnte sie nicht, darum hatte er sie ausdrücklich gebeten. Auch weil dann manche Kollegen zweideutige Fragen stellen könnten.

Waldner war es wichtig, allen Beteiligten zu danken. Auf seinem Weg zu den einzelnen Abteilungen und Personen begegnete ihm der Quästor. Ein verschmitztes Lächeln huschte über dessen Gesicht: »Na, zufrieden, Commissario?«

»Ja«, atmete Waldner erleichtert auf, »und ich möchte Ihnen danken. Es war gut, Sie in den kritischen Situationen hinter mir zu wissen.«

Der Quästor machte eine abwehrende Handbewegung. »Aber nein, Commissario, die Arbeit haben Sie geleistet. Heute Früh hat mich Dr. Alfieri angerufen. Wissen Sie, was er gesagt hat? Ich könne stolz sein auf meine Kriminalabteilung. Und ganz besonders auf den Ersten Kriminalhauptkommissar Waldner. Das bin ich auch ganz bestimmt.«

So ehrgeizig Waldner sein konnte, eine solche Situation machte ihn verlegen, und er schaute etwas betreten. Der Quästor spürte das und wechselte die Tonlage:

»So, und jetzt habe ich eine Anordnung zu machen. Sie haben heute und das Wochenende komplett frei. Kümmern Sie sich um Ihren Sohn. Der hat die letzten Tage seinen Vater sicher kaum gesehen.«

»Ja, stimmt«, willigte Waldner ein und spürte das schlechtes Gewissen in sich aufsteigen.

Er ging weiter und klopfte an der Tür, wo sich die Leute von der Sonderkommission einquartiert hatten.

Pozzi, Unterthurner und Sandra Zöggeler waren gerade dabei, die Unterlagen abzuheften und ihre Sachen zu packen. Ein wenig Wehmut beschlich den Kommissar, die Zusammenarbeit mit den Kollegen war angenehm gewesen: Keine persönlichen Eitelkeiten hatte es gegeben, alle hatten nur den Erfolg der Ermittlungen im Auge gehabt und freuten sich jetzt gemeinsam über das Resultat ihrer Bemühungen.

»Unterbrecht bitte einmal eure Aufräumarbeiten«, meldete sich Waldner zu Wort, »wir gehen jetzt alle runter in die Cafeteria. Ich lade euch zu einem Espresso ein.«

Die Cafeteria der Quästur war der Ort, an dem Kollegialität jenseits rein dienstlicher Zusammenarbeit wuchs, ein zentraler Ort für zwischenmenschliche Beziehungen. Beim Hinuntergehen klopfte Waldner an der Tür von Peter Runggaldier und rief nur ein »Mitkommen!« hinein. Da standen sie nun an der Theke, die strahlend schöne Sandra Zöggeler, der erfahrene Karl Unterthurner, der schelmisch dreinblickende Gianluca Pozzi und der zuverlässige Peter Runggaldier.

»Leute!«, hob Waldner an, nachdem alle mit Espressi und Cappuccini versorgt waren. »Ich sag jetzt nur einen Satz: Danke, und ich bin stolz auf euch.«

Die Erleichterung über die Festnahmen war greifbar und steigerte sich noch, als ein Anruf von Dr. Alfieri kam. Der Staatsanwalt teilte mit, dass Günther Puner und Gustav Kantioler gestanden und Waldners Darstellung bestätigt hätten.

Die ausgelassene Stimmung kam zum Höhepunkt, als Pozzi plötzlich vorsichtig die Frage stellte, wo eigentlich Lorenzo Köstner sei.

»Flo, den musst du befreien«, riet Runggaldier und lachte gemeinsam mit den Kollegen herzlich.

»Ach Gott, stimmt, den ruf ich nachher gleich an. Ach übrigens, Peter, für dich habe ich auch noch was Schönes.«

Aus seiner Sakkotasche zog er eine Einladungskarte: »Ich kann da nicht hin, weil ich was anderes vorhabe. Aber du kannst dich doch dort jetzt ganz entspannt hinbegeben und das Buffet genießen.«

Peter Runggaldier nahm die Karte entgegen: Es war die Einladung zur feierlichen Eröffnung der neuen Rigaisalm, von Anton Pircher persönlich unterschrieben.

»Ja, gut, da geh ich echt gerne hin. Nur bei der Suppe werde ich mich zurückhalten.«

Wieder lachten sie, bis manche sogar Tränen in den Augen hatten. In ihrem schwierigen Beruf war es wichtig, solche fast traumatischen Erlebnisse wie das mit dem abgetrennten Kopf im Suppentopf mit Ironie und Witz zu verarbeiten.

Bevor sie in ihre Zimmer zurückgingen, galt es Abschied zu nehmen. Waldner umarmte Sandra Zöggeler herzlich, die anderen Kollegen klatschten sich untereinander jeweils mit High five ab.

In sein Büro zurückgekehrt, rief Waldner Lorenzo Köstner an.

»Du, Flo«, nahm Köstner ihm die Worte vorweg, »ich bin da heute Früh nicht mehr hin, nachdem ich in der Zeitung gelesen habe, wie das ausgegangen ist.«

Waldner verstand das als Kritik, weil er ihn gestern Abend nicht mehr informiert hatte, und entschuldigte sich. Doch Köstner war aus einem anderen Grund etwas gehemmt. Erst nach mehrfacher Nachfrage Waldners rückte er heraus, was ihn bewegte:

»Die Anna Teisendorfer, die ist jetzt bei mir zu Hause untergebracht. Die will bei dieser Truppe nicht mehr mitmachen. Und ich habe ihr gesagt, wer ich wirklich bin. Stell dir vor, sie hat mir das nicht übel genommen. Irgendwie ist sie froh, da wieder rauszukommen, auch wenn die beiden Mayrs mit dem Mord nichts zu tun haben. Weil ich Polizist bin, fühlt sie sich sicher.«

»Ist doch gut«, zeigte sich Waldner verständnisvoll. Doch Köstner hatte noch etwas auf dem Herzen:

»Also, du hast das schon verstanden, die wohnt jetzt bei mir, das heißt, es ist nicht nur eine soziale Tat von mir.«

»Hey, Lorenzo, du brauchst doch von mir keine Absolution für deine Beziehungen. Freu dich doch, das ist die Belohnung für die undankbare Aufgabe, die du übernommen hast.«

»Danke, Flo, und weißt du was? Anna hat heute schon Julia Dorfmeister angerufen. Wir wollen uns um sie kümmern und sie schützen. Die ist ja psychisch am Boden zerstört.«

Waldner dankte seinem Kollegen. Noch ein Anruf stand aus: »Bitte, ich hätte gerne Dr. Vianello gesprochen!« Nach wenigen Sekunden war der Pathologe am Telefon. Waldner hatte am Anfang der Ermittlungen das Gefühl gehabt, Vianello habe ihn auf die Probe stellen wollen. Er sah sich darin bestätigt, als Vianello jetzt sagte:

»Commissario, Hut ab, jetzt können wir ernsthaft nachdenken, ob wir in einigen Jahren ein Buch über unsere gemeinsamen Kriminalfälle herausgeben! Sie wissen schon!«

Aus den Worten Vianellos sprach Anerkennung. Darüber freute sich Waldner ganz besonders.

Nachdem er seinen Schreibtisch halbwegs aufgeräumt hatte, verabschiedete er sich schließlich auch von Doris Rautscher ins Wochenende, nicht ohne ihr aus ehrlichem Herzen zu sagen, dass sie seine wichtigste Mitarbeiterin sei und dass ohne ihre Kontakte und ohne ihre Fantasie die Fälle nicht so schnell hätten gelöst werden können.

Es war kurz vor 12.00 Uhr, noch einmal zog es ihn in die Cafeteria. Heute war ein besonderer Tag, und da ihm der Quästor höchstpersönlich freigegeben hatte, wollte er sich ein Glas St. Paulser Chardonnay gönnen.

Als er die Cafeteria betrat, ging ein Strahlen über sein Gesicht: »Luciano, du bist auch da? Das ist ja eine Freude.«

Luciano war ein Kollege in der Kriminalabteilung, zugleich eine Art väterlicher Freund, von dem er in den letzten Monaten viel gelernt hatte. Seit einigen Wochen war er im Ruhestand.

»Ich wollte mir einmal anschauen, wie die Stimmung bei euch heute ist«, erwiderte Luciano die Freude. »Und ich habe einen Signore aus Deutschland dabei, der sich für die Arbeit der Quästur interessiert. Der will vielleicht einen Südtirol-Krimi schreiben.«

Waldner und Lucianos Gast machten sich bekannt, und dann tranken die drei Männer jeder ein Glas Weißwein und tauschten sich aus. Um 12.30 Uhr musste Waldner dann los: Seine Mutter hatte an diesem Tag ihren 69. Geburtstag, und er hatte noch nicht einmal ein Geschenk besorgt.

Um 15.00 Uhr holte er, wie vereinbart, Martin in der Col-di-Lana-Straße 8 ab. Sie hatten ein gemeinsames Wochenende vor sich.

Bei Ruth Waldner war der Tisch festlich gedeckt, als Florian und Martin Waldner eintrafen. Käsesahne gab es, ihrer beider Lieblingskuchen. Martin überreichte der Großmutter sein Geschenk: eine selbst geschnitzte Obstschale.

Dann war sein Vater mit dem Geschenk dran. Er überreichte einen Umschlag.

»Papa, Gutscheine sind doch langweilig. Hast du dir keine Gedanken gemacht, was Oma freuen könnte?«

»Wart's erst einmal ab«, bremste der Vater den Sohn.

Ruth Waldner öffnete den Umschlag: Es waren Bahnfahrkarten. Drei Stück. Für eine Seniorin, einen Erwachsenen und ein neunjähriges Kind. Außerdem drei Übernachtungen für ein Wochenende und eine Stadtführung. Als Zielort stand Weimar in Deutschland auf den Fahrkarten und den Hotelgutscheinen.

»Ins Deutsche Bienenmuseum?«, fragte Ruth Waldner zaghaft.

»Ja, wir müssen das machen. Denk dran, du hast schon einmal Fahrkarten gehabt, die sind dann verfallen. Wir holen das jetzt nach. Und der Papa ist ja irgendwie auch mit dabei.«

14

Samstag, 29. März

Am nächsten Morgen brachen Martin und Florian Waldner in aller Herrgottsfrühe von Brixen aus auf. Am Abend zuvor war es nicht einfach gewesen, Martin zu überzeugen, dass der Sass Rigais erneut verschoben werden müsse. Erst als Florian Waldner in Aussicht stellte, er habe eine schöne Überraschung für seinen Sohn vorbereitet, ließ dieser sich überreden.

Sie fuhren durchs Eisacktal an Bozen vorbei Richtung Meran und von dort ins Passeiertal. In Serpentinen gelangten sie hinauf nach Prenn zur Mittelstation der Seilbahn, die zur Hirzerhütte führte.

Nachdem sie ihre Wanderstiefel geschnürt und ihre Rucksäcke geschultert hatten, gingen sie an der Prenner Kirche mit dem engen Friedhof vorbei und begannen den Aufstieg in Richtung Hirzerhütte.

Während der gut einstündigen Wanderung ging Florian Waldner vieles durch den Kopf. Er überquerte Almwiesen, auf denen jetzt noch große Schneeflecken lagen, die aber in einigen Wochen von den roten und rosa Blüten des Almrauschs in ein buntes Farbenmeer verwandelt würden. Almrausch, bei diesem Gedanken kam ihm der blutige Kopf vor sein inneres Auge, die weit aufgerissenen Augen, die ihn aus dem Suppentopf der alten Rigaisalm angestarrt hatten. Ein Anblick, den er nie vergessen würde!

Wie im Rausch hatte Günther Puner seinen Hass gegen Josef Pircher an dessen Leiche abreagiert. Auch den besoffenen und zornigen Almbachwirt sah er jetzt in seinen Erinnerungen wieder vor sich. Ob der noch lange gegen die übermächtige Konkurrenz der neuen Rigaisalm und vielleicht weiterer expandierender Almhütten bestehen könnte? Ob er seinen Hang zur Gewalt im Griff hätte, vor allem, wenn er getrunken hatte?

Ihm ging Marie Puner nicht aus dem Sinn, diese arme Frau, die von Josef Pircher gleich zwei Mal zerstört worden war: durch den Missbrauch als zehnjähriges Mädchen und jetzt wieder, indem er ihre Therapeutin getötet hatte. Sie hatte nicht *vor* einem Durchbruch gestanden, wie es ihr Bruder ihm gegenüber zunächst behauptet hatte. Sie hatte den Durchbruch bereits hinter sich, war dann aber tiefer zurückgefallen als je zuvor, auch weil ihr Bruder nun für sie verloren war. Vielleicht sollte er mit der Polizeipsychologin sprechen, ob es nicht doch noch einen Weg für Marie Puner geben könnte.

Auch Julia Dorfmeister machte ihm Sorgen. Welche Wunden würden diese seelischen Verwerfungen in so einem jungen Leben schlagen? Würde sie nicht für immer ein schweres Paket mit sich herumschleppen? Aber es gab Hoffnung: Anna Teisendorfer und Lorenzo Köstner, ein frisch verliebtes Paar, das seine Liebe nicht nur sich selbst leben, sondern auch in den Dienst anderer stellen wollte. Er traute den beiden zu, für Julia auf ihrem Weg in ein normales Leben wertvolle Verbündete zu sein.

Und was war mit dieser Sekte? Sollte er sich gegen sie engagieren und anderen Betroffenen helfen? Ach, sagte sich Waldner, ich kann ja nicht die ganze Welt retten. Außerdem habe ich selbst genügend Baustellen – wenn ich nur einmal an meine scheiternde Ehe denke.

Was er nicht wissen konnte: Nur wenige Stunden später, als er mit seinem Sohn Richtung Hirzerhütte aufstieg, betrat in New York Eduard Mayr die Zentrale der Zeugen Jehovas, die *Watchtower Bible and Tract Society* in Brooklyn.

Er saß bei einem der noch viel höher stehenden Anführer der Sekte im Büro und sah durch die großen Fenster die aufgehende Sonne und die ersten Schiffe der Circle Line, die um Manhattan schipperten. Aber er interessierte sich weder für das eine noch für das andere. Überhaupt würden sich Eduard Mayr und die Seinen nie für das Schöne in dieser Welt interessieren und es alle Zeit verteufeln.

Auf der anderen Seite Manhattans, gegenüber dem Chinesischen Generalkonsulat, begannen zur selben Zeit Exiltibeter ihre Handzettel an die Touristen zu verteilen, die sich anschickten, mit der Circle Line Manhattan zu umrunden. Menschen aus vielen Nationen sollten von der Unterdrückung der Tibeter erfahren. Oder sollte die friedliche Lösung einer kommenden Generation vorbehalten bleiben?

Waldner hatte jetzt den oberen Teil des Anstiegs erreicht und atmete schwer. Der Exorzismuspriester zog noch einmal an seinem inneren Auge vorbei: Er und seine Anhänger, sie waren zu Unrecht unter Mordverdacht geraten. So fragwürdig die exorzistischen Praktiken des Priesters waren, so hatte er in einem Punkte doch Recht: In Marie Puner war tatsächlich der Teufel gefahren. Nur hatte er einen Namen und ein Gesicht: Josef Pircher. Ja, auch die geistesverwirrte Rosemarie Thaler, von der ihm die Kollegen berichtet hatten, lag in ihrer Einfalt richtig: Die beiden Mordfälle, sie hingen in der Tat eng miteinander zusammen.

So hatten die Narren und Scharlatane wieder einmal die Wahrheit gesagt, und die Welt stand Kopf: Wo oben war, war plötzlich unten, und wo Frieden herrschen hätte können, weil es den Menschen im Herzen Europas besser ging als den meisten anderen sonstwo auf der Welt, kam es zu Mord und Totschlag.

Waldner drehte sich um, um nicht den Blickkontakt mit Martin zu verlieren. Er hatte ein schnelles Tempo vorgelegt und wollte seinen Sohn nicht demütigen.

Für einen Augenblick war er geschockt: Auf dem langgezogenen Almpfad war nichts von Martin zu sehen.

»Hallo, Papa, warum bleibst denn stehen?«

Die Frage ertönte unmittelbar neben ihm, im durch den Rucksack erzeugten toten Winkel. Hatte doch dieser Bengel sein Tempo mitgehalten! Oder war schon der Punkt erreicht, wo Söhne ihre Väter in ihrer körperlichen Leistungsfähigkeit überholen und nur noch mit ihrem Ungestüm Fehler machen, die die Alten durch Lebenserfahrung vermeiden?

Auf einer Alm nahe der Hirzerhütte kehrten sie ein und sogen auf der Terrasse die Frühjahrssonne ein. Beide aßen einen Kaiserschmarren. Er wurde ihnen von einem alten Mann gebracht, den die ebenfalls servierende junge Frau mit »Opa« ansprach.

»Entschuldigung«, sagte Waldner zu dem Mann, »die Hütte auf der anderen Talseite, auf der der Amplatz-Luis 1964 ermordet wurde, kann man die von hier aus sehen?«

»Wer?«, fragte der Alte.

»Der Amplatz-Luis!«

Der bisher freundliche Blick des Alten verfinsterte sich, und er ging ohne Antwort in die Küche. Das Thema gefiel ihm nicht. Dafür kam die Enkelin.

»Suchen Sie die Stieralm? Die kann ich Ihnen zeigen.«

Sie holte eine Karte, markierte den Naserhof und den Fußweg, der zu der Hütte im Wald über Saltaus führte. Sie sei dort schon einmal gewesen, mit den Schützen, am 40. Todestag des Amplatz-Luis.

»Was ist da in Ihnen vorgegangen, als Sie dort waren?«, fragte Waldner nach.

»Na ja, die Älteren unter den Schützen haben uns gesagt, dass der Amplatz-Luis ganz wichtig war für unsere Autonomie. Und dass wir das immer in Erinnerung behalten müssen, damit wir die Autonomie nicht eines Tages verlieren.«

Waldner überlegte, dann fragte er weiter:

»Glauben Sie wirklich, dass wir die Autonomie verlieren könnten? Jetzt, wo es Europa gibt? Ein Europa, in dem die Regionen besonders stark sein sollen? Jetzt, wo in der Tibetfrage Südtirol sogar als Vorbild gilt? Mich würde Ihre eigene Meinung dazu interessieren, die der jüngeren Generation. Nicht das, was die Älteren Ihnen gesagt haben.«

Aus der Küche klingelte es heftig.

»Tut mir leid, wir müssen ein anderes Mal weiterreden, ich muss jetzt servieren.«

Waldner zahlte am Tresen und machte sich dann mit Martin auf den Weg zur benachbarten Hirzerhütte.

»Martin, du fragst dich wahrscheinlich, warum wir heute ausgerechnet hierher gewandert sind.«

Der Kleine nickte heftig mit dem Kopf.

»Nun, ich habe ja was von Überraschung gesagt. Wenn du jetzt Angst bekommst vor dem, was ich mit dir vorhabe, dann sag es. Es ist überhaupt kein Problem, wenn wir das absagen. Wirklich nicht. Aber vielleicht erinnerst du dich an eine meiner Gutenachtgeschichten. Und ich habe an deine Begeisterung für die Berge gedacht. Und dass wir einmal was ganz Besonderes erleben sollten.«

Sie gingen an der Hirzerhütte vorbei auf zwei Männer zu, die sich als Andreas und Stefan vorstellten. Sie hatten schon alles vorbereitet.

»Papa!«, kam es nur ungläubig von Martin. »Papa! Papa!«

»Traust du dich wirklich? Wir werden auch nie zu weit auseinanderdriften«, versuchte Waldner auf die Gefühle seines Sohnes Rücksicht zu nehmen.

Martin nickte tapfer. Er war sehr aufgeregt.

Florian Waldner kramte aus seinem Rucksack die Kleider hervor, die er für Martin und sich heimlich eingepackt hatte.

Andreas und Stefan legten den beiden Fluggästen beherzt die Gurte an und vertrieben so die Aufregung ein bisschen.

»Fertig?«

»Fertig!«

Die beiden Tandems liefen an, die Gleitschirme blähten sich, und dann flogen sie über das Passeiertal, in sicherer Entfernung, aber doch nicht so weit auseinander, dass der Vater nicht hätte erkennen können, wie Martins Daumen nach oben zeigte und freudige Juchzer die Luft erfüllten: »Papa, ich fliiiiiiiiiiiiege!«

Auf der Rückfahrt nach Brixen hielten sie kurz an einer Raststätte an, um etwas zu trinken. Am Rande des Parkplatzes stand, in günstiger Sichtlage für die vorbeifahrenden Autos, ein fliegender Händler mit einem uralten Lieferwagen, voll bepackt bis obenhin mit irgendwelchem Krimskrams.

»Komm, das schauen wir uns an«, bat Martin.

Florian Waldner sah sich das Werkzeug an, das der Händler feilbot, während sein Sohn das Innere des Wagens erkundete.

»Papa, von was für einem Land ist die?«, fragte Martin plötzlich neben ihm. Er hatte eine nicht allzu große Fahne hervorgekramt, mit einer rot und blau strahlenden Sonne, einem Juwel und mit Schneelöwen. In der Mitte war ein verschneiter Berg zu sehen.

»Dieser Berg, Martin, das ist der heilige Berg Kailash. Und was du da in Händen hältst, ist die Flagge von Tibet!«

»Tibet«, wunderte sich Martin, »davon hat doch auch der Mann auf der Burg Juval erzählt, der uns dort geführt hat! Dass die nicht frei sind, die Menschen in Tibet. Das war in diesem ›Saal der tausend Freuden‹.«

»Ja«, stimmte der Vater zu, »damals, wie du gleich darauf den Diebstahl der tibetischen Maske entdeckt hast. Und heute Abend, da erzähle ich dir zum Einschlafen auch eine Geschichte von Tibet.«

Er drückte dem Händler die fünf Euro für die Flagge in die Hand, und dann fuhren sie Richtung Brixen, wo Ruth Waldner in ihrem Haus über Kloster Neustift mit einem Bergsteigeressen auf sie wartete. Die tibetische Flagge hatte Martin fest ins Seitenfenster eingeklemmt. Wild flatterte sie im Fahrtwind durchs Eisacktal.

Im Rosenheimer Verlagshaus bereits erschienen:

Die Gezeichneten
304 Seiten
ISBN 978-3-475-54133-9

In ihrem neuesten Fall haben es die beiden Nachwuchsdetektive Kaspar und Max mit Mord und Erpressung zu tun. Max hat sich nach dem Abitur dem Benediktinerorden angeschlossen, Kaspar hat ein Studium begonnen. Als der Zivi von Kaspars schwerbehinderter Studienkollegin Elli ermordet wird, geraten die beiden ehemaligen Internatsschüler wieder mitten in die Geschehnisse. Der Fall scheint zunächst klar, bis ein Erpresserbrief und ein Einbruch für erhebliche Aufregung sorgen. Als die Angelegenheit immer undurchsichtiger wird, soll Inspektor Huber Licht in das Dunkel bringen. Ein mysteriöses Papier rückt dabei immer mehr in den Mittelpunkt der Ermittlungen.

Aufruhr im Dorf
304 Seiten
ISBN 978-3-475-53933-6

Seit Menschengedenken hat es im Dorf noch keinen Mord gegeben. Entsprechend groß ist die Aufregung, als eines Morgens der Feller Michl erstochen aufgefunden wird. Gerüchte und Spekulationen werden schnell laut, und doch kommt die Polizei in ihren Ermittlungen nicht weiter. Aber einiges deutet darauf hin, daß sich das Opfer gegen das Strah machen, einem üblen Brauch in der Nacht vor der Hochzeit, wehren wollte. Während Kommissar Rothberger und sein Assistent Wanninger noch im Dunkeln tappen, tritt die Pruggerin auf den Plan, eine resolute Bäuerin mit einer guten Portion gesunden Menschenverstandes und dem Herzen auf dem rechten Fleck. Ihr gelingt es, Beweisstück um Beweisstück zu sammeln, bis zum spannenden Finale. Ein knisternder Heimatkrimi, in dem auch die Liebe nicht zu kurz kommt.

Informationen zu unserem Verlagsprogramm finden Sie unter www.rosenheimer.com

Nebelnacht
176 Seiten
ISBN 978-3-475-54122-3

In einer nebligen Herbstnacht wird im Hof eines Landgasthofes die Leiche einer Studentin abgelegt. Den Ermittlern ist schnell klar, dass sie an einem anderen Ort ums Leben gekommen sein muss. Kommissar Melchior und sein Team stoßen bei ihren Untersuchungen auf einen Zusammenhang zwischen dem Tod der jungen Frau und einem Bootsunglück, das sich einige Monate zuvor auf dem Chiemsee ereignet hat. Bald wird klar, dass in diesem Fall vieles nicht so ist, wie es auf den ersten Blick scheint …